為愛所傷，被愛救贖。

護心

BACK FROM THE BRINK

中卷

九鷺非香 著

護心

目錄

第九章 解救狐妖

鳳銘一雙眼眸犀利地掃過院子，轉頭問僕從：「人呢？」

僕從左右看了看：「奇怪……我剛剛明明還讓兩個侍衛先到這裡來看看情況的，怎的連那兩個侍衛都不見了？」

鳳銘聞言，眼睛微微瞇起，他在院子裡掃了一圈，然後招了招手，喚了另一個侍衛：「將這院子給我圍起來。」

雁回立即拿手肘輕輕地碰了碰天曜，輕聲耳語：「我待會兒去引開他們的注意力，你趁這院子還沒完全被圍住，趕緊去找你的龍角。」

雁回這話說得如此自然，其實天曜也已經快要對這樣的安排感到習以為常了。因為雁回現在有法力在身，她要更強一點，她更容易去應對麻煩的情況，所以更危險的事情當然應該交給她來做。

但仔細一想，其實這並不是理所當然的。強者並不應該為了弱者理所當然地以身犯險，雁回會這樣做，是因為她想這樣做，她想去……保護別人。

或者說，保護他。

天曜眼眸微垂。

雁回已經一個遁地術竄了出去，一下子落在了院子的東南角，那是正好和這個地方相反的方向，雁回一聲笑：「找誰呢？找我嗎？」

一時間，所有人的目光都被她引了過去。天曜倒是也沒有再猶豫，一轉身從後面的牆上翻了出去。

她看也沒有看天曜一眼便與鳳銘搭話道：「鳳堂主，久仰大名啊！」

鳳銘目光森寒地盯著雁回，嘴角勾起了一絲冷笑，彎得過分的鷹鉤鼻讓他這個冷笑看起來格外陰森奸詐：「雕蟲小技，妄想欺騙於我？」

話音未落，他手臂一伸，只聽「咚」的一聲，一道氣息逕直擊中天曜翻走的那堵牆，牆壁瞬間倒塌。

雁回一驚，身形一閃，立即飛撲而去，衝進塵埃之中。

待得塵埃落定，雁回拉著天曜退後了三步，恰恰退在牆壁磚石倒塌之外的地方。她擋在天曜身前，盯著鳳銘的眼神嚴肅起來。

到底是七絕堂的副堂主，在江湖上摸爬滾打了這麼多年，雖然沒有修仙，但凡人的功夫倒是修得極好，內力雄渾。看這樣子，別說才入門的仙門弟子，便是雁回的幾個師叔恐怕也只能和他戰個平手。

事情不好辦了啊。

「黃毛丫頭倒還有幾分本事。」鳳銘陰惻惻地笑了兩聲：「看妳的內息功法，竟然還是仙家之人。說說，到底是哪個仙家門下弟子，竟敢來我的地盤撒野？」

雁回眯著眼睛一笑，面上不動聲色，背後卻驚出了一身汗。才這麼一瞬間的工夫，就看出她是仙門中人而非武林人士，還好沒有動更多的手，要不然被他看出了辰星山的心法，那才麻煩。

畢竟，她現在做的這些事，都是不想讓辰星山的人知道的。

於是雁回只默了一瞬，便面不改色地撒謊：「我乃棲雲真人門下弟子，奉師父之命特來此查探大量狐妖失蹤一事。」

鳳銘聞言，果然沉思了片刻。

謊言這個東西是不能亂說的，如果不是有十足的把握不會被戳破，那還不實話實說。雁回之所以選擇說是棲雲真人門下的弟子，是因為先前在銅鑼山，她接觸過棲雲真人，知道那是一個會放走蛇妖，會送小蛇妖回青丘邊界的仙人。她不參與每一次仙門組織起來的對妖怪的殺戮，她甚至會在生命的最後，對蛇妖說一句「謝謝」。

可見棲雲真人內心裡對現在妖即惡的說法是不認可的，如果是這樣的人，那她肯定也不允許自己門下弟子去參與這種對狐妖的迫害行為。

仙門中人還有這些消息靈通的江湖人士，不會在沒摸清楚別人脾氣的情況下就貿然地去找他人幫忙。大家都看得出棲雲真人的脾性，那麼狐妖這事，有很大一個可能，這些人根本就沒有告訴棲雲真人。

因為何必討不痛快呢？說不定，棲雲真人還會成為他們的阻力。

如此推論，反觀現在，雁回說她是棲雲真人門下的弟子，是最好不過的決定。

一則棲雲真人已經消失兩個來月了，雖然有傳言說她仙去，但江湖上誰也沒有坐實這個說法。知道棲雲真人真的仙去的，只有雁回、天曜，還有那個已經不知道去了哪裡的蛇妖。

別的人，都不知道棲雲真人在哪裡，她是在閉關？在雲遊？沒人能說得清楚。

二則棲雲真人素日作風便是反感於無故屠殺妖怪。那麼她命人來調查此事，確實是理所當然的。

鳳銘沒有理由懷疑。

「這倒是沒看出來。」鳳銘笑著。「原來是棲雲真人門下高徒啊！」

「不敢當。在下不過一個小小弟子罷了，在門中都排不上名號。真人相信我，交給我查探此事，我過去這些日子便日日夜夜地在查探，卻是一個不小心查到了鳳堂主這裡來。」雁回頓了頓笑道：「真人本懷疑是有邪修大量殺取狐妖，剝其內丹以供修煉……」

與邪修扯上關係可不是什麼好事，鳳銘立即擺手道：「小道友這可是冤枉老夫了。我這裡的狐妖，皆是各個仙門捉拿而來，為免妖怪作亂，才由各個仙門將狐妖內丹剖走的，而且所有的內丹已交由辰星山統一銷毀，並無人與邪修有任何關係。而我等只是用狐妖的血，煉點香，供貴人們討個樂子罷了。」

內丹都交給了辰星山……

雁回皺了皺眉頭，如果說兩個月前，白曉露的母親便是死於這天香坊中，那也就是說，兩個月前，白曉露的母親去找雁回救被關在辰星山心宿峰的白曉露的時候，天香坊就已經開始製作狐媚香了。

當時應該也有許多狐妖的內丹被運送到辰星山。銷毀內丹並不是件簡單的事，內丹消失註定伴隨著妖氣的四散。

但是那個時候，雁回並沒見過辰星山銷毀內丹，也沒有在任何角落感覺到毀掉內丹時迸發的妖氣。

都是……師叔他們在運作嗎？

那要做這樣的事，必定會經過凌霄的同意，誰也沒有資格瞞著凌霄。

所以這些事情，都是經過凌霄的首肯嗎——捉狐妖，剖內丹，將他們賣給鳳銘……

雁回一時有幾分失神。

直到天曜在雁回身後碰了她一下，她才回過神來，聽見鳳銘在遠遠地問她：「若是想要知道狐妖的用處，小道友大可大大方方地來問老夫，為何如今卻要做這樣的舉動啊？」鳳銘眼睛一眯。「如今妳查到了妳想知道的事情，可否容老夫問上一句，妳這腰間的腰牌，是從哪裡弄來的？」

話音一落，殺氣四起。

雁回心中戒備，面上還是輕鬆：「這不重要。」她岔開話題：「只是鳳堂主，你殺狐妖取血來煉香的事情，如今仙門是沒什麼意見，但若是讓妖族的人知道了……」

鳳銘呵呵一聲怪笑：「這還輪不到妳來擔心。」他邁上前一步，殺氣凜冽直撲雁回而來。「只是小道友，妳今日若不說出這權杖的來歷，我便當妳是在我這天香坊裡偷竊東西了。妳師父棲雲真人沒將妳教好，這出了江湖，自是有人幫她教教妳的。」

看這陣勢，是不動手不行了啊！

雁回心頭微微一沉，轉頭對天曜道：「你找個地方躲著，護好自己。」

天曜聞言，目光在她光潔的側臉上停留了一瞬，還沒來得及說話，院子另一頭傳來一聲清朗的笑：

「鳳銘叔叔，這是怎麼了？這院子裡為何殺氣逼人？可真是嚇到小姪了。」

光聽這句話，雁回便知道了來人的身分。畢竟能叫鳳銘「叔叔」，還自稱「小姪」的，除了這七絕堂的堂主鳳千朔，還能有誰？

雁回是不少次聽弦歌提起過鳳千朔，但一次也未曾見過。而今一聽這聲音，霎時便能明白，為什麼有的人輕輕鬆鬆就能娶到一百房小妾了。

待得雁回再一轉頭，驚見那鳳千朔的臉與那身氣度，一時更明白了為何弦歌這樣的絕世美人都能痴迷於此人。

是個讓人一見便覺驚豔的男子。

他一身月色長袍，手執摺扇，腰間佩玉，一雙丹鳳眼所到之處好似都能開遍桃花似的。

與雁回見到此人的驚豔不同，鳳銘只是冷冷地笑了兩聲：「這可奇了怪了，今天到底是什麼風，先颳來了仙門道友，現在又把我的小姪兒給吹了來。真是讓老夫接應不過來啊！」

鳳千朔搖了搖扇子，慢慢走到庭中，見了雁回，爽朗笑道：「這裡竟然有個美人兒。」說著他便走到了雁回身前，像是好奇一樣，左右將她看了看，然後一轉身面對鳳銘，道：「小姪本是不該來的。」

他站在雁回面前，好似無意當中阻擋在了雁回與鳳銘之間，鳳銘一身的殺氣倒是不好對這個名義上的「堂主」擺出來了。

「只是近來堂中傳來了幾個消息，長老們聽了甚是憂心，所以百般念叨，這才將小姪逼到叔叔你這兒來了。」

鳳銘瞇著眼睛：「什麼消息竟然能驚動長老與千朔啊？」

「這第一個消息嘛，是青丘國好似丟了個九尾狐公主。」鳳千朔笑咪咪地說著：「青丘國的九尾狐，叔叔你是知道的，極重血緣，真是在邊境鬧得不可開交，派了好幾撥人，深入中原，前來探查他們公主的消息了。」

鳳銘臉上的笑微微收斂了下去。

「這第二個消息嘛，小姪聽聞叔叔好似在做一個危險的生意啊！」鳳千朔收了摺扇，「啪」的一聲，輕輕的，卻讓人有幾分心驚。「那些青丘國的探子，好似已有深入這永州城來的了。狐媚香狐媚香，也不知道他們有沒有探到這個消息。」

鳳千朔望著已全然沒了笑臉的鳳銘，又輕又淺地問：「叔叔你的生意，不會讓我們七絕堂慘遭滅門之禍吧？」

鳳銘沉默地看了鳳千朔一陣，倏爾又是一陣怪笑。「好好好。」他道：「既是長老與堂主都有了這等憂慮，那此事鳳銘是無論如何也不該做下去了。」

鳳銘一轉頭，對旁邊的人吩咐道：「去將院子裡關押的那些狐妖都殺了吧。」

雁回聞言一驚，還待開口，鳳千朔便不動聲色地搶了話頭道：「殺掉恐怕不妥。」

「哦？」鳳銘瞇了眼睛。「在這中原大地裡，我殺幾個妖怪卻也有不妥了？堂主這怕是過慮了吧。」

「平時殺幾個妖怪自是無礙，只是叔叔啊……」鳳千朔上前幾步，神色似極其為難。

「那青丘國的妖怪委實是不好招惹，你是忙著這永州城裡的事，還沒來得及去探聽青丘國界周邊的消息，我是聽得探子來報，那邊境的好些個小仙門，都因為那九尾狐公主的失蹤遭了大殃了。你此時還要將這麼多狐妖殺掉，若是能瞞得過青丘的探子倒還好，若是不幸讓他們知道了……」鳳千朔搖了搖頭，神色沉凝，一聲嘆息。「那恐怕是非常不妥啊！」

鳳銘聽罷這番話，笑得動了動肩膀，但臉上的神色卻十分冷：「那依姪兒所言，該當如何？」

「不如由我押送出城吧，將他們丟在這永州城外，這群失了內丹的妖怪並無反抗之力，自有仙門的弟子會收拾他們。彼時，殺了他們的是仙門弟子，與我七絕堂無關；妖族就算知道了，要算帳也算不到我七絕堂的頭上了。」鳳千朔將扇子一下一下拍在手裡把玩，一席話說得漫不經心，像是隨口說似的。

鳳銘沉吟了片刻：「如此，便勞煩姪兒幫叔叔把這些妖怪送出去了。」

鳳千朔笑了笑：「叔叔與我本是叔姪，又是同門，小姪為叔叔做點事，哪能說麻煩？」他一轉身，自然而然地吩咐鳳銘身後的人道：「去清點一下這院中的狐妖數量吧，待會兒我離開時，一併帶走就行。」

僕從看了鳳銘一眼，鳳銘才點了頭，擺手道：「去吧。」僕從這才點頭哈腰地去了。

「千朔的要求，我可都答應了，回頭你回去與長老好好說說，讓他們也別再操心堂中事宜了，我會盡心輔佐於你的。」

虛假得讓人臉頰發酸的笑容還配著這句比笑容更虛假的話語，雁回聽得只覺得雞皮疙瘩都掉了一地。但虧得鳳千朔也還能和鳳銘一起維持著表面工夫，客氣道：「叔叔的心意，姪兒自是明白的，那今日，姪兒便先告辭了。」

他說完，作了個揖便抬腿要走。

雁回琢磨了一下，她和天曜都在此暴露並且還讓鳳銘看見了，今天想取龍角，只怕是也不容易，還不如乾脆先和這鳳千朔一道離開。這個少堂主看起來便是一副一肚子陰險壞水的模樣，和他商量商量，或許能有高深點兒的計謀。

雁回拽了拽天曜的衣袖，示意天曜與她一同跑路。

哪想她剛邁出一步，鳳銘便沉著嗓音開了口：「慢著。」

鳳千朔好脾氣地轉頭：「叔叔還有何事啊？」

「這事倒是與姪兒無關了。」鳳銘指了指雁回。「這位小道友身上不知為何卻有我天香坊的貴賓腰牌，我得留他倆下來好好問問。看是我天香坊的管理失誤，還是某些人偷盜了我天香坊之物，圖謀不軌。」

鳳千朔回頭瞥了雁回腰間物事一眼，故作驚訝道：「這麼漂亮的姑娘，怎麼能偷盜東西呢？」

雁回望著鳳千朔道：「沒錯，我沒偷，這牌子是撿的。」

鳳千朔便立即轉了頭對鳳銘道：「叔叔，美人兒說她沒有偷，這牌子是撿的。」

鳳銘冷哼：「胡言亂語！」

「可長得漂亮的姑娘，怎麼會睜著眼睛說瞎話呢？」鳳千朔一把將雁回腰上的權杖扯了下來，順帶也將天曜的一併扯了。他轉頭看面色變得有點鐵青的鳳銘道：「叔叔你看，也就兩個權杖，我這便將他們的拿下來了還給你。看在小姪的分兒上，叔叔便放了他們吧。」

鳳銘陰陽怪氣地問鳳千朔：「姪兒何時這般愛管閒事了，可是先前便認識這兩位啊？」

「怎麼能是閒事呢？」鳳千朔說著，挑逗地摸了雁回的臉一把。「這麼水靈的小仙姑，可是要拿來好好疼的，我怎麼能看著她在我面前受苦？」

雁回沉默，只在心裡暗罵了一句，難怪能娶到一百房小妾！

如果不是她身上還有對天曜的藥效，恐怕這個時候看著這張臉，聽著這個聲音的主人對自己說這句話，她大概什麼都不想就能和他走了吧……

而沒人注意到旁邊一直沉默的天曜這時卻目光轉了轉，盯住鳳千朔的手，然後隔了許久，才一言不發地扭過了頭。

他心頭卻不由自主地浮現出了一個念頭：不是說是吃過藥的人嗎，為什麼卻還擺出一副也吃了別人藥的臉……

鳳千朔風流的名聲早已在外，他如此一說，鳳銘便還當真不好意思和他「搶女人」了。省得襯得他一個堂堂掌權者，有多猥瑣好色似的。

是以此刻有再多不滿，他便也只有忍了，擺手讓鳳千朔與雁回一道走了。

待得這幾人走掉之後，鳳銘看著毀了一堵牆的院子，握了握拳頭。

一旁清點了狐妖人數的僕從回來，但見來者都走了，不由得有點憂心：「堂主，我們就這樣把他們放走了？那些狐妖也就這樣放走了？」

「狐妖不用擔心。」鳳銘捻了下拇指上的扳指。「只要祕寶還在我們手上，狐妖讓他們帶走就帶走了，左右那些修仙門派也是會想方設法地將我的空缺給補上。而這幾個人嘛……」

鳳銘想了想：「鳳千朔是我看著長大的，不足為懼。另外兩個，特別是那個伶牙俐齒的丫頭，你給我好好查查，她到底是不是棲雲真人門下的弟子。若是，再去查查棲雲真人到底身在何方；若不是，便將她的真實身分給我扒出來。」

僕從領命：「是。」

而這方，雁回隨著鳳千朔離開了天香坊，剛走到集市，周圍人還熙熙攘攘的，她便沒有忍住開了口：「鳳堂主。」

鳳千朔回頭看了雁回一眼：「嗯？看到什麼喜歡的東西了嗎？我買給妳啊！」

……真會做人！瞧這話說得多動聽！

雁回暗自咬了咬牙，忍住誇人的衝動，然後輕咳了兩聲，嚴肅了眉目道：「你今日為何要幫我和天曜解圍啊？」還明裡暗裡地護著她。

鳳千朔想了想：「妳是姑娘啊，我自是得護著妳的。」他一抬頭，看了一眼雁回身後的天曜。「至於他嘛，順手。」

天曜：「……」

見天曜沉了臉，鳳千朔笑了笑，笑容溫暖又乾淨：「玩笑話，妳是弦歌的朋友，我自是得幫你們的。」

原來是因為弦歌啊。雁回點了點頭，心道，或許和她以前想的不太一樣，這個七絕堂堂主，其實也沒有那麼多情又薄情，他其實，還是有點喜歡著弦歌的？

要不然為何連她的朋友也要偏袒！

雁回剛這樣想完，鳳千朔便又開了口。

「不過，不管因為什麼，我到底是幫了妳。」鳳千朔盯著雁回笑得很明媚。

「那雁姑娘，可否有想過，要怎麼報答在下啊？」

「……」雁回琢磨了一下這話的意味。「難道……你是想讓我以身相許嗎？」

「雁姑娘願意？」

「不願意。」雁回指了指天曜。「我現在喜歡著他呢。」

天曜一怔，對雁回這種說表白就表白的行為，還是有點反應不過來。

鳳千朔聞言，嘆了聲氣：「可惜了，這位公子卻看起來一副不太珍惜妳的模樣呢，妳不如改一改喜好怎麼樣？」

有的人，真是把調戲姑娘融入到生活中的方方面面，這對他們來說，簡直就是和吃飯睡覺一樣簡單而又自然而然的事情。

於是雁回便像吃飯睡覺一樣，毫不猶豫簡單乾脆地拒絕了他：「不行，雖然你很好看，但在現在的我眼裡，還是他最好看，這個完全沒法比。」

「審美其實是個慣性，妳現在覺得他好看，或許是因為看多了，不如妳多看看我。萬一之後妳看久了，就會顛覆觀念了呢？」

雁回認真想了想，點了頭：「是這個道理！」

天曜終於忍無可忍地沉聲開了口：「不是要去將狐妖帶出城嗎？」他硬生生

地打斷兩人的對話，活生生地將話題掰開。「繞到集市來做什麼？」

「稍後自會有人將狐妖帶到忘語樓來。」鳳千朔聽得這個問題，也稍微正經了一點。「讓他們在忘語樓歇歇腳，總是好過一放出城，便直接又被修仙的人抓住，關了回去。」

雁回默了一瞬：「你知道會被捉回去，還救？」

「救不救有時候大抵只需要擺個態度罷了。這些考量，雁姑娘，妳便不用知道了。」

雁回點頭，她也不是特別想知道：「待會兒狐妖送到忘語樓之後，我要見其中一隻。她叫白曉露。」

「狐妖帶去了忘語樓，雁回姑娘自是想怎麼安排都可以的。」

兜兜轉轉這麼久，她到底算是把這個丫頭給救了出來，怎麼能不好好地見見？

剛走近忘語樓，雁回便遠遠地看見有個紅色人影站在忘語樓的大門口，伸長了脖子，盯著他們這方。

雁回只看了一眼那身段便道：「到底是七絕堂的堂主，就是不一樣，弦歌這樣的大美人，平時我可是見她閣樓都不下的，今日竟是到門口來迎接你了。」

鳳千朔只搖了搖手中的扇子笑了笑，然後迎上前去，喚了聲：「弦歌。」

弦歌聞言，眸光中的情緒波動連旁邊的雁回都看得一清二楚，但最後她還是選擇沉默地垂下頭，禮貌地福了個身：「弦歌恭迎堂主。」
「多日不見啦，妳都與我生疏了。」鳳千朔清朗一笑。「別在這門口站著了，都進去吧。」言罷，他自己先往前走去。
當鳳千朔的身影與弦歌擦肩而過時，弦歌在他身影的陰影之中微微垂了眉目，神色難得讓雁回覺得有幾分黯淡。
鳳千朔在弦歌面前一步停下了腳步，他一轉頭，看著弦歌，伸出了手：「我太久不來，妳都不願意拉住我的手了嗎？」
弦歌一怔，這才將自己的手交到鳳千朔的掌心。大手一握，鳳千朔將弦歌牽住，他對弦歌一笑，溫柔的目光看得旁邊的好幾位姑娘都羨紅了臉頰。
但大概是沒有人會嫉妒的吧，雁回看著他們攜手走進忘語樓的背影，不由得想，什麼叫天造地設？他們這就是啊，如此般配。
然而雁回一轉念，這個男人還有一百房小妾在天南地北等著他呢……她又是不由得一嘆，替弦歌感到惋惜。
身旁的天曜跟著前面兩人往忘語樓裡面走，雁回一把將他拽了回來，然後又急急忙忙地放手，搓了搓手，搓掉掌心麻麻的感覺。
天曜側頭看她，很不理解：「怎麼了？」
「你湊上去幹麼呀？」雁回道：「沒見人家兩人走得跟幅畫一樣嗎？」
天曜努力忍住了嫌棄的表情，只動了動嘴角：「沒看見。」

雁回斜了天曜一眼：「我瞅著你這張臉以後說不定能長得比這堂主還誘人，但你這性格和人家相比……除了我這種吃了藥的，估計沒哪個姑娘願意和你走。」

天曜聞言，只是冷冷勾了脣角，神色略帶譏諷：「如此甚好，我唯願此生，再不沾染情愛。」

雁回看著天曜的背影只默默地撇了下嘴，便也跟了上去。

入了忘語樓，弦歌與鳳千朔便去閣樓商量他們的事了。雁回與天曜等了一會兒，聽得僕從來報，天香坊的狐妖都被祕密地送到忘語樓後院了。

雁回尋去了後院。

狐妖依舊被關在鐵籠子裡，籠子外面罩上了一層黑布，不讓外面的人看清裡面運送的是什麼。

雁回一個一個挨著將黑簾子撩開，看見其中的狐妖，無一不是一臉狼狽，滿面求死的絕望模樣。或許在他們想來，他們根本就不是獲救了，只是被暫時運送到另一個院子裡的貨物，或許只是堆放幾天，最後仍舊逃不過被宰殺的命運。

每個狐妖在雁回掀開簾子的時候都是一驚，然後連忙瑟瑟發抖地縮到離她最遠的籠子角落，驚惶不安地盯著她。

「要將我帶走嗎？我的命數將近了嗎？死了也好吧，好過這樣活著。」

他們將心裡的想法都寫在了臉上。

雁回放下簾子，只覺內心沉沉的，快讓她負擔不起。現在不只是狐妖的處境讓她感覺到難過，更沉重的是她有了一個可怕的猜測，可怕得甚至讓她不願意去思考第二遍……

終於，撩開最後一個牢籠的黑布簾子，雁回看見了蜷縮其中的白曉露。

她約莫是快死了，蜷縮在籠子裡，連雁回撩開布簾也沒有了反應。

「白曉露？」雁回喚她。

白曉露這才微微動了動，她轉頭看雁回，隔了好久像是才認出雁回的模樣似的：「雁……姊姊？」

雁回點頭：「是我。」

她愣了好半晌，這才猛地坐了起來，眼神裡的灰暗像被點亮了一樣，不敢置信地撲到牢籠邊，抓住了鐵欄杆：「妳又來救我了嗎？是娘親又讓妳來救我了嗎？」

雁回一怔，這才想起先前聽說的、白曉露她娘被一個厲害的道姑捉起來的事。現在想想，那個厲害的道姑說的約莫就是素影吧。

也不知道素影這一走，有沒有順帶將那三尾狐妖也一併帶走。

雁回沒有回答，只開了牢籠的門道：「妳先出來吧，休息一會兒。」

經歷這一段劫數，白曉露自是也沒有心情再多問的，她握著雁回的手出了牢籠。她已不知道自己有多久沒有這樣站在牢籠外面了。

握著白曉露顫抖的手，雁回只是沉默地垂下眼瞼。

這麼多的狐妖，雁回是不能將他們全都放出來的，因為忘語樓儘管是弦歌的地方，但這裡住著的依舊是凡人，到了晚上，還會有更多的凡人到忘語樓裡來找樂子。

狐妖們失了內丹雖然沒什麼危害，但保不準其中還有心思詭譎之妖，想要靠吸食人精氣重塑內丹的。是以除了白曉露，雁回還是讓人將其他狐妖看好，讓他們待在籠子裡。

雁回帶著白曉露回了自己房間，大致問了幾句她這些天經歷的事，與自己猜得差不多。

上次雁回在牢裡見了白曉露，在雁回被凌霄勒令帶回去關禁閉之後，白曉露並沒有像凌霏所說的那樣被殺掉，而是在其他幾個師叔商量後，被賣到了天香坊。

雁回聞言，並沒多言，將她哄睡著了後，神色沉凝地在床邊坐了許久。天曜一直在旁邊看著，但見雁回如此，不由得問了句：「妳在想什麼？」

雁回默了一瞬，隨即故作輕鬆一笑，道：「我在想啊，我們這是第二次去了，但還沒把你的角給偷出來。這下鳳銘指定將天香坊的戒備設得更嚴了，下次我們該怎麼做才能將你的角拿出來，斷了他們用這法子生財的路。」

天曜盯著雁回：「還有呢？」

「還有？」雁回轉頭看天曜。「現在還有什麼事會比這件事更重要？」

天曜的目光帶了幾分寒涼：「還有妳師父、辰星山和這件事的關係。」

被戳中心事，雁回嘴邊擠出的笑猛地僵住，或許是心裡這塊護心鱗的原因吧，天曜總是能對她的心緒洞察得一清二楚……

今日在天香坊，從鳳銘的口中，知道所有的仙門將剖下來的狐妖內丹都交給辰星山開始，雁回心裡就不由得冒出了一個可怕的猜測。

買賣狐妖製作狐媚香一事，如今看來，要說與辰星山毫無關係，那根本就是不可能的。素影要做事，即便她可以瞞住天下其他的仙門，那也瞞不住辰星山。

買賣狐妖做什麼用途，別的仙門不知道，但辰星山與廣寒門同為修道門派統帥之一，怎麼可能不知道？

也就是說，這件事是經過辰星山內部討論同意了的，現在清廣真人早已仙蹤隱匿，辰星山大小事宜皆由凌霄做主，那製作狐媚香一事必定也是經由凌霄首肯……

這件事雁回已經抱著肯定的態度，要說對凌霄不失望，那是假的，但遠不足以讓雁回感到恐懼。真正讓她恐懼的是今天聽了鳳銘那番話，她自己的猜測……

所有的狐妖內丹都被送到了辰星山，而辰星山卻沒有任何銷毀妖怪內丹的蹤跡，那留下來的內丹去了哪裡？要麼是被存起來了，要麼就是被人用來提升自己的修為了。

而做這種事的修道者，江湖上稱他們為邪修。

辰星山……

「辰星山或許有人在用妖怪內丹修煉吧。」天曜道破雁回心頭猜測，聽得雁回不由得心底大寒。「若是凌霄知道此事，卻沒有制止，或許是，凌霄也在如此修煉吧。」

「不可能。」雁回下意識地搖頭。「不可能……」

「更有甚者，棲雲真人的死……」

雁回猛地站起身來，瞪向天曜，目帶冷色：「閉嘴。」

四目相接，天曜絲毫沒有退縮：「妳自己是知道的，雁回。」他道：「如果這真的是現實，那妳也只有接受。」

雁回握緊了拳頭。

她心底不是沒有猜測。棲雲真人失蹤於兩月前，在她來辰星山之後便蹤跡消失，那時候辰星山在開修道界的大會，就有狐妖的內丹運送進辰星山，以棲雲真人的地位很可能會被通知這件事情。而以棲雲真人的性格，她很可能決然反對這樣的事情。

所以……

當雁回再見到她的時候，她遍體生寒，中了霜華術……

雁回甩了甩頭，不忍再想。

「你出去吧，找龍角的事明天再說。」她聲音有些啞。

天曜看著夜色中身形顯得有些單薄的雁回，倏爾便沒了再與她爭辯下去的想法。這個姑娘很聰明，他能想到的事情，她也都能想到。

天曜比誰都明白，要打破一個人在自己心目中幻想的模樣，那是一件怎樣殘酷的事情，然而有時候現實就是這麼殘酷。

你所愛的人與你想像中的根本就是兩個模樣。

除了認命接受，再無辦法。因為這個世上或許什麼事都可以經過自己的努力而改變，但他人的心，卻是最難改變的。

翌日清晨，雁回起了個大早，早餐吃了一大堆東西，調整了自己的心情，去敲了天曜的門，叫上他，兩個人一同去找弦歌了。

走在路上，天曜現在幾乎已經養成落後雁回半步的習慣，這樣可以避免她看見他，又口無遮攔地說一些讓他招架不住的流氓話。

看著雁回的背影，她身板依舊挺得筆直，走路的步伐是一般女子沒有的英氣。就像昨天那些話根本就沒入得了她的心，傷害不了她一樣。

看來即便是雁回，在某些事情上，也很善於掩飾。

弦歌給雁回開門的時候，鳳千朔正巧也在屋子裡，他搖著扇子坐在屋中椅子上，笑咪咪地望著雁回：「這一大清早就過來找弦歌，雁回姑娘，妳是看上我家弦歌啦？」

「對呀。」雁回大大方方地應了。「鳳堂主願意割愛嗎？」

鳳千朔「答」的一聲收了扇子：「那可不行。」

雁回撇嘴：「反正你都有一百房小妾嘍，把弦歌給我又不會少塊肉。」雁回笑嘻嘻地望著弦歌：「是吧，弦歌，妳願意跟我走的吧？」

弦歌伸手戳了雁回的眉心一下，正要教訓她，卻聽鳳千朔道：「肉是不會少，可我的心魂可算是被妳拿走了。」鳳千朔對弦歌招了招手，弦歌一愣，順從地走了過去，被鳳千朔一把攬進懷裡，他像圈著什麼珍寶一樣將弦歌抱住。「就算妳是姑娘，也不能和我搶。」

雁回看著弦歌微微紅了的臉頰，心頭不由得無力嘆息：弦歌啊弦歌，妳這般聰明，怎麼會不知道他是在逢場作戲說些好聽話給妳聽的，妳卻甘之如飴……

雁回轉了目光，旁邊的天曜一步上前，在桌子另一方坐下。他對幾人的言語並不感興趣，開門見山就道：「天香坊製作狐媚香必須得一祕寶方可製成，我欲將祕寶取出，鳳堂主可願相助？」

他這一開口，話題的氣氛登時變得嚴肅了許多。

鳳千朔這才將目光挪到了天曜臉上：「昨日一直忘了問，這位是？」

天曜沒說話，轉頭看雁回，一副等著雁回來介紹他的模樣。

真是……騙人不想自己動腦子，就讓她來頂上嗎……

雁回沒好氣道：「他叫天曜，是個從窮鄉僻壤裡出來的少年，自帶許多麻煩，不過暫時還算個好人。」

鳳千朔看了弦歌一眼，但見弦歌輕輕點了點頭，鳳千朔才道：「既然雁姑娘說是好人，那我便信了也無妨，只是這位天曜公子，你說想要我相助，卻不知是要我如何相助？」鳳千朔把弄著弦歌的髮絲，好似全然不在意似地開玩笑道：「我如今的境況江湖上大抵是沒人不知道的，昨日鳳銘是賣我與教中長老一個面子才將那些狐妖放了給我，畢竟這不傷他根本。可若是如天曜公子所說……要將那製作狐媚香必要的祕寶拿走，這恐怕就是我力所不能及的事情了。」

天曜沉著道：「並不需要麻煩鳳堂主讓鳳銘直接交出那祕寶，鳳堂主只需挑個時間，借個名號，將鳳銘引出天香坊，我等自有方法取得那祕寶。」

鳳千朔斟酌了一番：「你說的這事倒是不難，只是我若將鳳銘引了出來，待他回去，祕寶不見，他豈不是要將這帳算到我的頭上？天曜公子，你這個請求，可真是讓我為難啊！」

天曜食指在桌上輕輕敲了兩下，輕而慢的「答答」顯出了他沉思的心緒，而待得第三聲敲下，天曜一抬眼，盯住了鳳千朔，聲音沉而穩：「鳳堂主只需拖住鳳銘引開片刻即可，待我等拿到祕寶，即便鳳銘回來發現我等也無所謂，我自是有辦法，讓他在此後都無法再與鳳堂主為難。」

鳳千朔眉梢微微一動：「天曜公子你這話，可說得大了。」

可不是說得大嗎！

雁回在旁邊聽得也是一驚，若要鳳銘之後再無法與鳳千朔為難，那要麼是把鳳銘的權力剝奪了，要麼是把鳳銘殺了。

「此事對我來說，並不難。」

不難個鬼啊！

雁回在一旁瞪著天曜，他一副殘破的身軀，只找回了龍骨，身體裡大概什麼法力都沒有恢復吧。雖然他好像懂挺多陣法，能借陣法之力做點事，但哪有那個時間讓他在鳳銘身邊畫陣法啊？人家又不傻！

雁回與鳳銘交過手，她知道鳳銘的厲害，要讓現在的天曜和鳳銘鬥，那是片刻就死成渣的結果啊！

「我那叔父鳳銘年輕之時也曾被送去仙門修道過一段時間的，要對付他，可沒那麼容易。」顯然鳳千朔也有與雁回一樣的顧忌。

「我敢出此言，願去天香坊涉險，鳳堂主卻不敢信我？」

嗯，激將法。

雁回瞟了天曜一眼。

鳳千朔聞言像是被逗樂了，哈哈笑了幾聲：「我這若是不答應你，倒顯得我這堂主毫無氣魄了。」他默了一瞬。「你與雁姑娘先回去歇歇吧，待我斟酌片刻。」

天曜也不再糾纏，坦然地站起了身：「告辭。」

哎，這便下逐客令了？雁回有點愣神，她好像……在討論中沒有起到什麼作用呢。因為天曜好像自己已經有了計畫。

待得出了弦歌的閣樓，雁回有點止不住好奇地問天曜：「你能對付鳳銘？那上次為什麼在天香坊卻不見你那麼輕鬆淡定？」

「我不能。」天曜淡淡道：「龍角不在我身，我無法吸納天地靈氣為我所用，身體之中沒有內息。」

雁回一愣：「那你剛才說得那麼振振有詞的……」

天曜腳步微微一頓，轉頭看著雁回：「雁回。」

他如此正經地喚雁回的名字，聲音好聽得讓雁回心頭一蕩，她也定定望著天曜，然後默默在他目光中紅了臉頰，她輕咳一聲，不自然地挪開目光：「有什麼你直說。」

「我對付不了鳳銘，但妳可以。」

雁回反應了一會兒，倏爾反應過來了。

哦！原來搞半天，他說的此事對他來說不難，不是因為他很厲害，而是他根本就不打算去做！他想讓她來做！讓她去和鳳銘來打！

那對付鳳銘，對他來說確實不難啊！因為他根本就不用出手啊！

難的是她啊！是她啊！

雁回一瞬間覺得狐媚香大概在她身上失去了效果，因為她突然間好想捏死這條妖龍……

雁回拚命咬牙，忍住了內心的衝動，然後盡量溫和地露出一個笑容，打算耐心地和天曜好好談談：「你怎麼就知道我願意和鳳銘硬碰硬地去打呢？」

「妳會願意的。」

「我！」雁回本想掙扎，但想了一會兒……

她竟然真的是願意的！

於是雁回沉默地看著天曜：「……」

如果想別的方法太困難了，那就乾脆直接一點，硬碰硬地來吧。簡單粗暴，乾脆俐落，靠實力說話，是雁回一貫作風。

雁回有些憋屈地嘟囔了兩句，然而細細一想，她又皺了眉頭：「我若是使出全力，與鳳銘一戰也未必會輸。」雁回道：「只是，我使的都是辰星山的心法，一動手便立即會被看出來……」她頓了頓。「弦歌與鳳千朔就算了，反正想掌握的消息他們都能掌握，只是，我暫時還不想讓別人知道我是辰星山的人。」

與鳳銘作對，放走狐妖，盜走祕寶，還使出辰星山心法，外人若是知道這些消息，稍微熟悉辰星山內務的人都會知道，會做這些事的大概就只有才被踢出門的雁回吧。

到時候子月會知道，凌霏會知道，凌霄……也會知道。

她並不想讓凌霄知道，離開辰星山之後的她，真的和妖怪在一起，在幫妖怪做事。

即便……這好像對凌霄來說並不重要。

天曜微一沉思，他倒是沒有去想辰星山的事。只是雁回的身分確實不能在這個時候有所暴露，不說別的，若是讓素影知道了盜走龍角的人是雁回……那光是想一想，也足夠糟糕了。

所以不能讓別人知道雁回的真實身分。

「如果不用辰星山心法的話，我對上鳳銘是全然沒有勝算的。」雁回望著天曜。「你給鳳千朔誇下的海口，還是趁現在趕快去收回吧。」

天曜沉默了一瞬，卻並沒有接雁回的話，他只道：「妳先前與我說，妳學東西很快對吧？」

雁回眨巴了兩下眼：「對啊！」

「那就不用辰星山的心法，我來教妳，現在便學新的法術。」

「現在？」雁回一怔。「行是行……但是……學什麼？靠著這塊護心鱗學你妖龍的法術？」

「不。」天曜眼睛微微瞇起來，顯出了幾分算計的精明。「妳來冒充青丘的人，我來教妳九尾狐的法術。」

雁回一瞬間懷疑自己的耳朵是不是聽錯了什麼話：「你說，要教我什麼？」

「九尾狐一族的心法。」

雁回不由得奇怪：「你不是妖龍嗎？怎麼還會九尾狐一族的法術？」

天曜淡淡道：「五十年前，中原靈氣充裕之地被修仙修道者所占據，妖族偏居西南，兩方以青丘為界。天下兩分，局勢大定，然則妖族與修仙者的約定卻與我並無關係。」

雁回眨著眼看他：「你沒有去西南嗎？」

「不想去。」天曜道：「我已在一谷中修行千年，不愛換地方。」

也對，那麼大一個千年妖龍，當時修仙者與妖族大戰，雖然贏來了中原大地，但自身也損失慘重，誰也沒有心情再去招惹這條大龍吧。

這天下，到底是靠實力說話的。

「我千年來獨行於世，但那段時間，卻有不少不甘離開中原的妖怪找到了我。我沒將他們趕走，他們便將我當作庇護，依舊在這中原大地中修行。」

「所以……」

天曜瞥了雁回一眼：「被我庇護的妖怪當中，恰好有九尾狐一族的人罷了。彼時修行之餘，那人常找我切磋，一來二去我便也習得了他們的心法。」

天曜竟然還有這樣的過去。

雁回聞言點了點頭算是瞭解。

想想他當年那也算是一個叱吒風雲的大妖怪吧，竟然憑著一己之力在中原護住了一谷的妖怪。而現在……

雁回甩開腦中的思緒，盯著天曜道：「所以你現在的計畫是，先讓鳳千朔引開鳳銘，然後你我強闖天香坊將龍角搶了，待得鳳銘聞訊趕回來再與他戰一場？」

天曜點頭。

雁回思索了一陣：「有幾個問題我和你捋一捋啊！首先，你確定在這麼短的時間內，我能學會九尾狐的多少法術？其次，用它來對付鳳銘當真沒有問題？」「我來教妳，沒有問題。而且，到時我若是重獲龍角，助妳一臂之力也並非不可。」

這麼自信……雁回默了一瞬，打算在打架修行這件事上，暫時相信好歹也比她多活了一千年的妖龍：「那最後，鳳千朔要是不答應你的提議怎麼辦？」「他會答應的。」天曜遙遙望了眼弦歌所住的那個閣樓，說得篤定。「因為人性總是貪婪的。」

鳳千朔與鳳銘的關係早就只是在維持表面工夫，撕破臉不過是遲早的事，而現在，鳳千朔有機會能除掉心頭大患……

即便要冒風險，他也是會願意的。

果不其然，如天曜所料，第二天一早，鳳千朔便著人給天曜傳了個消息過來。

鳳千朔邀鳳銘十日之後來忘語樓赴品酒宴。鳳銘欣然答應。

想來鳳銘是覺得，他這個姪兒，也沒能力害到他吧。

要鳳千朔做的事他已經做到了，這方天曜教習雁回九尾狐一族的法術倒是也快。九尾狐一族的法術確實高深難學，若是叫雁回直接拿了書來看，指不定一個小法術也夠她學上十幾天，但天曜好似總能找到最恰當的方法讓雁回學會這個法術，有時候一天內，雁回便能熟練掌握兩個基本法術。

只是讓雁回很煩惱的是，每天看著天曜給她做示範，看著那張臉，他的身形，他修長的手指，這對雁回來說都是一種變相的折磨。

在天曜一本正經地給她講法術要點的時候她想去抱著他蹭一蹭，在天曜手把手地糾正她結印的手法時，雁回就想將他的手一把抓住，十指緊扣，再不鬆手。

她不只一萬次想去問弦歌，不是說好的現在的狐媚香是個半成品嗎！不是說好的隔一段時間藥效就會自己消失嗎！那為什麼到現在，雁回依舊覺得這藥的效果強勁得嚇人！

而且最可怕的是，偶爾天曜在教習她法術的空隙時間，雁回會看見天曜在沒人注意的地方，看著他自己的手發呆，手掌緊握成拳，然後又無力鬆開……

看見這一幕時，雁回發現自己竟然會不要命地去聯想他的過去，去想像他的無力，然後詭異地為天曜感到心疼……

最詭異的是，她似乎已經有點分不清，她是在藥物作用下心疼天曜，還是在發自內心地同情天曜。

不過不管雁回內心的情緒怎樣糾結，修習法術的時間過得卻是極快。眨眼間便到了第九天，雁回已將九尾狐一族的基本法術都修了個遍，雖然還不大精通，但現今中原，與九尾狐交過手的能有幾個？糊弄糊弄騙騙人應該是問題不大。

她現在唯一忐忑的是：「我真的能打得過鳳銘？」

天曜琢磨了一瞬：「照上次的情況來看，妳現在用九尾狐的法術與鳳銘動上手，或許五分勝率。」

雁回一默：「那我要是打輸了呢？」

「那便看天意怎麼安排了。」

「……」雁回拿起手裡的劍。「那今晚咱倆再好好練練，萬一明天就有六分勝率了呢！」

天曜聞言，抬頭看了看天色，但見天已擦黑，天曜皺了眉頭：「妳練吧，我先回了。」說完，他轉身就走了，都沒給雁回一個反應的時間。

雁回在原地愣了許久，然後抬頭望天，算算日子，她倏爾想起，對了，今天又是滿月之夜。

在上一個滿月之夜裡，天曜還在銅鑼山中。那天晚上，他可是撲倒了她，在她嘴上咬了好大一口……

今天晚上，是天曜的劫啊！

雁回忍住了心頭的情緒，沒有跟著天曜一同回去，一直練到月上中天，她才回了房間。經過天曜房門的時候，雁回不由自主地停住了腳步，她側耳傾聽，卻沒有聽到天曜房間裡發出一點動靜。

知道天曜是個善於隱忍的人，雁回在心頭默默嘆了口氣，抬腳回了自己房間，但一進房間，雁回便是一愣。

只見天曜蜷縮在她的床榻之上，裹著她的被子，雙眼緊閉，臉色慘白，呼吸急促，每一次呼吸都呼出繚繞的白霧。

他宛若一個生病的孩子，無依無靠，只能藉助被窩汲取一絲溫暖。

竟是跑到她這裡來了……

「天曜？」雁回喚他，可並沒有得到天曜的回答。她見天曜的睫毛上似凝起了寒霜，心頭一抽，不由自主地伸出了手，去觸碰他的臉頰。

指尖傳來的，是比寒冰還要刺骨的涼意。

他身體裡得有多冷啊……

雁回心裡不停地警告自己，不能這樣，不能再對他有更多的可憐了。但是她的手掌卻已經不由自主地貼在了天曜的臉上，想給他一點自己所擁有的那麼微不足道的溫暖。

看著自己貼在天曜臉上的手，雁回心裡還在掙扎她要貼多久時，天曜幾乎是本能的，伸出手抓住了雁回的手。

他的手也凍得好似冰塊，雁回告訴自己要把手抽回來，要不然待會兒他就得把她拉到床上去了……

可她這個念頭還沒完全在腦海裡過一遍，天曜果然手上一用力，逕直將雁回拉了下去，雙臂像是找娘親的孩子一樣，自然而然地將雁回抱在了懷裡，緊緊勒住，用力得幾乎讓雁回聽到了自己骨頭的聲音。

上次天曜犯病的時候，雁回沒有恢復法力，她掙不過也逃不脫；而現在以她的修為法力，要推開如今的天曜，那是一件再簡單不過的事，但如今她卻不想那樣做。

這個懷抱宛如冰窖，勒得她渾身難受，雁回根本就沒法好好睡覺，可轉念一想，抱著她的這個人，可是比她還要難受十倍呢。想想他的過去，那些獨自走過的二十年，雁回只能深深地嘆了口氣。

她伸出手，環住了他，將他抱住，手掌在他背上輕輕地拍：「睡吧睡吧，不痛不痛。」

就像哄小孩一樣。

大概是狐媚香的作用吧，雁回想，一定是狐媚香的作用吧。

畢竟她這樣沒心沒肺的人，怎麼會忽然就開始……心疼起一個人來了呢？

翌日清晨。

天曜睜開眼睛，看見的便是雁回半睜著眼睛的模樣，她嘴裡還在念念有詞地嘀咕：「睡吧睡吧，不痛不痛。」

天曜真的有一瞬間是想把醜成這副鬼樣子的雁回踹下床的。

但他很快就忍住了。

因為他感覺到了雁回的手還在無意識地拍著他的後背。

一拍一順，像是在撫摸著什麼小動物一樣，又輕又柔。

她就這樣強撐著睡意，安撫了他一宿。

天曜嘴角微微一動，他往後退了退，這時才發現，自己的手竟然還緊緊地握著雁回的另一隻手腕。待得他一鬆手，雁回手腕上的皮膚都白了一圈。

他這個動作讓半夢半醒間的雁回渾身一震，然後立即睜大了眼睛：「怎麼了？嗯，又怎麼了？」

天曜輕咳一聲：「妳壓到我衣袍了。」

雁回青著眼睛看了天曜好一會兒，然後才道：「你這不廢話嗎？這床這麼窄，我和你睡一起，肯定會壓到你衣裳啊！」她不滿地爬下床，嘴裡憤憤地念叨：「真是陪睡還被嫌棄，不講道理也不講道義，下次月圓之夜就算你哭著爬過來求我，我也不給你抱著睡了……」

「……」

天曜背過身，又咳了好幾聲，昨天冰得不行的耳根子，此刻天曜卻覺得有些微微地發燙。

雁回沒好氣道：「我都讓你了你還不下床來，我還打算趁著時候早睡一兩個時辰補補眠呢，咱們今晚可是要去盜龍角的，我要是不能打，你頂上？走開走開。」

天曜也沒別的話，連忙俐落地下了雁回的床，跟有刀在割屁股一樣。

雁回也沒客氣，都沒等天曜完全站好，她就直接爬上了床，裹了被子，扭了兩下，找了個舒服的姿勢，就這樣在天曜的注視下睡著了。

天曜沉默地看了雁回許久，一時間有點不敢置信剛才自己竟然被嫌棄得連話都說不了一句……

那麼赤裸裸的嫌棄……

天曜搖頭笑了笑，轉身打算回房好好刷牙洗臉調理一番，可腳步還沒動，便有一雙溫熱的手忽然抓住了他的手指。

天曜一愣，對於這樣的溫度，不知道什麼時候他竟然開始感覺熟悉，於是也沒有將她甩開。

雁回的手便順著天曜的手指一路找到他的掌心，握住，探了探，然後便沒再猶豫地收回了手：「正常了。」被窩裡傳出雁回懶洋洋的沙啞聲音：「走吧走吧。」

天曜卻覺得像是有個火種留在了掌心一樣，一直燒，一直燒，直到他回房刷牙洗臉調理了內息之後，那股灼熱的感覺也沒有消失。
這大概算是雁回這個姑娘為數不多的溫柔吧。
可也正是因為她平時太不懂溫柔，所以一旦有哪一天體貼起來，便讓人覺得有點……難以招架呢。
天曜握了握掌心，黑眸微垂。
雁回睡醒的時候已經是下午了。她自己收拾了一番，又去與弦歌和鳳千朔核實了一下時間，便叫了天曜一同向天香坊出發了。
雁回算好了時間，在鳳千朔的品酒宴開始的那一刻，她與天曜從後門闖進天香坊。
如今天香坊沒了鳳銘，留守的不過是一些仙門的弟子而已，要對付他們，雁回自是覺得輕輕鬆鬆。
也確實如大曜和雁回所料，他們闖進天香坊的時候仙門弟子盡數來擋，但哪裡擋得住雁回？這世間能真真修好仙的人，本來就是鳳毛麟角，要讓那些「鳳毛麟角」來看門，可不是那麼容易的。
仙門弟子被雁回用幾個青丘的法術擊退。
本來雁回還覺得有點心虛，怕被人看出了端倪，但很快就有仙門弟子自己吼了起來。

「她使的是狐妖的法術！」

「不只是狐妖的……那是……九尾狐的法術！是青丘的九尾狐！」

這一叫，所有人無不膽寒，誰沒聽說過九尾狐之威？那在傳說中可是吃人都不帶吐骨頭的大妖怪。果然沒一會兒，那些所謂的仙門弟子該跑的跑該逃的逃，誰也不敢正面和雁回交手了。

但見所有人丟盔棄甲地從她眼前跑掉之後，雁回身為曾經的同道，看到他們這個樣子，心裡也是氣不打一處來：「修的都是什麼窩囊仙啊？我要是他們師父，先自己了結了這群廢物，省得放出來丟人現眼！」

天曜只淡淡斜了雁回一眼：「何人不是俗世中人？妳道是人人都像妳這般不畏傷，不懼死？」

「我這是叫有責任心有骨氣。」雁回言罷，頓了頓。「回頭要有機會讓你見了我大師兄，你才知道什麼叫榆木腦袋不怕死。」

兩人一邊說著，一邊逕直找到了天曜感應到的龍角所在的院子。

他們來了三次，這一次，終於是踏進了這院子。

照他們的想法，此時在忘語樓的鳳銘應當是聽到天香坊出事的消息了，他該急著往回趕了。天曜只要進了院子，取出龍角，將它好好地放回身體裡面，然後等著鳳銘回來，收拾他就行了。

但一推開院中屋的房門，天曜腳步一頓，雁回也是立即往後退了三步：「糟糕。」

屋中倏爾光芒大起，一聲清脆的啼叫直上天際，雁回堪堪結出了個結界，擋住了面前聲音的力道。

光華之後，雁回定睛一看，面前竟是站著一隻昂首挺胸，與人一般高矮的大鳥。

「青鸞。」天曜眉目沉凝。

雁回聽得這兩個字，一愣：「什麼？」

「青鸞神鳥，素影的坐騎。」

素影竟是把自己的坐騎留在這裡看守龍角了，難怪她敢這麼放心大膽地離開天香坊，原來還是留了後招。

雁回想了想時間：「不行，待會兒鳳銘回來了，他們倆加在一起我更沒法對付，我先引開這隻鳥，你進去取龍角，要是還有什麼機關暗器的……你就看天意吧。」

分頭行動，這確實也是目前最好的辦法了。

天曜點頭：「青鸞不好對付，小心。」

雁回沒再廢話，直接以九尾狐的法術凝出一記火焰，對著青鸞便扔了過去：「大鳥，你看我呀！」

青鸞是神鳥，天生便是妖物的天敵，此時雁回用妖族的法術打牠，自是讓牠將全部的注意力都放到雁回身上。

雁回引開了鳥，飛快地就往院子外面跑了。天曜一頭衝進屋子裡。

屋內黑暗，但對於天曜來說，再黑暗也擋不住他的感覺，走到這裡，每靠近他的龍角一步，他便感覺自己空洞了二十年的心跳動得更加劇烈。

一下一下，擠壓著他的血液在渾身流動。

他的那對龍角被好好地供在簾幕之後，沒有東西襯托，但是它自己便能飄浮在空中。因為那本就是世間至靈之物，能自己吸納周圍的靈氣，永遠都是那麼閃亮耀眼的威武模樣。

龍角，與他失散了二十年的龍角，當年被活生生地從他頭上割下的……

他伸出手，在觸碰到不過與他只隔一層簾幕的龍角之前，天曜倏爾渾身僵住了。

簾幕背後，素影的身影陡然出現！

是幻覺！天曜提醒自己。此處還被素影布下了幻覺的陣法。他得破陣……

素影的幻象在簾幕背後伸出了手，擺出了和天曜一樣的姿勢，然後用指尖貼上了天曜的指尖，隔著簾幕，天曜能感覺到那邊傳來的寒涼的體溫。

「天曜。」素影開口：「你還是找來了。」

天曜眉目冷了下來，盯著對面簾幕之後的素影，見她神色淡漠，一如在看這世間的卑微螻蟻。

「二十年了，你又回來了。」素影道：「你是怎麼回來的？」素影一抬頭，天生帶著寒霜的眼睛盯著天曜。「不，這不重要。你現在可是認為，我應該要懼怕你？可我卻要對你說謝謝。」

不是幻覺。

天曜眸色更冷，這是素影給他留下的話。

「你的魂魄逃出，你找回了龍骨，現在，我便將這龍角送還給你。拿了龍角，你就更努力地去找吧，更快地去找到你身體的其他部分，然後……」素影的手倏爾動了，她的手穿過簾幕，食指碰到了天曜的心房。「找到你的護心鱗。」

素影抬頭，眼中的光近乎入魔：「這一次，我不會再弄丟他了。」

天曜一抬手，凌空一揮，扯下了簾幕，也將素影的身影徹底打碎。

天曜目光森冷：「這一次，妳依舊什麼也不會得到。」

護心

第十章

重獲龍角

簾幕散了一地，天曜立在龍角之前，只有一步的距離，他卻始終沒有踏出，腦海中迴旋不去的依舊是素影那句：「去找吧，更快地去找到你身體的其他部分，然後……」

護心鱗，她還想要他的護心鱗，她依舊沒有死心……天曜眸色如雪，掌心緊握成拳。

便在此時，外面忽然一聲巨響，雁回的身體像球一樣被撞進了屋內，逕直撞在天曜的背上，將他帶得一個踉蹌。然後雁回自己滾到一邊，連痛也沒來得及叫一聲，就地一滾，腿一蹬，又衝了出去。

她手中結印瞬間翻上了隨著她衝進屋裡來的青鸞的背，揪住青鸞兩個翅膀的底部，任由青鸞如何揮舞翅膀四處亂跳，也沒辦法將雁回從牠身上甩下來了。

穩住了身形的雁回這才分心看了那邊慢吞吞爬起來的天曜一眼，登時氣不打一處來：「你又在裝什麼文藝想什麼破故事啊！龍角在那兒，你給我上啊！插到頭上去啊！愣著等花開嗎！」

天曜被雁回剛才那下撞得不輕，他咳了兩聲，倒確實被雁回罵回了心神。

不管這龍角是不是素影故意留給他的，不管素影此後還有多少算計與陰謀，這龍角他都必須拿。

這本是他身體的一部分，這本來就是屬於他的東西，若是以後要應對素影的陰謀詭計，他也必須仰仗他的龍角。被封印的東西，他都要一個一個地拿回來，哪個都不會少。

天曜伸出手，指尖觸到空中飄浮的龍角頂端。一時間，一股暖意自指尖順著血脈，一路竄進了心頭。

龍角也在顫抖。

終於回來了，屬於他的一部分。

天曜伸出雙手，一手觸碰一隻龍角，掌心雖無法力，卻自起金光。一時間，滿室充盈的靈氣讓與青鸞尚在激烈爭鬥的雁回也有了察覺。

而除了倏爾變得濃重起來的靈氣之外，雁回還感覺到有股細微的暖意，像一簇豆大的燈火一樣，在她的胸腔之中燃燒。

霎時，雁回只覺一股力量充盈了四肢百骸。身下青鸞依舊在不停地掙扎，雁回一咬牙，手臂用力，拽住青鸞的翅根，但聞她一聲幾近沙啞的一吼。

「嗤嗤」兩聲，青鸞的翅膀被雁回活生生地撕了下來。

然而並沒有血液落下，撕下來的翅膀登時化為能看得見的彩色靈氣，晃悠悠地飄到了天曜身邊。

在天曜那處，他手中的龍角已經不見，但是金光卻在他身邊圍繞。

青鸞翅膀化成的彩色靈氣飄繞到他周身，像是被吸引了一樣，在他周身纏繞旋轉，然後慢慢聚集在他頭頂之上。

雁回撕掉了青鸞的翅膀，自己也失去了抓住青鸞的依託，從青鸞背上跳了下來，落到一邊。

已經沒有再戰的必要了。失去翅膀的青鸞靈力大量流失，牠不過伸長了脖子垂死掙扎著高聲啼叫了兩聲，然後就倒在地上不動彈了。

沒一會兒，青鸞的屍體也一點一點化成了彩色的靈氣，自然而然地飄到天曜身邊。

圍繞著他，就像他身邊的七彩祥雲，把他烘托成了一個好似立馬便要飛升的仙人，正在接受上天恩賜的洗禮。

雁回在一旁看著，只覺得這一幕美得驚人。但因為知道天曜的經歷，她覺得這樣的美麗，還不如不看到的好。

正當雁回如此想著時，外面倏爾傳來一聲低沉的喝斥：「何方小妖膽敢闖我天香坊！」

聽這渾厚的聲音，應是鳳銘回來了！

雁回一驚，回頭看了天曜一眼。雖然現在不知道天曜具體在幹什麼，但看他這副樣子，明明是還沒完全將龍角融入身體呀，周圍的氣息還在圍繞他旋轉，想來便像是運功於體內在慢慢消化的關鍵時候。

運功的時候被強行打斷，輕則經脈逆行，重則暴斃；天曜這雖然不是在運功，但若被打斷，想來下場也好不到哪裡去。

不能讓鳳銘進來。

雁回一咬牙，腦中憶起天曜教她的一個九尾狐的結界術。她這方還在忙著要布，剛出來了一個雛形，那方鳳銘一個法器祭了出來，是一個帶著火焰的大鐵球，逕直撞上了雁回尚未布完的結界之上。

火球被彈了回去，雁回這半斤八兩的九尾狐結界也應聲而碎。

鳳銘此時已出現在了門口：「竟是九尾狐一族的法術！」他怒視雁回。「我道上次為何你兩人鬼鬼祟祟，身為妖狐，竟然還敢冒充棲雲真人門下的弟子意圖盜我寶……」

話音一落，鳳銘往雁回身後一看，但見他眉頭一皺，神色似驚似疑。

雁回心道糟糕，他看見了天曜融合龍角的模樣，這下絕對不能讓他活著了！

雁回一咬牙，喝道：「你這老頭，心狠手辣殺了那麼多狐妖。今日，且讓你來和我比劃比劃，看你到底有幾斤幾兩！」話說得大，其實雁回心裡是沒有底氣的，可現在沒有底氣，也得硬著頭皮頂上了。

她不等鳳銘回應，先發制人，逕直撲上前去與鳳銘戰作一團。

可她剛與青鸞一戰，元氣本就沒恢復多少，用的還是她會卻不太順手的九尾狐一族的法術，是以沒多久，雁回便自然而然地落了下風。

可到底在辰星山與各位師兄弟切磋了那麼多年，鳳銘的招數她基本都還是能憑著機智一一化解。

時間一久，倒是鳳銘不耐煩了。他目光一轉，盯住天曜：「小子，看你囂張！」

他一喝，一手接了雁回一招，另一手拋出法器，逕直向天曜砸去。天曜依舊在靈氣當中閉著雙眼，凝神聚氣，沒有半分分心。

眼看著那火球便要砸在他的臉上。

雁回心頭一慌，登時什麼也顧不得了。一個瞬影，逕直落在天曜身前，催動身體中的仙法，控住了這制妖的法器，然後將它狠狠地按在地上，逕直砸穿了地板，整個兒埋進了地裡。

雁回單膝跪地，一隻手還按在那火球之上，另一隻手向後護著，攔在天曜的身前。

「辰星山瞬影術。」鳳銘呢喃出聲：「搞半天，竟然還真是道友啊！」

雁回從地上站了起來，頭髮在剛才的打鬥中散得有些凌亂，可這樣反而更添了幾分她這一身氣概。她歪著嘴一笑，微微地露出了尖銳的小虎牙：「知道太多的人，一般都死得早。」

「狂妄，枉費妳費盡心機想掩藏。」鳳銘冷笑。「在我面前……」

雁回身形一動，再不吝惜著自己的法力，快速向鳳銘攻去。

反正他已經知道了她的門派，沒必要再掩藏了。而且外面的修仙者早就跑得差不多了，用辰星山的法術與鳳銘打，雁回便沒了顧忌。

她心裡唯有一個念頭，要想保住自己，保住天曜，現在就只有殺了這個陰險又狡詐的老頭，哪怕是……

拚個兩敗俱傷。

她眸中火焰一燒，掌中法力凝聚，以只攻不守的姿態衝向鳳銘。鳳銘一驚，一時卻也有幾分招架不住，但越退越被雁回逼到盡頭。鳳銘一咬牙：「小兔崽子，今日便要妳橫著出去！」

話音一落，他竟是避也不避，拚著被雁回一掌擊中心口的風險，一拳送上了雁回的腹部。

雁回一聲悶哼，手中勁力卻還是擊在了鳳銘心口之上。

鳳銘連連退了三步，只覺一陣更甚一陣的灼燒痛苦在五臟六腑裡蔓延。而雁回也並不好受，她只覺腹中似有刀絞，可現在卻是殺鳳銘的最好時機。她一咬牙，努力忽略掉疼痛，正要再衝上前，後方倏爾金光大作。

雁回只覺心頭暖意噴湧而出，充滿了身體的每一寸骨血。她腳步一頓，再邁不出。

那方心口被灼燒得痛苦至極的鳳銘見狀，心道不妙。他而今無力再戰，那方的小子雖然不知道在做什麼，但讓人下意識地覺得危險。

以一敵二，不行。他便趁著雁回遲鈍的這一瞬間，一轉身跑出了屋子。

他還是有靠山的，他幫素影做事，素影不會不管他……

鳳銘一瘸一拐，艱難地跑出了院子。待到一個拐角，他本欲大聲喚來還在院中的修仙之人，但舉目四望，四周已被清空得連蟲也沒一隻。

「一群……沒用的廢……廢物。」

「叔叔這是在說誰呢？」

院外傳來輕而緩的腳步聲。

鳳千朔笑咪咪地搖著扇子，領著一隊人馬踏了進來，攔在了鳳銘的身前。

鳳銘看著笑瞇了眼的鳳千朔，嘴角扯了扯：「姪兒啊，這裡面可來的是兩個，一個是盜取仙族祕寶的妖怪，另一個可是幫助妖怪，背叛仙族的修道者！他們此時已經重傷，你便不想為仙族立個功，以保我七絕堂的江湖地位嗎？」

「叔叔說得在理啊！」鳳千朔點了點頭，與鳳銘擦肩而過。「且讓我去會會他們，那麼……」

鳳千朔微微回頭，溫和的笑意中，倏爾帶了殺氣：「先勞煩叔叔，去閻王殿等等消息吧。」

鳳銘雙目一瞠，胸膛已經穿出了一把大刀。刀毫不猶豫地抽了出去。鳳銘雙膝往地上一跪，直挺挺地倒了下去。「好……」鳳銘道：「好，比你父親……心狠。」

鳳千朔展開扇子，扇去空氣中的血腥氣味：「你這輩子，除了長相，也就誇了我這麼一句，難得啊！」他一嘆，卻是長舒了口氣。

他的叔叔啊，終於死了！

雁回是不知道外面情況的，她心中唯一的念頭便是將鳳銘捉回來殺掉，以絕後患。

但奈何心頭暖意一陣勝過一陣。不知過了多久，這些氣息慢慢融入身體，充盈四肢，雁回舒了一口氣，終是能邁動腳步了。

她往回一看，天曜閉著眼睛站在原地。其實自打昨晚月圓之夜後，天曜的臉上一直泛著不健康的烏青色，像是被凍壞了一樣，然而現在，他臉上的顏色比先前紅潤多了。

他穩穩地站著，不知是在感受身體裡的氣息還是在思考人生，雁回只知道他沒事，然後轉頭就要往外面追。

若是讓鳳銘跑到人多的地方，那她就不好用辰星山的法術了……

雁回如是想著，卻不料悶頭衝出房間的那瞬間，迎頭撞上了門口的人，將那人撞得一個踉蹌，連連退了好幾步。

雁回心頭大緊，卻聽此時一聲喚：「怎的如此慌張？」雁回定睛一看，見是鳳千朔，她登時便鬆了一口氣。傷成那樣的鳳銘遇見了鳳千朔，哪裡還有他的活路？

這對叔姪之間的恩怨，即便雁回不曾親歷，但光憑坊間傳聞推斷，便也知道鳳千朔肯定是早就恨不能將鳳銘拆吃入腹的。

所有權力的爭奪都是這樣的不死不休。

這方放下了心，雁回心頭又是一驚，往鳳千朔身後一看，鳳千朔卻已經笑了出來：「雁姑娘，別看了，我自是不會這般不懂事，讓手下的人進這屋子裡來看見妳的。」鳳千朔搖了搖扇子。「我不過是來告訴妳，我那叔父已經歸西了，讓妳安個心。」

雁回這下著實是安心了。

然而這心一安，她登時便覺得所有支撐她的力量瞬間消失了，她只覺腹痛如絞，渾身乏力，額上虛汗一層層地往外冒，她幾乎是立即捂著肚子跪了下去：「你要救駕倒是來早點啊！」

鳳千朔被逗得笑了出來：「我這不是相信雁姑娘的本事嗎？」言罷，他見雁回卻是蹲著半天沒抬個頭，心裡便也知道雁回實在傷得重了，他微微收斂了神色，蹲下去打量雁回。「雁姑娘可還能自行走回去？」

鳳千朔是不能讓手下的人送雁回走的，雖說他手下的人都是自己親信，但雁回在這裡出現，還是能少一個人看見便少一個人看見的好。

雁回擺了擺手：「你自己帶你的人走，全當沒見過我。我還有事。」

鳳千朔有些困惑，這時雁回身後卻傳來另一人的詢問之聲：「妳還有何事？」

天曜終於完全將龍角吸收進身體裡面，走了出來，他看著蹲在地上起不了身的雁回，微微皺了眉頭，然後也走到雁回身邊蹲了下來。

眼見天曜如此緊張，鳳千朔便笑了笑站起了身：「天曜公子卻是可以扶妳回去的，如此我便不用操心了，這便先走了，你二人路上多保重。」言罷，他倒真沒留戀，俐落地走了，院外傳來他高聲吩咐屬下的聲音：「把那些製好的狐媚香都一併搬走。」

想來鳳千朔並不想浪費那些已經製好了的藥品。

而此時天曜與雁回並沒有心情去關注那些剩餘藥品的去向。畢竟現在龍角沒了，鳳千朔就算自己想做狐媚香也做不成了，他能幹的頂多就是將這些剩餘的狐媚香賣掉而已。

這邊雁回關心的是自己的肚子，她的胃和腸是不是被剛才那一擊打碎了，現在怎麼這麼疼……

而天曜則是看見雁回額上虛汗一層層往外冒，微微握緊了拳頭：「傷得重嗎？」

「原來你還知道我受傷了啊？」雁回一提這事兒便氣不打一處來。「你今天到底在磨蹭個什麼勁兒啊？」

素影那番關於護心鱗的話在腦海裡一閃而過，天曜眼眸微微一垂，一開口說的卻是：「龍角乃至靈之物，與龍骨一樣，重新融進身體裡需要一段時間。」

是了，上次天曜掉在那冰湖裡，好長一段時間沒出來，雁回都差點以為他死了。

「我只是暫時無法動彈，然而神識卻已經存在。」

就像雁回剛才覺得心頭一暖，然後猶如定身般站在那裡動彈不得的感覺一樣吧。

雁回想了想，那也沒什麼好怪天曜的，她現在大概是疼得脾氣有點不好了：「咱們先別走，我還得找個東西。」

天曜似乎對她這話很不滿意：「妳傷得重，先顧著自己，還想要找什麼回頭再來找。」

「別別，趁早把白曉露她娘找到了放出來吧，回頭別咱們都把事情解決完了，她那方還是成了厲鬼，那可冤了。」

雁回的手在空中抓了兩下，然後天曜便下意識地接住了她揮舞的手，又下意識地將雁回扶了起來。雁回身體微微一個踉蹌，撞進了他懷裡。

而現在雁回估計是疼得身體沒了感覺，也沒叫喚癢癢麻麻的，也沒羞得讓天曜趕緊鬆開她。碰到他身體卻沒有那樣反應的雁回，一時讓天曜有幾分不習慣。

他愣了愣，察覺雁回邁出去一步，他才忙忙地跟上，怕不扶著雁回，她就走摔了。

「素影當初走得急，給這裡放了個青鸞，但對她來說，那隻三尾狐妖的魂魄不過是個微不足道的小角色，她不會那麼有心特別記得將三尾狐妖的魂魄帶走，所以三尾狐妖一定還被封印在這天香坊的某個角落裡。」雁回自言自語地說完，疼得嘶嘶抽了幾口涼氣。「只是這天香坊太大，又不知道素影當時是用個什麼法器收的，得怎麼找啊……」

天曜默了一瞬，問：「鬼氣皆如上次妳在柳林召喚三位狐妖那般，是那黑得汙濁的顏色嗎？」

雁回四處張望著，漫不經心地答：「對呀。」

旁邊又沉默了一瞬，待得天曜再開口，雁回聽到的卻是一句：「在那方，跟我來。」

雁回愣了愣，跟著天曜堅定地走向一個方向：「你怎麼知道？」

「我的龍角乃是吸納天地靈氣的至高之物，對世間所有的氣息皆是敏銳至極，而今龍角剛回我身，本是依舊遲鈍，不過要探一個與世間其他氣息大不相同的東西，還是簡單。」

雁回聽天曜這平鋪直敘的一說，登時眼睛一亮：「那用你這角去掘墳，指定一掘一個準，那些陪葬品豈不都是咱們的了？」

「……」真是無論什麼時候，都改不了這種語不驚人死不休的天性……天曜斜著眼睛瞥了雁回一眼。「好好找鬼。」

跟著天曜一路走去，在一屋風鈴之下，雁回果然感覺到了陣陣厲害至極的陰冷之氣。

風鈴無風自動，發出叮叮噹噹的聲音，在如今空蕩無人的院子裡顯得格外嚇人。

看樣子，裡面被封著的魂魄，是離變厲鬼不遠了。雁回不再耽擱，上前一步，凝聚法術，破開風鈴封印。風鈴應聲落地，與此同時，一聲尖厲的嘶叫幾乎要扯碎雁回的耳膜。

雁回捂住耳朵：「吵死了！」她只好用大聲音對三尾狐妖大喊，然而聲音一大，她腹部一用力，只覺又是一陣撕裂的痛傳遍全身。「哎喲，別叫了，妳女兒救出去了。」

只這一句話，讓整個院子裡的戾氣消散不少。雁回捂著肚子彎腰哀聲道：「真的救出去了，在忘語樓閣樓安排了個房間住著呢，比其他狐妖都幸福，妳可以隨我去看看妳女兒。」

三尾狐妖這才安靜了下來，她此時離厲鬼已經不遠了，衣衫破爛，一頭曳地的凌亂長髮，還有青色的臉和她臉上兩行像是刻進了肉裡面的血淚。

她什麼都沒做，只是站在原地盯著雁回，便讓雁回的肚子痛得更難受了幾分。

「跟我來，跟我來，我要是騙妳妳就把我帶走吧。」

雁回沒再用遁地術，天曜便扶著她，在三尾狐妖的注視下，一步一步從天香坊後面悄悄地回到了忘語樓。

雁回給三尾狐妖指了指自己房間旁邊的一間小屋：「喏，應該還在屋裡的。」她這話還沒說完，那房間的門便打開了，白曉露出頭來看了看雁回：「雁姊姊，妳……妳受傷了？」

這個小姑娘，是在擔心她呢。

雁回心頭一軟，她往旁邊一看。

只見方才還宛如厲鬼的三尾狐妖此時已經開始慢慢恢復正常。她望著白曉露，目光是難以言喻的慈愛，那麼多心酸苦澀還有掙扎，此時都沒有了，只有滿滿的欣慰和掩蓋不了的心疼。

是啊，怎麼不心疼呢！這大概是她最後一次見女兒了，沒有了執著留於世間的念頭，她就該去投胎了。而她的孩子，日後將面對的狂風暴雨，都將是她一人承擔，她的母親——

走了。

三尾狐妖周身黑氣開始變得純淨，但見她又變回了雁回第一次見她的模樣。她如果活著，肯定是個很漂亮的狐妖。

「曉露。」雁回聲音很輕。「我沒事，現在姊姊讓妳做件事，妳配合我好不好？」

白曉露困惑地看著雁回，但還是點了點頭。雁回握起拳頭，放到白曉露面前：「妳盯著我的拳頭看，不要挪眼睛。」

白曉露依言這般做。

然後雁回的拳頭慢慢挪動，直到挪動到三尾狐妖的腦袋上。

白曉露看著雁回的拳頭，就像看著此時正望著她的娘親，她們像是隔著生死，四目相接。

三尾狐妖的眼眶裡淚水洶湧地淌出。除了雁回，沒有人能聽到她的聲音，但是她還是捂住了嘴，害怕自己驚了孩子。「謝謝妳。」她幾乎泣不成聲：「謝謝妳，謝謝妳！」

聽著她這一聲聲道謝，雁回握成拳的手卻有些顫抖。

然後她鬆開拳頭，掌心點了一點火，火焰燒成了一隻小狐狸的形狀：「妳看，我給妳變戲法呢。」她如此對白曉露解釋她剛才的舉動。

因為與娘親分別一次已經足夠痛苦，雁回不想讓她再與娘親分別一次。那就選擇欺騙吧，什麼都不知道，或許對白曉露來說才是最好的。

果然白曉露露出了笑容：「雁姊姊真好。」

雁回點了點頭：「我先回房啦！」

天曜在旁邊看著，今日沒有擺陣法，他是看不到三尾狐妖的，但他大概能想到雁回做了件什麼樣的事，便不由自主地將目光凝在雁回臉上。

進了屋，關上房門，雁回貼著房門站了好一會兒：「天曜，你有母親嗎？」

天曜搖頭：「有，但從未見過。」

「天生天養倒是好。」雁回呢喃：「我卻是忽然有點想娘親了……」

雁回在床上躺了一晚上，腹中疼痛緩解了不少。可第二天早上吃早餐，剛吃完了一個饅頭，正準備拿第二個的時候，她忽然一捂嘴，連撲帶爬地奔到一邊找了個大盆吐去了。

像是要將胃都吐出來一樣難受。

房門「吱呀」一聲響，是隔壁房的天曜聽見了動靜。他一進門，見雁回吐得跟懷孕了一樣。他皺了皺眉：「怎麼了？」

「別……別讓我說話。」雁回吐完，捂著肚子，毫無形象地坐在了地上。「腹痛……」

天曜走到雁回身邊，伸手抓了雁回的手腕，一探，眉頭又更緊了幾分：「妳受的傷有法力。」

「廢話啊。」雁回抖了兩下手，甩開了天曜，自己爬起來坐回到桌子邊。「沒有法力我能調了一夜沒把內息調理好？」她言罷，順手端了桌上的涼茶要喝。

天曜兩步邁過來，一下將雁回手上的杯子按了回去：「涼茶傷胃，妳還敢喝？」

雁回睜著眼睛看他，無辜又詫然：「可我渴呀。」

天曜不理她，二話沒說，拿走了她手裡的杯子，也端開了桌上的饅頭。雁回愣了一瞬，然後拍了桌子：「吃的還給我，你拿走做什麼！」

天曜頭也沒回，拿著東西就推門出去了，直到關門前他才回頭掃了雁回一眼：「等著。」

吃的都被拿走了，還能乾坐著等那就不是雁回了。她捂著肚子連忙跟了出去。

追著天曜到了樓梯口，便見天曜回頭看了她一眼，許是覺得她走路沒什麼問題，便也沒管她，繼續拿著東西一路走到後院，去了廚房。

過早剛完，忘語樓廚房裡的人都在為午餐做準備，還沒人用火，天曜便自行進去熟練地在鍋碗瓢盆間操作了起來。

雁回湊到門口打量他，但見他倒了茶，放了饅頭，自己找米將米洗了，點火架鍋熬上，然後手腳俐落地剖了一條魚，刀一劃一片，就俐落地將魚骨完整地剔了出來，再拿刀背拍了拍，三下五除二將背脊上的刺一根一根地全部挑了。

最後叮叮咚咚將處理好的魚肉混著幾根薑絲一陣剁爛成末，在另一個鍋裡出了道水去腥，然後才丟進熬米的鍋裡，加了三截蔥段，慢慢攪著熬煮。

他這手法嫻熟動作輕快，想來也是，這十來年裡，天曜在那小山村裡生活，又沒個法術，煮飯洗衣，除了他自己幹，難不成還有人幫他嗎？當然是事事都得自己做。

雁回看著他忙活的背影，不知怎麼就盯著失了神。她吃過天曜做的饅頭，滋味很不錯啊，只是當時苦於在窮鄉僻壤裡沒什麼好食材，要不然說不準他做的東西會比辰星山的張大胖子做的還好吃呢。

而且這舉手投足間的姿態，就算是攪大鐵鍋也顯得飄逸。如此俊朗養眼的背影，也不是張大胖子拍馬能追得上的……

「你要是個女子，我就娶你回家。」

這句話鬼使神差地從雁回這裡脫口而出。

然後天曜的鍋鏟在鍋底刮出了「嚓」的一聲響，即便是有粥，也沒有壓住這聲音。

天曜回頭瞥了雁回一眼：「妳要是個男子，才有資格說這話。」

雁回想也沒想就道：「有哪個男人能比我對你還好呀？」

「……」

好像是說得很有道理，可是聽著就覺得哪裡不對勁啊！

天曜轉回頭不再看雁回，專心熬粥。然後慢慢地，粥熬出了香味，旁邊忽然就傳來了雁回抽了抽鼻子的聲音：「好香啊。」她腦袋從天曜身邊蹭了過來，一雙眼睛盯著鍋裡的粥眨也不眨一下。

「你也沒放別的東西，怎麼這麼香啊？」

張大胖子在雁回的心裡又掉了一個檔次。

天曜垂頭看了雁回一眼，見雁回完全被鍋裡的粥吸引住了，臉都蹭著他胳膊了也渾然不覺。天曜往旁邊站了站，這倒好，雁回覺得他是把地方騰出來了，於是又往前擠了擠，還是貼著他站著。

這下倒是不說她是吃了藥的人了？不說讓他走開點別碰著她讓她臉紅心跳了？

什麼狐媚香……對雁回來說還沒個魚肉粥來得香吧……

這貼身站著都看也不看他一眼了。

天曜又攪了一下鍋，其實照理說此時的粥還缺點慢火熬製的濃稠，但天曜不知是怎麼了，幾大杓將粥盛了出來：「吃吧。」他把粥放到一邊，落在旁邊灶臺的聲音有點響。

雁回就像眼巴巴盯著食物的小狗一樣，腦袋跟著粥挪動的方向轉了一下，緊接著就繞開天曜，就在這廚房裡，自己捧了小碗就開始喝粥了。

天曜在旁邊別著頭斜眼看她。但見雁回吹了幾下，吃了一杓，然後愣了很久，再轉頭看他的時候，目中竟似帶有淚花：「原來你能做這麼好吃的東西啊！」

雁回目光幾乎帶著感動：「胃都暖了，這碗粥讓我都開始崇拜你了。」

天曜輕咳一聲，扭過頭去，默了好一會兒才望著門外的風景道：「本可以做得更好，看妳饞得不行才給妳盛的。」

雁回也不理他，匆匆地點了兩下頭，就開始自顧自地吃起來了。

天曜半天沒得到回應，轉頭一看，雁回已經在添第二碗了。無奈之際，天曜卻是嘴角微微一翹，在沒人看到的地方勾了個笑出來。

「少吃點，小心胃又疼。」

這句話初傳到雁回耳朵裡時，雁回並沒什麼感覺，待得反應了一會兒，她一邊吃著粥，卻一邊品出了這話怎麼莫名地帶了幾分寵溺的意味……

這時她再一抬頭，廚房門口哪裡還有天曜的身影？

只是熱粥熱氣嫋繞，暖著空氣。

下午的時候雁回覺得肚子要好一些了，便沒有再閒著，自己跑去找了鳳千朔。

適時鳳千朔正在自己的房間裡，雁回去的時候正巧看見有另外一個女子站在鳳千朔身邊，姿色美豔，但比起弦歌來不知差了多少。

雁回瞥了那女子一眼，又轉頭看鳳千朔。

鳳千朔也上上下下地好生打量了雁回一通，笑道：「這修仙修道之人到底是不同，昨日傷成那副德行，不過才一晚的時間便又開始活蹦亂跳了。雁姑娘的恢復能力，真是讓我開眼界啊。」

「鳳堂主真以為我是神仙啊，這傷哪能好得這麼快？我現在肚子還痛著呢。」

鳳千朔搖著扇子笑了笑：「哦，那雁姑娘如今不好好在房間裡養傷，這來找我，是要做什麼？」

「進這屋之前，我本來只有兩件事要說的，可進了這屋之後，我忽然間就有三件事想說了。」

鳳千朔笑了笑：「雁姑娘且先說說看。」

「這第一件事嘛，現在鳳銘已死，天香坊再無法製造狐媚香，大概也沒什麼人會抓這些狐妖了，鳳堂主便找個日子遣人將那些狐妖關著送到邊界去吧。我怕把他們直接放到郊外，這些沒了內丹的狐妖要是一時想不通，傷了人那就不好了。」

鳳千朔點了點頭：「這是自然的。第二件又所謂何事啊？」

「第二件事就是和鳳堂主你商量下嘍，我前段時間才離開了門派，這件事你大概是知道的。這一個人初下山，身無分文，自是過得萬般痛苦，我現在雖不說是特意來幫鳳堂主解決麻煩的，但好歹是在這個過程當中幫鳳堂主解決了一個大麻煩，你看……」

鳳千朔哈哈大笑了兩聲：「好好好，且不說雁姑娘著實幫了在下的忙，如今還受了傷，便是這美人有難，我二話不說，定是要解囊相助的。」他手中摺扇合攏，往南邊一指。「我在這城南邊五十里地外的一個小鎮裡有一個小銀樓，這兩年盈利還算不錯，雁姑娘既然開了口，我便將那銀樓送與妳了。」

雁回登時眼珠子一亮，跟被點了火一樣：「銀樓！」

「對。」鳳千朔笑著點頭。「雁姑娘可覺得滿意？」

雁回本來只是想來討點銀子賺點盤纏路費，方便自己以後行走江湖的啊，誰知道這傢伙是這麼向人表示感謝的！

不愧是勾搭姑娘的能手啊！這手筆！揮揮手就是一棟小銀樓啊！

「滿意！」

相當滿意！

鳳千朔依舊笑得溫溫和和：「那這踏進屋才有的第三件事，是什麼呢？」

鳳千朔一問，雁回臉上的神色僵了一瞬，然後琢磨了一番，開了口：「雖然你有錢又大方，長得也好看，但你納了一百房小妾，這樣下去，你大概還會納兩百房小妾。我想了想，想要弦歌。」

鳳千朔嘴角的笑還在，只是語調變得堅硬了些：「不行。」

雁回撇了撇嘴：「我也不是個愛管閒事的人，只是我知道，弦歌是真心喜歡你的，可你這一百多房小妾，以後說不定還要繼續上漲……我覺得這樣太委屈弦歌了，她那樣的姑娘，不該說值得更好的人，而是值得一個一心一意的人。我知道弦歌在你這兒還有帶著法印的賣身契來著。」

「我不是想讓弦歌現在跟我走。畢竟走不走，跟著誰，不是我一個外人說了算的，她想做什麼，那是她的意願，但我希望弦歌有一天若是想走了，沒有任何身外之物，能去羈絆她。」

鳳千朔默了許久，手中的扇子合上，沒有打開，也沒有在手上輕輕地敲，他就這樣握著坐了一會兒，道：「我若是不給，雁姑娘會來搶嗎？」

「咱們現在是友好關係啊。鳳堂主，我怎麼會搶呢？」雁回笑了一下。「可咱們的友好是建立在我是弦歌的朋友，而弦歌與你很好的情況之下，要是有一天弦歌不想和你好了，那我就要搶了。」
鳳千朔失笑：「雁姑娘這是在給弦歌當靠山，順帶再警告我啊。」
「不敢。」雁回道：「那既然這最後一事鳳堂主不應，我也沒辦法，只好先告辭啦。」
鳳千朔笑了笑：「不送。」
但見雁回走了，鳳千朔這才站到了窗邊，看著雁回出了小樓穿過庭院，回了自己所在的小樓。而那方，二樓窗邊，天曜正倚著窗欄，注視著下面的雁回，目光不偏不倚。
鳳千朔道：「繼續說吧。」
身邊的美豔女子行了個禮，道：「凌霄道長託屬下帶話給堂主，一定要看好這位被逐出的弟子雁回，不要讓她離開您的視線。」
鳳千朔鳳眼微微一瞇：「那妳也給我帶句話給凌霄吧，他這個徒弟，好像招惹上了什麼不得了的麻煩人物啊。」
雁回肚子痛了三天，三天裡別的食物基本沒動，每次只要聽見旁邊房間天曜的門響了，雁回就一開門衝了出去，攔著天曜，眼巴巴地望著他：「去廚房啊？」
天曜瞥了她一眼，也不說話，倒真是一轉身就往廚房走。
雁回就屁顛屁顛地跟在後面。每天都能混上口好吃的，極為歡樂。

雁回的身體沒好，忘語樓又有吃有喝的，自是沒想著要走。而天曜卻好似也沒急著想去找身體的其他部分，他不和雁回提這事，雁回便也全當不知曉，只將這段時間當休息。

貼著天曜蹭吃蹭喝了三天，忽然一則消息傳了出來。

鳳銘之死已在江湖上傳開，七絕堂公開的消息是鳳銘患病暴斃。但任何一個有腦子的人都不會相信這個說法，一時間關於鳳銘的死訊，江湖上眾說紛紜，多半人說鳳銘是被自己的姪兒謀權殺了。這個說法合情合理倒是並沒非議，但是還有另外兩個說法。

一說是鳳銘死於青丘妖狐之手；還有一說，是鳳銘死於修仙者之手。

而這會殺鳳銘的修仙者，在有人猜了幾個邪修之後，便有人將矛頭指向了雁回。

但好在這只是猜測，並無人能坐實。

雁回從弦歌嘴裡聽到這個消息的時候正在喝天曜燉的雞湯，一直將一大碗雞湯喝到了底，她才抬頭應了弦歌一聲：「不都還是猜測嗎？沒關係，讓他們去猜，儘管猜，想怎麼猜就怎麼猜，一點消息都沒洩漏也就罷了。這消息既然走漏，最好是像現在這樣，幾分真幾分假，讓人分不清到底哪幾分是真，哪幾分是假，反正如果是我的話，我依舊會把最終矛頭指向鳳千朔……」

「……弦歌，妳去擔心擔心鳳千朔也好過擔心我。畢竟我只是那麼多猜測當中的一個啊，無礙無礙。」雁回舔了舔杓子，有些意猶未盡，她轉頭望旁邊的好似根本沒有在聽這邊話語的天曜道：「今天的雞湯就沒了嗎？」

天曜在棋桌上與自己對弈，並不搭理雁回。

雁回撇了撇嘴：「小氣。」

「妳已經喝了很多了，再喝肚子該疼了。」弦歌看她饞得一臉小狗樣，不由得勸道：「讓妳少吃點是為妳好。我告訴妳那消息，妳別太不當回事。」她敲了敲雁回的腦袋。「妳呀，是個愛闖禍的命，今後若是再要上江湖行事須多加注意才是。否則讓人抓到了把柄，看誰保妳？」

雁回也沒在乎地點頭應了：「知道了知道了。」她在弦歌手臂上一蹭。「弦歌疼我。」

弦歌一笑，眸光不經意地一轉，正巧抓住了旁邊歪了個眼神打量她們這方的天曜。

四目相接，天曜像做壞事被抓到了一樣，咳了一聲，轉過頭去，只是手中拿著的棋子半天也沒落下。

弦歌覺得好玩又好笑，她拍了拍雁回的腦袋。

這以後啊，疼雁回的，恐怕就不止她一人了啊。

雁回沒在意弦歌給她說的消息，但不承想，兩天還沒等到，不聽話的報應就來了。

雁回覺得這兩天她傷也好得差不多了，是時候該置辦點東西，找個時間離開忘語樓了。她現在可是一個自己有銀樓的人，應該先去打理清點一下自己的「生意」，然後……

她想回家鄉看看了，她該給她母親上炷香了。

正巧鳳千朔說的那個小鎮離她那個村莊也滿近，去小銀樓的路上可以路過村子，便順路去看一眼吧。

雁回一邊在集市裡逛著，一邊琢磨著該買些啥，忽然間面前一個黑影擋住了她的去路。雁回目光正落在旁邊一個攤販的商品上，只在快要撞上那人影的時候讓了一下，卻不料那人伸手就要來抓她。

雁回下意識地往後一撤，劈手就打了那人一下，更不承想這人是個練家子，與雁回三推兩繞的，竟是沒讓她占到便宜。

「雁回！」

忽地一喝，雁回登時一驚，手上的動作立即停下，這才拿正眼看了那人。

來人一身青白長袍，是辰星山道者的標準打扮。他頭髮盡數梳在頭頂，服服帖帖，一絲不苟，冠帽戴得極正，背脊挺直，腰佩白玉，手執七星長劍，一身正氣不改。

「大……大師兄？」

來者正是淩霄門下的大弟子子辰。他一臉嚴肅地盯了雁回一會兒，上上下下將她一打量：「妳身上氣息怎的如此繁雜……」

雁回愣愣地看了他一會兒，倏爾反應了過來，還不等他將話講完，一轉身拔腿就要跑。

子辰一怔，手快地一把揪住雁回的衣襟：「跑什……」話音未落之際，旁邊倏爾有一隻手將他手腕拽住，動作快得竟讓子辰沒有反應過來。

子辰一轉頭，只見面前一個俊朗青年正冷冷地盯著他，雖然身形有幾分瘦削，但眼神看起來卻十分懾人。

子辰皺了眉頭，那方要跑的雁回腳步猛地一頓，一轉頭：「天曜！你怎麼跟著我？算了算了，不問你這個……」她一把抓了天曜的手。「走走走。」

聽著雁回喊要走，子辰哪肯放她：「站住！」他另一隻手一抓，又將雁回空閒的那隻手抓住了。天曜要攔，奈何他一手拽著子辰，一手被雁回拉了……

於是三個人便手把手站成一團，在原地僵持了好久……

集市上來來往往的人都扭頭往他們這方打量。

過了半晌，雁回的臉皮終是撐不住了，嘆了聲氣：「好好好，我不跑，咱們都鬆手，好好談談，行不行？」

子辰肅容盯著雁回，見雁回已經說到做到地鬆開了天曜的手，然後望著他道：「大師兄，你怎麼到這裡來了？」

子辰見狀，握住雁回手腕的手便微微鬆了力道，而這時天曜也將他放開，子辰便徹底鬆了手：「本是要去西南邊執行一個任務，由凌霏師叔領頭，在二十八峰各點了兩名弟子隨同一起去，我與子月……」

話還沒有說完，那方雁回伸手便要去抓天曜。

可她動作還沒天曜快，在她手腕微微一動的時候，天曜便已經握住了她的手掌，十指扣緊。雁回根本沒在意這些細節，一個遁地術一施，霎時便在子辰面前消失了人影。

子辰默默地站在原地，被風吹動了衣襬……

這方雁回直接用遁地術回了忘語樓，落在院裡便開始笑：「你看見大師兄剛才的臉色了嗎？」

天曜看了眼與雁回十指相扣的手，只覺那股溫暖的感覺又從相觸的地方傳到了心口尖上。他見她笑得這般開心，又不動聲色地握緊了一點。

「走走，咱們先回房。」雁回便這樣牽著天曜的手全然不覺地走到房門口，待得要推門了，雁回才反應過來自己手還被天曜握著呢。

可沒等她開口說話，天曜便極其自然地將手鬆開了，就像剛才牽著那樣，自然而然。

雁回也沒在意，推開門，只道：「你今天反應倒是滿快的嘛，嗯，不過要仔細想想，咱倆配合都還滿有默契的。」

是啊，相當有默契。

他看她一眼，便知道她心裡在打什麼鬼算盤，想做什麼小壞事，什麼時候要耍小聰明了，什麼時候心眼兒大得能過人。

明明接觸還沒有那麼長時間，但他能看懂雁回，那麼一清二楚，明明白白。

就像……她是他身體的一部分。

不過本來，她也算是他身體的一部分。

雁回進了屋，就開始翻箱倒櫃地收拾東西了。

天曜站在一邊看著。雁回一邊折衣服，一邊回頭看了天曜一眼，然後道：「我本來是打算等肚子完全不痛了再走的。畢竟這裡住著舒服，你做的飯也好吃，但是現在大師兄找來啦。我這大師兄雖然死腦筋，但是能力還是滿強的，我要是不跑，回頭就要被他逮著了。」

天曜挑了挑眉：「他逮妳做什麼？」

雁回一撇嘴：「他那性格……當初我被趕出山的時候大師兄不在，現在回山了，出來做任務，又特意脫離了大部隊拐了個彎來找我，肯定是在路上聽到了什麼關於我的謠言了，想逮我回辰星山呢。」

「我知道妳不是做這種事的人，跟我回辰星山，我會幫妳向師父求情的。」雁回一臉嚴肅地說完，然後又撇了個嘴。「大師兄找我除了這樣說，必定不會有別的話。」她一嘆，嘴角卻是勾了個笑，三分暗諷，七分無奈。「那個死腦筋，猜都能猜到他在想什麼。」

天曜聞言，眼神涼了一分：「妳大師兄對妳似極好。」

「他呀，對誰都好。」雁回道：「責任感太強，什麼事兒都喜歡自己攬著。好多師叔都說他是和我師父最像的弟子……」

說到這句話末尾，雁回默了一瞬，手上也沒了動作，然後垂了眼眸，不知想了些什麼，又深吸一口氣，飛快地將衣服疊整齊了：「不和你說這些。」雁回抬頭望天曜。「還是說說我要離開這件事吧。」

天曜盯著雁回，靜待下言。

「我從一開始就不想攪入你和素影的恩怨裡面，你是知道的。」雁回道：「現在你有了龍骨有了龍角，就能吸納天地靈氣重練修為了。接下來的東西，你就自己找吧。我真的得走了。」

「雁回。」天曜鮮少這樣正經地喚雁回的名字，是以這兩個字一出，雁回不由得有幾分怔然，隨即她強撐了氣勢，道：

「你別想說服我，我想了很久了，雖然我是有你的護心鱗沒錯，你救了我的命沒錯，交集滿深的也沒錯……」雁回自己說著，聲音都有幾分虛了，她不得不輕咳一聲，找回自信。「但這些日子我大概也以命換命還清了吧。咱們畢竟不是同道中人，所以還是各歸各位，重新回到自己應該在的位置上去吧。」

天曜默了許久：「我在這人世本已再無容身之處。」他垂眸，看著自己的掌心，那處依舊殘留餘溫。「但是妳……」

他抬頭，望著雁回，聲音又輕又慢：「重新讓我擁有了立足之地。」

所以，那所謂「應該在的位置」，於天曜而言，到底是何處呢……

雁回聽聞此言，難以控制地失神。

她是這樣強烈地被人需要著，被人依賴著，她在這世上，對於某個人原來有這樣重要的意義……

她怎麼覺得自己的心像小鳥一樣在唱著歡愉的歌曲……

她怎麼覺得天曜身上的神光……又燒大了一點啊……

雁回一直認為自己是果斷且不糾結的，甚至有時候會因太過乾脆，而顯得有點沒心沒肺。

當初雁回離開辰星山，走下山門前那長長的階梯時，每一步皆攜帶著過往的記憶。凌霄帶她回山門那刻，對她說的那句「雁回，從此以後這便是妳的家」更是如潛伏暗處的猛虎，忽然撲殺出來，將她撕咬得血肉模糊。

但是，不管回憶再洶湧，心緒再難過，雁回也沒有停下離開的腳步。

那時的雁回便覺得，此生大概再不會有什麼事能阻攔她想離開的腳步了。

可這世間就是有奇怪詭異得讓人難以預料的時刻，當天曜注視著她，對她說出這樣帶著滿滿依賴的話時，雁回竟然覺得自己邁不開腿了。

她……竟然發現自己，無法丟下這樣需要她的人。

她可以對自己狠心，但好像，卻做不到對天曜這般狠心呢……

雁回挪開目光不再看天曜，只在心裡暗暗咒罵那該死的狐媚香竟然藥效還沒消！

「不……不管你怎麼說，反正我是不會再和你去找你身體的其他部分了，這下江湖上已經有了我放狐妖的消息了。雖然大家還只是猜測，但大概我也成了各門派甚至辰星山的關注對象，再和你在一起，對你也不好。」雁回背上了簡單整理好的包袱，與天曜擦肩而過走出房門。「我走了，你別跟著我啦。」

話雖然這樣說，但雁回卻沒有使用遁地術，只是自己邁著腿，步速稍快地下了樓。

天曜見狀，二話沒說，半點不磨蹭，轉身便跟在雁回身後。他也懶得回房間收拾包袱了，左右他本來也沒什麼好收拾的。

除了雁回，沒什麼需要帶上。

走出閣樓，雁回倏爾頓住腳步，轉頭盯了天曜一眼。天曜也停了下來，面不改色地任由雁回盯著。

雁回扭頭大步邁著走出了忘語樓，也沒有與任何人打個招呼。天曜見狀，便問了一句：「妳離開也不與弦歌姑娘道聲別？」

雁回一腳跨出忘語樓，回頭瞥了天曜一眼：「我與弦歌的交情從來不拘泥於這些俗理。」言罷，雁回頓了頓。「你管得倒寬……」說完，又是一默，隨即乾脆停了腳步，轉過身來對天曜道：

「路這麼寬這麼長，我剛才說過了不會再和你去找你身體的其他部分，就真的不會去。可你現在非要跟著我不可，腿長在你身上，我管不了你。但是呢，這回你要是跟不上我了，我也不會停下腳步來等你。如果有妖怪找來要吃你，我也是不會去救你的。如果和我在一起倒楣了你就自己負責，我可是什麼承諾都沒給你的。」

但是她卻仍然沒用遁地術走。

天曜龍骨、龍角雖然是找回來了，可以吸納天地靈氣，但饒是龍角再厲害，要在這麼短的時間疏通他渾身經絡，改變他凡人的體質，使法力在他體內凝聚，從而讓他使用法術，那幾乎是不可能的。

雁回不可能不知道，她只要使一個遁地術，或馭劍術，以她現在的精力，走上一天，就算雁回身上還有他的咒，可要再找到她，那也是一件極為困難的事情了。

可她並沒這樣做。

天曜眼瞼微垂，雖然口中說著正事，但目光卻比平日柔了一分：「當初素影以五行封印封我魂魄、龍角、龍骨、龍心與龍筋，如今五物我已尋得其三，而至於另外兩物，我現今也並無頭緒，這世間極大，我亦是不知該何去何從。而今妳要去哪兒便去，妳只需要知道，我不會離開妳就是。」

這句話像是有力道推了雁回一把似的，讓雁回不由得往後退了一步，她連忙轉身，揉了揉心口。

「你……你愛跟，就跟著吧，反正我不管你。」

言罷，雁回埋頭就往前走。天曜看著她羞惱離開的背影，嘴角一動，倏爾又平息下來。

他一回頭，望了忘語樓一眼。

此時離忘語樓熱鬧的時間還早，樓上連閒聊的姑娘都沒有。天曜向著二樓看了一會兒，便也轉了頭，跟著雁回而去。

「鳳堂主。」褐衣女子在二樓窗戶之後輕聲道：「凌霄道長特意囑咐了許多遍，不能讓雁回離開您的視線的。您便如此任由她走了？」

鳳千朔站在二樓陰影之中，笑著搖了搖扇子：「我的視線，可長著呢。」他道：「攔著她倒顯刻意，不如讓她到處逛逛，左右……」鳳千朔把玩了兩下腰間的一串銀樓鑰匙。「她要去的地方我不都給她安排好了嗎？」

雁回與天曜一路出了永州城，雁回一路腳步都有些快，確實有幾分著急趕路的模樣，可見她確實非常想逃離那大師兄。

但是在快要離開城郊踏上官道時，雁回倏爾覺得周圍風聲一起。

她眸光一凜，往後一退，剛將天曜攔在身後，便見天上一道利芒劃過，在地上落下金燦燦的一道線，雁回心頭一陣無力：「大師兄……」

還是被趕上了……

衣襬一轉，子辰手執長劍立於地上金線之前，神色沉凝：「雁回，別鬧了。」他道：「與我回山。」

雁回長嘆，無奈至極：「大師兄，這次真不是我鬧。我已經是被逐出師門的人了，這輩子是被勒令不准再靠近辰星山的，你要我跟你回去，你這不是在為難我，你這簡直就是在綁架我啊！」

子辰眉頭緊皺：「師父不會當真那般狠心將妳逐出師門的……」

雁回打斷他：「他就是那樣做了。」

「他不過是一時氣急，妳與我回去，我去幫妳跟師父求情，待得師父氣消，必定還會原諒妳的。」

「這事其實已經和師父原不原諒我沒什麼關係了。」

「妳是擔心凌霏師叔？凌霏師叔那方，我並非不相信妳的為人，妳不會平白無故像門派中所傳言的那樣，對長輩行大逆不道之事。妳只要與我回去解釋……」

「我真的打了她，而且燒了她的頭髮。」雁回毫不隱瞞道：「而且至今依舊覺得很好、很爽、很解氣。」

「……」

雁回撇嘴：「所以大師兄你看嘍，我是真的不是能再回辰星山的人，你就放我走吧，我覺得我現在日子過得挺好的。」

「胡說八道！」子辰嚴厲斥責。「妳可知江湖上人都將妳傳成了什麼樣子！」

「不就是私通妖物、背叛正道什麼的嗎？能有多大事？」雁回撓了撓臉。「其實他們把我傳成什麼樣子我並不關心啊。他們又沒證據，要說就讓他們說幾句好嘍，左右我也不吃虧的。」

「胡鬧！妳一個女孩子，如何能受那些誣蔑！跟我回去，我和師父會想辦法幫妳證明的。」子辰言罷，雖然面色氣急，卻對雁回伸出了手。「過來。」

看著子辰伸出的手，雁回愣了很久，臉上漫不經心的神色便也收斂了許多。

她這個大師兄啊……

這種時候還能對她伸出手的人，數遍整個修道界，恐怕只有她大師兄一人了吧。雁回嘴角微微一翹，三分苦澀，七分無奈。

雁回沉默之際，忽覺身前一黑，是天曜擋在她身前：「她既然不想回去，你便不該再強迫於她。」

聽了天曜此言，子辰眉頭鎖緊，他上上下下將天曜一打量：「你到底是何人？」

天曜身上還有弦歌那裡拿來的無息香囊呢，是以現在子辰全然察覺不出天曜身上的氣息。他只能憑直覺感覺到這個人身分神祕、來歷詭異，而且與他這師妹……舉止親密。

天曜面不改色地撒謊：「我不過是一介凡人……」

話音還沒落，被擋在身後的雁回像是忽然想起來了什麼，連忙將天曜胳膊一挽，腦袋往他肩頭上一貼：「是我下山以來尋到的真愛相公。」

天曜：「……」

子辰聽了這話，像是被嚇住了一樣，愣了半天：「妳……」

雁回一臉正色道：「大師兄，你就回吧，別管我了，我已經打算和這個人私訂終身了，人是他的，心也是他的！你要是現在不顧我意願將我帶回那已經驅逐了我的辰星山，就是棒打鴛鴦拆散情侶，做了下輩子都討不到媳婦的事！」

天曜轉頭看雁回，見她纏他胳膊纏得死緊，腦袋還在他肩膀上一蹭一蹭的，像是小狗一樣在跟他撒嬌。

雖然再明白不過了，這傢伙是在演，但天曜卻不知怎的，心尖上好像真的被雁回柔軟的頭髮撩過去撩過來似的，有點癢，也有點麻。

他本來……是那麼討厭被人觸碰的啊……

子辰在愣怔了好半天之後，才仔仔細細地將天曜打量起來，一開始著實沒有探查到天曜身上的氣息，他也以為天曜是個凡人，但再仔細一看，子辰便握了握劍，眉頭皺得死緊，對雁回道：「一身氣息全無，連點煙火氣都沒有！怎會是普通凡人！雁回，妳休想演戲騙我！」子辰說著又將雁回上下一打量，登時好似怒火更勝了幾分。「妳一定是在外面胡鬧！這一身氣息繁雜至斯，竟然還說不想與我回去！」

雁回眼珠子一轉：「我不想回去，這是我真愛！我想和他在一起！」

子辰面色一冷，手中長劍一立：「那便來試試，妳這真愛，到底是何等人物。」說著，竟然向著天曜便一劍刺來，全然沒有徵兆。

雁回也嚇了好大一跳。她是知道自家大師兄嚴肅正直，但沒曾料到，這不過才幾個月沒見啊，怎麼脾氣就變得暴躁了，沒說幾句生氣了就要和人動手了啊！

雁回連忙往前一攔：「大師兄，你冷靜一下！」

子辰好似怒火沖天，手中凝了法力揮手推開雁回：「讓開！」

雁回一個不慎，當真被推到了一邊。

天曜見狀眉頭一皺。

待得雁回那邊穩住身子，一回頭，子辰便是一劍刺向天曜，天曜身形微微一偏，動作並不大，但堪堪將子辰刺來的三劍都盡數躲開了。待得子辰收勢之際，天曜一抬手，只輕輕一下，打在子辰手腕骨上最脆弱的一點，力道半點也不大，卻讓子辰整隻手臂皆是一麻。

子辰身影一退，握住自己的手腕，冷笑：「普通凡人？」

當場被打臉，雁回只覺臉皮一痛，強撐著道：「他……他只是武功好，沒法力啊……」

子辰此時並不想聽雁回胡扯了，只盯著天曜道：「我師妹身上那些亂七八糟的氣息，也是你教她染上的吧。」子辰眸色森冷。「你到底有何居心？」他問得沒有溫度。

「居心？」天曜不卑不亢地望著子辰，雖然周身無絲毫法力，但這並不影響他的一身氣場。「是我教她染上的又如何？你辰星山十載教導，不及我一夕指點，說來便不羞愧？」

子辰聞言大怒：「狂妄！我倒要看看，你究竟有何底氣口出狂言！」

他手中長劍凝聚氣息，周遭的氣息流動，速度越來越快，在劍上生成了一層層肉眼可見的風刃。

子辰自幼修的是風系法術，雁回眼見他真的要對天曜動真格的了，嚇得左右一望，就地踢了一個石子出去，打在子辰剛才被天曜打過的手腕上。子辰一痛，分心往她這方一看。

雁回卻瞬息而動，霎時移到子辰身後，動作極快，一抬手一記手刀狠狠地打在子辰的肩頸處。

混著法力，一聲悶響，紅色的火光順著子辰的經絡一路燒遍了他的全身。一時間子辰劍刃上的風刃消失，周遭氣息霎時恢復平和。子辰身形便僵立在原地，一雙眼睛裡的怒火似乎能燒出來一樣。

「雁回！」

雁回舒了口氣，連聲道歉：「對不住對不住，經絡先給你封一下，半個時辰後就能動了啊，大師兄，你莫著急。」

如何能不著急？子辰素來沉穩嚴肅，比凌霄更為方正，此時卻已被雁回氣得咬牙：「妳妳……」說了半天，愣是不知道該說她什麼好。

雁回嘆了口氣，走到一旁隨地撿了個樹枝：

「大師兄，你莫要強求了，辰星山我如今是怎麼也回不去了，你別再來找我，省得回頭那些師叔師伯對你也有意見。自打我離開辰星山那時起，就沒想過要回去。咱們如今見的這一面，你就當是當初我離開辰星山時，補上了你沒見的那一面吧。從今往後，咱們就山高水遠，江湖再見。」

雁回是真的打算和辰星山劃清關係了。

經歷此狐妖一事，她不想也不願意再聽到關於凌霄的任何消息，就怕之後再來一點點消息，就能徹底壓垮她心目當中的那個現在已經小心翼翼維護起來的師父形象。

從打算離開忘語樓，離開那個消息聚集的地方開始，雁回就不想再去探查那些真相了。

她怕真的有一天，當她知道了所有的真相，她可能會承受不了。於是乾脆逃避，乾脆躲起來，裝作什麼都不知，這樣……大概是她能想到的最好的辦法吧。

子辰聽得雁回這話，神色一動，還沒來得及再說話，雁回拍了拍手上的枯木枝，往天上一拋，木枝立即飄浮在空中。她拽了天曜的手，身輕如燕跳上木枝，沒再回頭看子辰一眼。她將木枝做劍，化為一道長風，馭劍而去。

子辰被封了經絡，站在原地，只有風輕輕地撩起他的頭髮，心下氣憤之餘又是無奈，又是感慨。

到現在為止，在他們這一輩當中，能隨手折木為劍，隨心而飛的，恐怕只有雁回一人。她天賦本是極高，若她能留在辰星山，他日只怕追上素影真人也不是空話。

而且，他是希望雁回能留在辰星山的……

怎麼能這麼隨便地和一個來路不明的人學東西呢？萬一是壞人呢？萬一對她……圖謀不軌呢……

雁回帶著天曜不停歇地馭劍了整整一個時辰，在空中，木枝上可站的地方有限，雁回身板比天曜小，雖然是由她在用法力掌控方向，但她整個人卻像是嵌在天曜懷裡一樣。

貼得很近，所以雁回的體溫便不可避免地傳到天曜身上。

雁回的髮絲被風撩起，迷亂了他的目光。天曜望著遠山與雲彩，輕輕開了口：「不是說不會管我嗎？」

雁回此時心思還沒放在天曜身上，但聽他這般一問，愣了愣，然後轉頭斜了他一眼：「閒話再多的話，我是不介意在這裡放你下去的。」

天曜嘴角勾了勾，不再問下去，轉了話題道：「妳對妳師兄動起手來，倒也不客氣。」

「沒打算動手的。」雁回也滿是不解。「我還想能逃就逃了，哪知他那麼大火氣，也不知在氣些什麼。」

天曜神色微妙，對了，這樣好，最好不要知道他在氣些什麼。

連趕帶繞圈，直到雁回確定子辰一時半會兒追不來了，這才定了方向一直往南方飛去。

雁回本想著天曜跟著她，她就不馭劍了，但沒想到出了這一茬，反正自己的臉該打的都打完了，她不如一鼓作氣，一下飛到相李鎮得了。

馭劍自是快，在天黑之前，兩人便到了相李鎮。

此處其實便已算是雁回的家鄉了，她小時候住的地方就在鎮外不遠處的一個村子裡。只是今天還沒做好準備回家，她便打算先在鎮上住一晚。

在客棧付了兩間房的房錢，雖然雁回現在也算是有個小銀樓的人了，但畢竟現在小銀樓還沒看見，她依舊習慣性地覺得有點肉疼。

她叮囑天曜：「現在便算了，以後你萬一要是發達了，前段時間吃喝住行還有這段時間吃喝住行的，可別忘了還我。」

天曜沒有答話，上樓梯的時候他垂著眼眸，眼裡微微藏著幾分沉思。

雁回見狀，心頭一緊，每次天曜露出這樣的神情便沒什麼好事：「怎麼了？」雁回左右看了看，又吸了吸鼻子，用幾乎是耳語的聲音問：「這裡有妖怪？我沒感覺到啊！」

天曜這才看了雁回一眼：「我不是妖怪？」

雁回默了默，是……大爺，你有了龍角，說話都有底氣了。

「沒什麼事，回房吧。」天曜上了樓梯，轉頭一望，走道的盡頭有個窗戶，微微漏了一個縫，讓外面的氣息透進客棧裡面來。「我只是覺得，這地方的氣息，很讓人熟悉罷了。」

雁回一怔：「怎麼熟悉了？」

天曜搖了搖頭。

雁回琢磨了一下，道：「你別以為裝裝文藝就可以糊弄過去剛才我讓你還錢的話。」

「……」天曜瞥了雁回一眼，自己推門回房了。

翌日清晨，雁回自覺地起了個大早，難得好好地梳洗打扮了一下，頭髮也比平日梳得認真許多，一出門迎面撞上天曜。

天曜愣了一瞬，雁回卻沒什麼察覺，一門心思落在客棧的早餐上：「天曜，你今天起來熬粥了嗎？」

這兒又不是忘語樓的廚房，自是不能隨便借給外人用的。

天曜搖頭：「沒有。」

雁回萬分可惜地嘆了一聲：「那咱倆買兩個饅頭邊走邊啃吧。」

村子離鎮很近，馭劍都不用，兩人便真的慢悠悠地走過小鎮的街道。出了鎮，一直往南邊走，房子越來越少，農田越來越多，空氣裡比城鎮更多幾分青草味。

田裡已有農人在早早勞作了。

雁回一路走得慢，天曜也沒有說話。他們倆倒是難得像這樣安安靜靜地在一起走一段路，沒有爭執或拌嘴，沒有追殺和懸疑。

「村子要到啦。」雁回放眼往前一望，微微一笑，小虎牙露了出來，讓她顯得有些調皮。「前面那棵大樹就是要到我家那個村子的標誌。以前長得極為茂盛，可後來被燒掉了。」

天曜跟著雁回說的方向一看，登時瞇了眼睛。

那方一株巨木已斷，只留下盤根錯雜的根系，還有半截粗大的樹幹，樹幹約莫要五人合抱才能抱得過來，可以想像那巨木未被焚燒之前是多麼蔥鬱。

兩人說著已走近巨木，仔細一看，樹幹之上有被焚燒過的炭黑痕跡，經年已久，已被風霜吹打得圓滑又堅硬。

天曜沉默地打量著斷木，但聽雁回倏爾道：「當年我就是在這裡認識了凌霄還有大師兄子辰。」雁回伸手觸碰巨木，手背在粗糙樹皮的襯托下顯得格外白嫩。「說來，這棵大樹，還是被我給一把火燒了，想來也是對不起它。」

天曜聞言，一愣，似有些不敢相信地轉頭看向雁回：「妳燒了這棵樹？」許是他的語氣太過不敢置信，雁回轉頭看他：「對呀，我燒的。」

得到這聲回答，天曜便愣愣地看著雁回，失神得好似被雁回勾走了魂魄。

第十一章 仙妖宣戰

要說雁回如何拜凌霄為師這回事，其實已經是十來年前的事情了。對於一個人來說，十年已經是個相當久遠的時間，當年的事情雁回已經有許多都不再記得。但是遇見凌霄的那一天，事無巨細，雁回都念念在心，至今不敢忘懷。

她猶記得那年初夏，她是一個沒有娘的野孩子，她那酒鬼爹每天在家裡喝得爛醉，並不管雁回每天都在村裡跑去哪兒野。

那時的雁回覺得，日子大概就是這樣渾渾噩噩地過的。等時候到了，她就像村裡別的姊姊那樣，找個人嫁了，又生幾個孩子，帶著孩子長大，然後看著孩子像她一樣渾渾噩噩地過日子。

那時的雁回，從來沒想過自己的人生有一天會碰到一個叫凌霄的人。像是神祇一般高貴的存在，落在她平庸的生活裡。

當時凌霄本是帶著子辰下山歷練，追一惡妖至村口。那時雁回恰巧在這巨木邊上與幾個小孩玩耍。

惡妖許是被逼到窮途末路的分上了，逕直捉了其中的一個孩子，當場將其生吞而下。所有的小孩都被這一幕驚呆了。

雁回小時候雖經常見鬼，但對這樣血腥的一幕仍舊沒有抵抗力，當即「哇」的一聲就吐了。惡妖食一個小孩根本不夠，伸手又來旁邊抓，一下便將最近的雁回抓在了手裡。

二話沒說，惡妖手指便在她胸膛之上劃開了一條口，鮮血滴滴答答地落下，滴在巨木錯雜的根上。

雁回覺得自己要死了，那是她此生第一次這麼直接地面臨死亡。她看到自己身上似乎都有黑氣在升騰，嚇得臉色煞白，心臟彷彿已經停止了跳動，然而便在這時，冰霜從天而至，霜華術綻出光華。

雁回看著惡妖的手被冰刃生生切斷，而她落進一個帶著清冷的懷抱當中。寒霜凍住她胸膛的傷口，片刻間她便被轉交出去，落在了子辰懷裡。那時凌霄的身影便如刀一樣刻進了她的腦海裡，從此再也進不了他人的影子。

凌霄與惡妖纏鬥，但那妖物卻似並不怕受傷，不過片刻，他那被凌霄斬斷的手便逕直在傷口上又長了一隻出來。

「子辰，救那群小孩。」

「是！師父！」

子辰大聲應了，將雁回推到地上，叮囑她：「妳盡量往後面跑遠點，別過來。」說著他便往小孩那方跑去。

那惡妖見狀，要去阻攔子辰。凌霄目光一凜，手中長劍寒芒大作，彷彿極寒冬天裡的冰霜，滲著層層寒氣，一劍揮下，寒氣立起了一道屏障將那惡妖阻攔在外。那妖怪只能眼睜睜地看著子辰一手抱著一個，背上還背著一個，將那些小孩提著跑遠了去。

惡妖大怒，逕直衝向凌霄。

凌霄單手結印，拂袖一揮，惡妖如遭重擊，逕直被撞飛在巨木之上，巨大的力道讓巨木也為之一抖，樹葉飄落而下。惡妖摔在地上，暈乎乎地甩了甩腦袋。

便在這時，旁邊倏爾傳來一個孩子尖厲的哭聲。

竟然還有一個小孩躲在巨木旁邊，這下惡妖摔的地方離孩子極近，小孩終是禁不住嚇，尖聲哭了出來。他的哭喊引起了妖怪的注意，妖怪轉身就往旁邊爬去，眼瞅著要像剛才那樣將這孩子剖開取心生吃！

凌霄眉頭一蹙，身形一閃，眨眼之間便已落到妖怪身前，可他並沒有直接面對妖怪，而是背對著妖怪，伸手去將哭喊的孩子抱了起來。眼看著那妖怪尖銳的指甲便要劃破凌霄的後背，子辰也忍不住驚聲大呼：「師父！」

凌霄眸光清冷，手中寒氣一動，然而在他還沒出手之際，倏爾自遠處猛地擊來一個火球，逕直砸在惡妖的腦袋上。

惡妖彷彿天生懼火，火焰在他腦袋上一點就著。他痛呼著往後一仰倒，頭上的火混著血撞在了巨木之上。

凌霄詫然轉頭，但見雁回一身是血地站了起來，手中結著他剛才不過結了一遍的印，有些茫然地看著他，然後又看了看那個妖怪。

當時的雁回並不知道，凌霄用的法術是調動身體五行之力的法術，身體裡有什麼五行力，用出來的便是什麼法術，金木水火土，五行之力人人都有，每人都有自己的特質，然而不是每個人都能借五行力來使用法術的。有的人修一輩子的仙，也不能使周身起風，指尖凝霜。

而雁回……不過看凌霄結了一遍印，便能用五行力使出火系的法術……

子辰在一旁看呆了：「這……這是……」

可沒有給他們更多驚訝的時間。

惡妖頭上的火依舊在燒，他像是開始垂死掙扎一樣，爬起來胡亂攻擊凌霄。凌霄敏銳地躲過，但他如今懷裡抱著一個小孩，並不能施展開，只得先離開了那巨木。

在他離開的那一瞬間，雁回第二次結印，比第一次已經熟練許多。但見一條火龍自她指尖呼嘯而出，逕直纏繞在了那惡妖的身上，惡妖渾身灼燒起來，痛不欲生。

他在巨木上四處亂爬，將身上的火盡數燒在了巨木之上，然後隨著巨木一起被焚成了灰燼。

提及當年之事，雁回還有幾分感慨：「已經過了十來年了，村裡人都說這樹有靈，燒了這樹會遭報應。凌霄見村人的態度，便說我修習道法極有天分，問我想不想與他回辰星山修習仙家法術。」雁回笑了笑。「我還記得當時大師兄在旁邊一個勁兒點頭，就怕我說不。」

她拍了拍粗糙的樹皮：「要感謝這棵樹，如果沒有它，憑我當時那點因為著急而起的微末法力，大概根本沒有辦法燒死那妖怪吧……」她轉頭看天曜。「而且我還得謝謝你才是，當時真是怕死，也怕自己救命恩人死，所以沒想到那拚命一擠，還真讓我將法術擠出來了。以前覺得大概是我天賦異稟，現在算是瞭解了，這大概都是你護心鱗的功勞啊。」

話音剛落，沉默地聽完整個故事的天曜開口：「不。」他眸光擒住雁回。「應該是我，要感謝妳。」

這句話好似與雁回說的東西全然沒有關係，雁回逕直被拽出了回憶，抬頭困惑地望著天曜：「你謝我？」她不解。「你謝我做什麼？」

天曜上前一步，手掌放在雁回的手掌旁邊。他的手比雁回大上些許，皮膚也顯得更黑，他撫著焦黑的樹皮，然後手掌不由自主地握成了拳，輕輕在樹上捶打了一下：

「以水困骨，以土壓角，以火灼筋，以金裹心，以木縛魂。」天曜說罷，竟然勾唇笑了起來。「……以木縛魂，雁回，是妳將我從這縛魂木中放了出來。」

天曜這話說得不快，但雁回愣是反應了好久才反應過來：「你說……這就是……素影封印你魂魄的縛魂木？」

天曜在斷木上重重一捶：「便是這縛魂木。」

雁回呆呆地望了天曜許久。

原來，早在她遇見天曜之前，他們的緣分就已經開始了嗎……

雁回摸了摸自己的心口，那處的心臟跳動如此正常，如果不說，誰能知道她心裡竟然嵌著面前這人的護心鱗？誰能知道，他們之間的淵源，竟然已經這般深？

「倒真是緣分。」雁回道：「你的護心鱗續了我的命，而我又在這裡放出了你的魂。」

「是啊。」

怎麼不是呢？若不是龍魂十年前得以逃出，他如何能尋到龍骨之氣？如何找到銅鑼山那痴傻少年的身體？如何在這具身體裡面苟延殘喘至今？如何能找回他的龍骨、龍角，甚至有希望找回他身體的每一個部分？

原來，雁回便是他可遇而不可求的起點，是他這場命運轉折的開端。

這要他，怎能不謝她？

天曜垂眸望著雁回，黑眸之中顏色光芒沉得極深。

四目相接，好半晌，雁回有些不自然地挪開了目光。

她說不出心頭的感覺是怎麼回事，與才開始中狐媚香時的感覺那般接近，但細細品味，卻又有些不同，可到底怎麼不同，雁回也道不出個一二三來。

雁回輕咳一聲：「嗯，咱們之間的命債估計已經攪和成一堆，要算也算不清了，那咱們就不算那些。我就說說，以後你要是發達了，你欠我的錢可一定要還呀。」

天曜聞言，卻是一聲輕笑，這次的笑聲，已經能讓雁回聽到了。

「雁回。」他道：「若是天曜此生能有那太平一日，我此生財富，便盡數是妳囊中之物。」

他畢生所求的，本來早已不是錢財二字。

雁回聽聞天曜此言，雙目一瞠，驚詫地轉頭看天曜。只在他的眼眸中看見了她自己的身影，片刻，她便又將目光挪開了，這次還往旁邊走了兩步：「把你的財富全部據為己有的女人那只能是你妻子，我可不是為了貪財就能賣掉自己的人，你別想占我便宜，就這幾兩銀子，你還上就得了啊。」

言罷，她拍了拍手，拍掉剛才掌心在縛魂木上沾染到的塵埃。雁回如同平時那樣，帶著幾分漫不經心與吊兒郎當走在前面，好似知道了今天這齣事，對她與天曜之間的關係並沒有什麼影響一樣。

天曜望著她的背影看了許久，也沒讓她獨自走多遠，便也跟了上去。

雁回母親的墳墓在村外的小山坡上，兩人走上山坡的時候，太陽已經快走到正午的位置了。

氣溫有點熱，但正是這樣的時刻，天空才藍得極為澄澈，遍野開著小花。

雁回深吸一口氣，走上山坡，看見不知已多久沒人掃過的孤墳，她沉默地站了很久，然後跪了下去，倒不像他人上墳時跪得那樣正經，是她天生帶著的一股散漫勁兒，不過分敬重，但也不失禮貌。

「娘。」她往旁邊一看，另一個墓碑立得歪歪倒倒的，全然沒有她跪的這個這般正，她撇嘴喊了一聲：「酒鬼老頭兒。」她磕了個頭。「你們的女兒回來看你們啦。」

她手裡拎著一壺在村裡酒娘那兒買的酒，揭開蓋兒，倒在了那個歪歪倒倒的墓碑前：「我懶，就不給你們拔這墳前草啦，回頭反正還得長出來。」

天曜聞言默了許久，終是忍不住開口嫌棄她：「既然千里迢迢來了，墳前草卻為何都不肯清理下？」

「娘去世的時候家裡太窮，連副薄棺也沒買得起，便裹著草席下葬了。」雁回擦了擦墓碑上的字。「這些草萬一是我娘養出來的怎麼辦？」

天曜聞言一默。

雁回娘去得早，其實並沒有給雁回留下太多的回憶，但小時候坐在娘親身邊一邊看她縫衣服一邊聽她哼歌謠的感覺，雁回到現在都還記得。

自那以後便再也沒誰這樣溫柔地守著、護著雁回了。

她爹自雁回娘走後，成日酗酒，終日沉於醉夢之中，雁回便過得如同野孩子一樣了。就算之後凌霄帶她去了辰星山，但娘親給她的溫暖，依舊沒有任何人可以取代。

在墳前坐了好一會兒，雁回拍拍屁股站了起來：「走吧。」

天曜轉頭看她：「去哪兒？」

雁回摸了摸衣兜，裡面有把鑰匙：「父母祭拜過了，當然是去拿前段時間拚了命才賺到的工錢啦。」

馭劍到楓崖鎮已是傍晚，兩人似乎已經習慣了趕路住客棧。雖然他們誰都沒來過這鎮上，但是看著標誌便輕車熟路地找了一家客棧，要了兩間房便住了進去。

雁回本以為這會是安安靜靜、穩穩當當的一個好眠之夜，但哪曾想睡到半夜，便耳尖地聽到屋頂有窸窸窣窣的聲音傳來。

像是一人在追一人在趕，路過她這房頂。

然後兩人便在這房頂開始說起話來。

按常理，她應該是聽不清楚這些聲音的，但她用天曜教她的那道心法在身體裡一過，登時便將那屋頂之上竊竊私語的聲音聽進了耳朵裡。

「小世子，小世子，哎唷喂，您就跟我回去了吧，別在這中原找了。回頭人沒找到，將您搭進去了，我該怎麼去和七王爺交代啊！」

「你隨便交代兩句就成，不找到小姑姑，我是不會回去的。」

聽這小孩的聲音，雁回竟然詭異地覺得有幾分耳熟。

「哎唷，我的小祖宗，您上次便被辰星山的道士抓了，可算是嚇死奴才了。好歹您沒事欸，這都過了這麼久了，您還沒找到，便死心了吧，國主自然會派別人去找的！」

聽到這話，雁回挑了挑眉，暫時醒了瞌睡，坐起身來，擺了個帥氣的姿勢倚牆靠著。

「我不，我一定要找到小姑姑才回去。這鎮上會有辦法！」

「哎呀，我的小祖宗！您回來啊！大晚上的，要是有道士會被捉的！」

兩人踏過房頂，說話的聲音也越來越遠。

雁回摸著下巴琢磨了一下剛才聽到的話。

怕被修道的人抓，那不是妖怪就是邪修。剛才又提到了國主、奴才和小世子，照這個推斷，那妥妥是妖族的人，或許還是九尾狐一族的人，畢竟邪修裡面是沒有這樣的輩分的。

小世子要去找姑姑，那他的姑姑便是……公主？

青丘國的九尾狐公主。

雁回恍然記起，先前在天香坊，那次鳳千朔來救她和天曜，與鳳銘談條件的時候不就說了一句話嗎——「那邊境的好些個小仙門，都因為那九尾狐公主的失蹤遭了大殃了。」

看來，確確實實有這麼個事兒啊！

這著實算得上是一件大事了，但是和她好像也並沒有什麼關係，雁回撇了撇嘴，打了個哈欠，又自顧自地睡了過去。

第二日過了早，雁回帶著天曜便往小鎮七絕堂的小銀樓裡走。她得先去領點銀子，然後再琢磨一下該領著這塊狗皮膏藥去哪裡晃悠。

七絕堂的小銀樓開在小鎮最熱鬧的街上，正門門口站著兩個魁梧的大漢，滿臉嚴肅地守著，將要進門的人一個個攔下來問了一遍。雁回走過去的時候也不例外，兩個大漢手一伸，將她攔住：「辦什麼事的？」

雁回摸出兜裡的鑰匙：「我來領錢的。」

兩壯漢見狀，一愣，然後立即收了手，往後退了一步，躬身行禮：「屬下失禮，大人請進。」

一把鑰匙便有這樣的作用，雁回心裡暗爽，還裝模作樣地點了點頭：「沒這麼多禮數，起來吧。」她往後看了天曜一眼，衝他得意地笑，像是在顯擺自己的神氣，天曜只是瞥了她一眼，並沒有什麼表情。

這樣的尊敬，以前他受得多了去了。

這方天曜沒捧著雁回，那方待雁回一進門，銀樓的掌櫃便撲著過來將雁回捧著了：「大人，大人這可是上面派來咱們這銀樓視察工作的？」

雁回搖頭：「我就來拿點錢，回頭就走。」

「哎，妥妥妥。」掌櫃連聲應了。「大人不如先去後院歇一會兒，小的這便給您撥點銀錢出來。」

雁回點頭應了，便由著掌櫃將她往後院領。

剛走到後院，雁回便耳尖地聽到了一個有點熟悉的聲音，十分氣憤又悲傷地說：「哪兒都找不到消息，小姑姑一定是出事了！」

「哎唷小祖宗，呸呸呸，您可別這樣念。」

雁回抬頭一看，迎面走來一老一小兩個人，兩人都戴著帽子，老人微微彎著腰，跟在昂首挺胸的小孩背後，顯得態度謙卑。

而那小孩……

雁回瞇了眼睛，真是江湖何處不相逢，這不是那被關在心宿峰牢籠的少年狐妖嗎？

原來，竟然是青丘國的小世子啊！難怪當初一群狐妖被關在那牢籠當中的時候，這個少年便顯得有些許特別，卻是為皇族者當有的擔當與氣度。

雁回目光不過在他臉上停留一瞬，但本著下意識不想招惹麻煩的心態，她往天曜身後一躲，打算避過這個小世子，不和他再打上照面。

哪想她這裡想躲，而對方卻根本不顧及她的心情。雁回只聽一聲脆生生的大喝：「是妳！」

雁回躲在天曜的背後，一聲長長的嘆息，這人年輕啊，就是不懂避而不見、擦肩而過其實是一種溫柔。

小世子上前兩步，卻立即被身後老人拽住：「祖宗！」老人聲音小但裡面的情緒卻極其緊繃。「那人身上有仙氣！」

小世子果然頓住了腳步。

有人找著自是極好。

雁回清了清嗓子，從天曜背後站了出來。她瞥了那方一眼，正拽了天曜一下打算趕快走，卻聽那小世子嘟囔了一聲：「她和那些仙人不一樣。」然後甩開老人的手，三兩步邁到她跟前，擋住了她的去路。

雁回一聲嘆：唉，少年，好好聽老人的話才不會吃虧。

他比她還矮一點，站在她面前，得仰頭看她：「在那以後，我找了妳好久了。」

雁回聞言只想嘆氣，她轉頭看天曜，卻見天曜一副微妙的表情盯著她。雁回自是不知道他在微妙個什麼勁兒，前面領頭的掌櫃倒是有幾分困惑地喊了一聲：「大人？」

這一聲讓小世子眼睛微微一亮：「妳還是這裡的人？」

雁回清了清嗓子，目光清亮，表情嚴肅地盯著小世子：「這位公子，我並不認識你。你是不是認錯人了？」

小世子一愣，臉上鮮活的表情一瞬間有點發愣，隨即他一皺眉：「不，是妳，妳別想裝不認識，我一直記著妳的模樣，一天也沒忘。」

雁回心頭懊惱，說認錯了你就認錯了得了，還逞什麼強！可她面上依舊不動聲色地演：「你認錯人了。」她一轉頭，對掌櫃道：「掌櫃的，這位公子……」

掌櫃連忙應了：「認錯了認錯了，公子，你大抵是真的認錯人了。」

掌櫃嘴上功夫自是非常油，三兩句將那小世子說得一懵，倒真有點信了認錯人這個說法。旁邊那老人又在使勁兒地拽他，片刻後總算是將那小世子拽走了。

雁回心裡長舒一口氣，回頭便問掌櫃：「他們是什麼人？來這銀樓做什麼？」

掌櫃連忙堆了笑回答：「大人，咱們這裡不只開銀樓，還買賣消息呢。來這後院的，多半都是來買消息的。至於他們的身分，那是買家，花錢的大爺，咱們自是不敢多問的。」

雁回點了點頭，這是想通過七絕堂的消息管道探清楚那九尾狐公主的去向啊。

掌櫃繼續領著兩人往前走，雁回跟著走了兩步，發現天曜並沒有跟上來。她轉頭一看，卻見天曜站在原地，神色依舊帶有幾分剛才那讓雁回說不清道不明的微妙感：「妳的桃花債，可算多啊。」

雁回看著他這表情一回味：「天曜，你難不成……是在吃醋？」

「吃醋」這兩個字像是「啪」的一聲打在天曜心頭，他臉皮一緊，神色沉凝，眸中再無方才那微妙的神色：「妳想多了。」他兩步走過雁回。「那不是我會做的事。」

雁回一撇嘴，心道也對，天曜可是說過，此生再不沾染情愛的，畢竟，經歷過那樣感情背叛的人，怎麼還能喜歡上別人？

如果天曜還能喜歡上另一個人，那另一人的魅力得有多耀眼，而天曜……得下多大的決心啊。

雁回自問，她確實是沒有這樣的資格的。

坐在銀樓後院喝了一會兒茶，掌櫃的便將銀錢取了來，三大錠銀元寶，沉甸甸地落在手裡，還有一遝通用銀票和一小袋散碎銀子。

雁回拿著這些東西，只覺得幸福的感覺從心底油然而生，暖暖地流遍全身。可還沒完全享受這拿到大筆銀錢的酥麻感覺，手裡的一錠銀元寶便被天曜拿了過去。

雁回一愣，大怒，但聽天曜在一旁與掌櫃道：「我若要買你們這裡的消息，這一錠銀子，夠是不夠？」

掌櫃也是愣神：「這……」他看了雁回一眼，卻見雁回一把將天曜手裡的銀子摳了過去，將銀錢抱著，然後望著他，道：「我來買消息也是要花錢的嗎？」

掌櫃抹汗：「大人想知道什麼……小的自是知無不言無不盡，不用花錢的……」

雁回碰了碰天曜：「那他想問的問題就是我想問的問題，你答他就是。」她恨恨地看了天曜一眼，那表情簡直就像是在說「你要知道什麼我都會幫你，可別動我的銀子」。

掌櫃滿臉苦笑，不由得腹誹：這上面派來的……都是些什麼人啊。

天曜卻對雁回這樣的舉動習以為常，一點臉色也沒變。

掌櫃還是維持著一個掌櫃的氣度和尊嚴，對兩人行了個禮：「消息這塊不屬小的管，小的這便將那人喚來，大人要問什麼，盡可問便是。」

待得掌櫃離去，雁回抱著銀子還是分心問了天曜一句：「你難道是想問你龍筋的下落嗎？二十年前七絕堂都還沒有呢，我猜他們可能也不知道你龍筋被封在哪裡了。」

「不。」天曜的手指輕輕敲了敲桌子。「我也想打聽打聽，那青丘國九尾狐公主的下落。」

雁回一愣：「為什麼？」

天曜瞥了雁回一眼：「因為真正的狐媚香，只能用九尾狐的血，方可煉成。」

初聽這話，雁回還沒反應過來，待得細細一想，雁回只覺猶如在大冬天被潑了一盆冷水一樣，感到徹骨的寒涼。她驚愕地轉頭盯著天曜：

「你是懷疑……」

天曜沒有再多言。

雁回一時心慌得如坐針氈。

等待那管理消息的人過來的過程當中，雁回只覺無比煎熬。

細細一想，如果說真正的狐媚香只有用九尾狐的血方可煉成，而這九尾狐的公主又消失這麼長一段時間了……現今青丘國雖然偏居西南，但若說在中原全無勢力，那肯定是不可能的，依照他們的力量卻沒能找到這九尾狐公主的下落……會不會是這九尾狐公主被素影抓了起來，更有甚者……會不會已經被素影剖了內丹，取血煉香了！

若是如此，無比看重血緣關係的九尾狐一族勢必極其憤怒，好不容易暫時穩定下來的仙妖兩道，或許因此又會產生大衝突也未可知……

雁回越想便越覺得嚇人，五十年前修道者與妖族之爭，雁回雖然沒有參與，但光是聽聞前者流傳下來的傳說便足以心驚。

最後修道者雖然占領中原，逼退妖族，然而混沌的戰爭卻使得流民遍野、生靈塗炭。妖與人，各食惡果。

這世道休養生息幾十年，才好不容易恢復了秩序，若是為素影一己私心而破壞，那實在是……

雁回越想越覺得心慌，而相較於她的焦急，天曜卻安然地在一旁喝茶。

片刻，外面傳來一道罵罵咧咧的人聲，混著凌亂的腳步衝這個屋子而來：「說了讓那些小侍從來應付客人就得了嘛，什麼大人物非得讓俺來招待不可？俺忙著呢！」

說話間，一個濃眉大眼的壯碩大漢拎著一壺酒就醉醺醺地進來了，進了屋，誰也沒看，一撩衣袍大剌剌地在椅子上坐了下來。椅子承受了他的重量，嘎吱嘎吱響了好幾聲，他也不管，只將腦袋一仰，兩腳一蹬，就在椅子上拉直了身體，然後打了兩聲鼾出來。

見來人這模樣，雁回一愣，天曜也微微眯了眼睛。

掌櫃的立即跟了進來，往那好似乞丐一樣的人面前一站，滿臉陪著笑道：「大人，這是咱們這分堂的情報主事，人脾氣是怪了點，但還是有幾分本事，您要的消息……」

話音未落，那好似睡著了的壯漢卻驀地醒了，他大怒，一腳踹在掌櫃的屁股上，將他蹬了個踉蹌，逕直往天曜、雁回那方摔去。坐著的兩人皆是各自讓開，掌櫃的一頭栽在椅子上，捂著鼻子好半天沒有爬起來。

「放屁！」他大罵。「老子都知道，什麼叫有幾分本事？老子本事大著呢！天上飛的地下跑的，什麼……嗝，老子都知道！」

天曜便立即順著他的話接了下去：「兄臺既然這般本事，我這裡想要的消息，不知兄臺是否知曉？」

「老子名字叫都知道，什麼都知道！」

雁回深覺此人胡言亂語完全不可靠，便隨口堵了他一句：「你知道我是誰嗎？」

都知道醉眼矇矓地上下掃了雁回一眼：「辰星山來的丫頭，性格這麼跳脫不守規矩，一定是前段時間被趕出山門的那個女弟子雁——」

「閉嘴！」雁回一叱，都知道身體震了震，然後咂巴了兩下嘴：「喊……喊個什麼，嚇死老子了。」

她說了這話，旁邊眼尖的掌櫃自是看明白了，雁回不想讓他在這兒聽著，於是掌櫃捂了鼻子，作了個揖，可憐巴巴地說了句：「大人，我前面還有事忙，這便先走啦。」

沒人理他，於是掌櫃一臉心塞地退了出去。

這方雁回心裡正在驚異，要說之前這人能一眼看出她修的辰星山心法那並不奇怪，但前段時間為了與鳳銘爭鬥，雁回和天曜學了九尾狐一族的心法還有妖術，她現在身上氣息極為混雜，是以之前子辰看見她才會那般斥責她。

而在這樣的情況下，一個全然陌生的人竟然一下就識別出她的氣息，必定修為比她高上許多，還能準確地說出她的名字……

看來此人的都知道也並不只是說說而已。

雁回心思一轉，便又留了個心眼兒，指著天曜問他：「你知道他是誰嗎？」

都知道便又睜了矇矓的眼睛將天曜上上下下一打量，看了一會兒，然後揉了揉眼睛，稍稍坐正了身子，這次瞇著眼睛盯著天曜看：「咦？」他站了起來，好似酒都醒了幾分。「不對啊，不對啊……」他在嘴裡嘰嘰咕咕地念叨了幾句，然後一拍手。「你戴了無息香囊對不對？」他衝著天曜走了過來。「你把香囊解了，我就知道你是什麼人了。」

他一伸手要往天曜身上探，天曜敏銳地往後退了一步，都知道一抓之下落了空，卻沒有放棄，又是一把抓向天曜，這時雁回倏爾伸出了手，將他粗壯的胳膊拽住。

雁回的手在他胳膊上顯得又細又小，但她卻絲毫沒有怯場：「這人我罩著的，別碰他。」

天曜聞言，在雁回的斜後方淺淺地看了眼她的側顏。只見她目光懾人地盯著都知道，一臉氣勢洶洶，充滿了保護欲。

真是……將他當小雞仔護著了……

都知道看了雁回一眼，雖然求知欲十分強烈，但還是不想與雁回衝突，悻悻然地收回了手，撇了撇嘴：「你們這種問了問題不給正確答案的人最討厭了。」他仰頭喝了口酒，然後撇著嘴坐了回去。「說吧，你們要問的到底是什麼事，問完了老子還要繼續回去喝酒的。」

這下雁回和天曜才重新落了座。雁回沒吭聲，聽著天曜沉聲問：「青丘國丟了個九尾狐公主，我想問，你知道那九尾狐公主的行蹤嗎？」

「知道呀。」

雁回眸光一亮，心裡著急聽下去，那邊都知道卻不慌不忙地又喝了口酒，咂嘴晃腦坐了好一會兒才一抹嘴，濺著唾沫星子道：「一年多前打西南邊，躍過赤陽山偷偷跑進中原來的唄，然後一路北上，到了個鎮上，好像和一個書生在一起還是咋的了。沒別的動作，老子也懶得看一個妖怪的消息了。」

雁回心裡還在琢磨，若照此說法，那九尾狐公主應該是還在這中原某處才是，為何青丘的人……

天曜用手指輕輕敲了敲桌子：「這是多久前的消息？」

「最後一次知道那九尾狐公主的消息是兩、三月前還是三、四月前來著，老子天天喝酒，日子喝忘了。」

雁回撇嘴：「你也真好意思說呀……」

天曜卻皺著眉頭，問：「那和九尾狐公主在一起的書生，叫什麼名字，你知道嗎？」

「知道啊。」都知道晃著腦袋想了一會兒。「叫陸慕生，長得老帥了，皮膚比俺牙還白。」

他這話說得好笑，但雁回卻一點沒有笑的心思了。

如果她沒有記錯，現在待在素影真人身邊的那個書生，也叫陸慕生。三、四個月之前，正巧是素影真人找到陸慕生的時間，然後九尾狐公主失蹤，然後帶著陸慕生來了辰星山，然後這狐媚香……

所有的線索好像在這一瞬間都能連起來了，雁回一時覺得有些頭痛。

「九尾狐公主……現在在哪裡，你知道嗎？」雁回問出口，發現自己的聲音竟然有些飄忽。

「這俺確實不知道了……」都知道將酒壺重重放在桌子上，有些氣憤地哼哼。「說到這個老子就是一肚子氣！老子本事那麼大！要是鳳千朔那傢伙把老子調到上面去，讓老子來操控七絕堂的情報，老子絕對不會把七絕堂弄成現在這個鳥樣。他就是怕老子太能幹，氣勢蓋過了他，所以不給老子調位置。老子不服。」

天曜瞥了都知道一眼，淡淡地說了一句：「他恐怕，就是不想讓七絕堂知道得太多。」

都知道並沒有聽見天曜這句話，他沉浸在自己的憤怒當中，咕咚咕咚將壺裡的酒喝完了，又是一抹嘴，打了個酒嗝道：「不過嘛，老子還是知道的，現在那帥書生在素影真人手裡嘛，兩女搶一夫，那不是死就是傷。現在既然沒了那公主的消息，我估計著那公主要麼是死了，要麼就被素影真人抓起來了。前些天鳳銘不是在煉個什麼狐媚香嗎？老子猜，素影真人將那九尾狐公主拿去煉香了也說不定。」

雁回想到她與天曜第一次闖進天香坊時，偶遇素影真人，那時她用天曜教給她的法術去偷聽素影真人與鳳銘說話，然後被素影發現了。

之前並沒有覺得素影和鳳銘之間的對話很奇怪，現在回想起來，當時鳳銘說「那隻狐妖的血太過難煉，或許得等到九九八十一日……」

再結合如今瞭解的情況一看，鳳銘口中的那隻狐妖，說的便是九尾狐公主了吧……

再仔細一想，之後鳳千朔第一次來將她和天曜帶走的時候，要求鳳銘放狐妖，也說了一個理由「青丘丟了個九尾狐公主」。所以那個時候鳳銘放掉狐妖，並不全部是在賣鳳千朔面子，而是……他當真心虛。

他當真害怕九尾狐一族來找他的麻煩。

雁回閉了閉眼睛，平靜了一下心緒：「剛才同樣來問九尾狐公主消息的兩個人，你可有將方才這些話告訴他們？」

「什麼人？」都知道撇嘴想了很久。「老子今天就見了你們兩個人。」

「你這些消息，平時買賣情報的人，可完全知道？」

「開玩笑，老子身分這麼高，我知道的都是高等的情報好不好！那些小子能和老子比？」都知道得意地抖了兩下腿。「要不是掌櫃的非要老子來見你們不可，說是上面派來的人，老子才不來告訴你們這些呢。七絕堂的情報只往上報不往下傳，這裡除了老子，這些消息誰都不知道。」

七絕堂消息往上報不往下傳……

那也就是說，鳳千朔……或許連弦歌也早就知道這些消息了。

想想也對，鳳千朔為什麼會和鳳銘說青丘國丟了個九尾狐公主這事呢，必定也是抓住了鳳銘的把柄，確定這件事能威脅到他，所以才說出了這麼一句話的。

都是人精，句句話看起來那麼波瀾不驚，但通曉其中關係之後，雁回才知，便是這一句話，其中竟暗含了這麼多的驚心動魄。

暫時壓下心中情緒，雁回道：「很好。」她站了起來。「那麼從現在開始，剛才這些話，你也不要再說給任何人聽了。」

她表情難得地收斂了漫不經心，眸中透出了幾分寒意：「我最後問一個問題，你知道江湖上，最容易因為什麼而死嗎？」

都知道撇嘴：「人在江湖就容易死，沒有理由。」

「今天我告訴你一個最普遍的理由。」雁回盯著他。「因為你知道得太多了。」

都知道自問壯碩了一輩子，從來沒有怕過什麼，但此時看著雁回的眼神，他卻倏爾覺得寒毛有些豎起來。

雁回沒再多言，也沒看天曜，自顧自地出了房間。天曜沉思片刻，便也跟著雁回出了門。

跟著腳步走得有些快的雁回上了大街，天曜看著她悶頭走路的背影，喚了一聲：「雁回。」

雁回腳步一頓，轉過頭來看他。只見天曜神色沉穩，他靜靜地站在那裡，坦然地看著雁回，便讓雁回的心情暫時緩和了些許。

「這些事和妳並沒什麼關係，妳不用慌張。」

說出這句話，天曜彷彿聽到自己堅如磐石的心猶如被石子打了一下一樣，傳出了陣陣震動——

他在安慰人。

他竟然……主動地安慰人了。

然而看著雁回聽了這話之後微微波動了一瞬的目光，天曜又覺得，安慰便安慰了吧，有什麼好稀奇的？他就應該在這種時候，安慰一下雁回的。

雁回垂了頭：「我知道，我沒什麼好慌張的。」

但是……狐媚香一事與辰星山之間已經牽扯了數不清說不明的關係，九尾狐公主這一事，辰星山應該也……逃脫不了吧。

或者說，凌霄，肯定與這事也有不少關係吧。一牽扯上凌霄，雁回便難以自持，不得不失措。

先前沒錢的時候雁回一門心思奔著錢來，而今拿到了錢，還是一筆足以讓她在這個小鎮裡買一個院子，養十個張大胖子那樣的廚子的錢，她卻不知道該何去何從了。

雁回領著天曜住進了這鎮裡最好的客棧，讓掌櫃的給了她最好的房間。這邊正在等著小二領著他們上樓去，旁邊傳來一道聲音：「妳也在這兒！」帶著掩飾不住的驚喜。

聽到這個音色，雁回登時覺得一個頭兩個大。她一轉頭，見旁邊站著的果然是那個青丘國的小世子。

她現在最不想見的，大概就是這個人了。雁回別開目光，全當自己沒看見他。

小世子身邊的僕從也拚命地將他往回拉，但三兩下就被他掙開了，他邁著堅定的步伐，逕直衝雁回而來：「我怎麼想都覺得是妳，妳為什麼要裝作不認識我？」

雁回嘆了口氣，正打算正面迎接，斜刺裡一個人影插了進來，是天曜擋在了雁回身前，恰恰將那走來的小世子擋住。

那小世子一愣，雁回也是一愣，還沒來得及回神，忽覺手腕一熱，竟是天曜將她手腕一拽，拉著她便往樓上走。

雁回望著天曜的後腦杓，對於他倆這前後走位有點沒反應過來。平時……都該是她走在前面的啊。

許是察覺到雁回怔愣的目光，天曜微微一回頭，瞥了她一眼：「小二都在前面領路了，妳不想回房？」

說得好像是這個道理，人家小二也忙著呢，不能耽誤別人的時間……

雁回被天曜拽著走了一會兒，那身後的小世子好似突然反應過來了，也連忙快步走了上來，跟在雁回腳後就問：「這個人是誰？為什麼和妳在一起？」

天曜頭也沒回，全然忽視他的存在，雁回也不答他。於是小世子便跟著上了樓，鍥而不捨地道：「在那之後我真的一直在找妳，我九……我族皆是知恩圖報之人，妳那時救了我，我定會報答於妳。」

雁回終是忍不住了，在走完階梯之際轉頭對他道：「最好的報答就是別理我。當之前的事不存在，趕緊走吧。」

小世子腳步一頓，隨即肅容道：「發生過的事就是發生過的，我沒法當它不存在，我說了會報答妳，就一定要報答妳。」他指了指隔壁的房。「我先前就住在這兒，接下來幾天還有事待在這小鎮裡不會離去，妳若想做任何事，我都可以幫妳。」

話音未落，天曜便帶著雁回進了房，「喀」的一聲將門關上了。房門隔絕了外面的世界，屋子裡只剩下了天曜和雁回兩人，手腕還被天曜拽著，雁回覺得有點奇怪，便動了動手。

天曜是何其敏銳的人，當即便鬆了她的手，裝作若無其事地往屋子裡面走，然後坐到桌邊，倒了一杯茶開始喝了起來。

雁回盯著天曜：「我要的兩間房，你住旁邊。」

「累。」天曜道：「歇會兒再走。」

雁回便也沒往別處想，跟著坐了下來，神色還是有點沉重。天曜睨了她一眼，雁回接觸到他的眼神，不禁嘆了口氣出來。天曜放下茶杯：「妳委實沒必要為方才知曉之事心煩。那不是妳做的，也不是妳管得了的。」

「你知道外面那個。」雁回衝著房門努了下嘴。「……是什麼人嗎？」

「知道。」天曜抿了口茶。「身上雖然半分氣息全無，但聽其言辭，加之妳的反應，大致能猜出，他便是妳先前在辰星山牢籠裡放走的狐妖之一。」天曜眸光淡淡地瞥了眼雁回，眼中神色莫名地藏著幾分微妙。「倒是運氣，竟叫妳救得了九尾狐一族的人。」

「應該是我運氣衰吧！」雁回道：「知道他的身分你不覺得心慌？他先前已經去過那個銀樓了，應該是知道在那裡可以探到消息的。在我看來，那個都知道嘴巴也緊不到哪裡去，雖然我最後威脅了他一兩句，但保不準他喝多了將這事給抖出去啊。要是讓那個……」雁回又比劃了一下外面。「知道了，把消息傳回青丘國，那可如何是好？」

「什麼如何是好？」天曜道：「該知道的早晚會知道，不是妳做的壞事，妳心慌什麼？」

「天下大勢牽一髮動全身……」

雁回話還沒說完，天曜便放下了茶杯，發出「啪」的一聲輕響：「素影既然敢做出這樣的事，必定也有承擔這後果的覺悟，妳這是在替誰著急？那殺人的殺得心安理得，妳這旁觀者卻急著想幫她修飾過錯。」

「我……」雁回張了張嘴，卻沒有說出話來。

她哪裡是想幫素影修飾過錯？素影與她有什麼關係？她想幫的，還不是喚了十來年「師父」的那人罷了？

「離劃下國界已有五十餘年，各界早已休養好了，妖族常年盤踞西南偏遠之地，必定心有不甘，修道者又怎允許臥榻之側有他人鼾睡？先前是沒有實力將其吞而併之，而如今……」天曜手指在茶杯杯沿上輕輕轉了一下。「仙妖之間必有一戰。」

雁回默了許久：「有一戰便有一戰吧，我只希望這一戰能晚一點……再晚一點。」

天曜沒再多言，房間陷入了沉默，待得天色漸晚，天曜便也在這沉默之中靜靜地離開了。

雁回梳洗之後睡在床榻之上，一夜輾轉反側。

到了第二天，雁回醒過來，心頭那股無事可做的空虛感剛浮起來，便聽見外面有慌亂的馬蹄踏過，還有人聲混著馬蹄聲在大吼著，只是吼得含糊，雁回一時沒聽清楚。

待她走到窗邊，打開窗戶，只見樓下道路兩旁百姓驚惶地站著，臉上的神色慌張無措。

雁回還在困惑，便聽到又一匹快馬自路的那頭疾馳而來。這次馬上之人大喊的聲音雁回倒是聽清楚了：「青丘宣戰！妖族宣戰！」

雁回愕然，頭髮都還沒來得及梳，一扭頭就要往那小銀樓跑。可這邊一開門，一頭便撞上了一個少年，那少年腦袋正好撞在雁回軟軟的胸膛之上，被雁回彈得踉蹌退了兩步。

他被身後的老人扶住，一臉漲紅地站穩了身子，然後便強撐著鎮定對雁回道：「妳叫雁回可對？」

看著面前這人，雁回愣了好一會兒，然後一把揪住他的衣領，將他拽進了自己屋裡，猛地甩上了房門。「怎麼回事？」她聲音是從未有過的急。「你一定知道原因，怎麼回事？」

「妳這下不裝不認識我了？」

雁回一巴掌狠狠地拍在旁邊的桌子上，桌子發出一聲巨響，立即四分五裂地變成木塊，掉在地上：「說！」

「素影她害了我小姑姑，我青丘國，必定讓她血債血償。」到底是青丘的皇族，並沒有被雁回的氣勢所嚇倒。他說這話的時候，眼眸中一絲紅光閃過，是妖族動了殺氣的特徵。

雁回方才只覺心亂無緒，待聽到這話，卻恍然間覺得再是著急也沒什麼用了，心頭只剩下許多的無奈慢慢堆積。她退了兩步，神色有些黯淡：「你們……是怎麼知道的？安插在中原的探子，探到消息了嗎？」

「有人告訴我的。」小世子道：「我的僕從著人連夜探查了一下，那人所言句句屬實，凌晨我便將消息以法術傳回了青丘，告知了大國主。」

是九尾狐一族的作風……

如此注重血緣如他們，必定是在知道消息之後的第一時間就會做出反應的。

而這個小鎮離西南邊境也並不太遠，兩方交流消息也耗費不了多少時間。

雁回沉默下來，小世子挺直了背脊看著雁回：「我族既然與廣寒門宣戰，其餘仙門必定不會坐視不理，彼時大戰再起，天下修道者皆不會倖免於難，我聽聞之前妳因為救了我與我妖族之人，所以被辰星山驅逐。」小世子頓了頓，許是這樣裝腔作勢的作風他還是有點不習慣，他握了握拳頭，聲音大了點，像是在給自己壯膽：「我想帶妳回青丘，保護妳，妳願意同我走不？」

雁回本還在思索一些沉重之事，忽然聽到這樣一段話，雁回望著小世子，愣怔得回不過神來。

見雁回沒反應，小世子拳心滲出了汗，他又捏了捏拳頭道：「我是青丘國肅清王長子燭離，雖然妳是修仙者，但妳也是我的救命恩人，我族人必定不會怠慢於妳。」

「呃……我……」

「我還會在這裡等妳三天，三天後，妳若仍舊不願意與我回青丘，我也不會強求妳的。」燭離看了雁回一會兒，然後一垂腦袋，悶聲說了一句：「說完了。」

他悶頭就往外面走，撞上了門，摸摸門框，然後走到外面，和那老僕從一起下了樓去，不知去哪兒了。

雁回在屋裡看著被自己拍碎的桌子，心情起起伏伏，百味雜陳，最後只出了一聲品不出味道的苦笑。

她在凳子上坐下，仰頭望天。

這都什麼事……和什麼事啊……

沒坐多久，門口便是一個身影一斜。

雁回看也沒看，便道：「你為什麼要將這消息告訴他們？」

她的聲音並沒有多大起伏，甚至和平時也沒有什麼兩樣，但天曜很敏銳地察覺出，雁回生氣了，而且火還不小。

「昨日我說了，仙妖註定有一戰。即便不是現在，待得我尋回全部法力之後，我必定也要向素影，討這一筆債。」

雁回聲色微冷：「那只是你和素影之間的恩怨，你沒必要將那麼多人牽扯進去。」

「將如此多人牽扯進去的並不是我，雁回。」天曜道：「素影心機深重，她不會不知道殺一個九尾狐公主會帶來多嚴重的後果，她或許已經有了在某個對她絕對有利的時刻，將此事公諸天下的謀劃。妳的師門辰星山，還有別的門派，不會對此一無所知。」天曜眸光越說越冷。「想想三個月前的辰星山會議，想想棲雲真人之死。我說的這些，妳自己想不到嗎？我有的猜測妳便當真沒有嗎？修道門派野心也並不小——」

「別說了。」雁回打斷他。

「只不過現在我是站在妖族的角度，幫了他們一把，讓他們趁著素影尚未將一切謀劃好的時候，做了準備。而妳……妳站在妳的角度，不願意將這些事情深思，也不想被人道破罷了。」

時至此刻，雁回不得不承認，天曜很瞭解她，比她自己更瞭解。

天曜望著沉默不言的雁回道：「仙與妖註定無法共存於世間。五十年前，你們仙門的祖師清廣真人與那青丘大國主便用行動說明了這個道理，不爭得魚死網破，直至兩方都無力繼續，仙妖便無法共處。」

雁回聽聞此言，抬頭瞥了天曜一眼：「這幾天你還和我一張桌子吃飯來著呢，誰說仙妖不能共處？」

天曜看了雁回許久，道出了一句淡淡的話：「雁回，心性如妳，便該隨我入妖道。」

隨天曜入妖道？

雁回聽罷這話只是淡淡轉頭瞥了天曜一眼，全當他說的是渾話。自打她被凌霄帶回辰星山之後，十來年間，修的是仙者道術，骨子裡浸的是仙靈之氣，若要修妖法，那豈不是得斷筋洗髓，先去掉半條命才能入得妖道……

那她得受多大的罪？瘋了才會半途和天曜入妖道。

雁回當即撇了撇嘴，便將這事拋在了腦後。

不日，青丘宣戰的消息便傳遍了整個中原大地。

仙家各派皆是驚詫不已，一是詫異於素影真人竟然不動聲色地將青丘國的一個九尾狐公主殺了，二是驚訝於青丘國竟然在得知消息後二話不說，毫無轉圜餘地宣了戰。

眾仙家一派混亂，有老者欲請辰星山清廣真人前來主持大局，然而清廣真人已有數月閉關未出，連辰星山人也不見其蹤。眾仙家群龍無首。

而素影卻在廣寒門高傲放言，讓青丘國儘管來戰。

一時間修道門派與妖族之間氣氛劍拔弩張。

雁回住的這個鎮離青丘國界還有一段距離，然而兩天下來，天上馭劍來往的修道者已經比之前多了三倍。

雁回在心裡琢磨著，這個鎮子恐怕不能久待了。傍晚時分，她將心裡的事都盤算好了，打算去找天曜攤牌，她想如果天曜找回身體是為了與素影一戰便罷了，如果是要幫著妖族和中原開戰，那她還是盡早和天曜分道揚鑣比較好。

道不同，到底是不相為謀的呀。

臨著要開門之際，她隱隱聽到門外有低低的爭執聲傳來，是那青丘國小世子燭離在外面和他的老僕從又發生了爭執。

「……看這架勢，您要是再不回去，今晚過了，那邊恐怕就不好走啦！」

「我說了等她三天。」

「哎唷喂！老天爺！小祖宗！她要走她早跟您走啦！還磨蹭這幾天幹啥呀！您呀，就別鬧脾氣了，好好地跟老僕回去吧！」

外面燭離半天只吭了一句：「明天就走。」

還死倔，雁回嘆了聲氣，一把拉開門，直勾勾地盯著燭離道：「你今天就回吧，等到明天也沒什麼用。」

燭離動了動嘴，最後只是一咬牙，此時終於顯現了一點小孩脾氣：「反正我就要等妳到明天才走。」

雁回見他開始耍渾了，心知這種脾性的人是勸不動的，便也沒再理他，敲開了天曜的門，喊了一聲：「下樓吃飯，有話和你說。」

天曜在屋子裡本就是打坐調息，也沒什麼事做，雁回一喊，他便出來了。

一出門，直覺感受到一股注視的目光從旁邊灼灼地盯了過來，天曜一瞅，但見燭離目光定定地盯著他，臉上神情是一分醋意三分不甘，還有更多寫的是「不開心」三個字。

天曜衝他勾脣笑了笑，就是這樣彷彿已經看穿一切的微笑，讓燭離心頭一陣鬼火亂冒。

雁回只顧著埋頭下樓，後面兩個人的交鋒她自是沒有看見，只往角落的桌子一坐，便盯住了天曜。

天曜淡淡看了她一眼，對她各種情緒變化已經習以為常了，並沒感到任何奇怪，只翻看著手裡的菜單，好似閒聊一般說了一句：

「龍角拿回來後，我這些天打坐調息，隱約感覺到了有我自身氣息自西南方而來，雖不知那方到底封的是何物，不過前去探探還是非常必要。」

他這話說得那麼自然而然，倒讓雁回有幾分愣神了，一時間自己要和天曜談什麼便拋到了腦後，只顧著糾正他：

「我好像從來沒答應過要幫你找你身體的其他部分吧，你是怎麼有勇氣這麼理直氣壯地命令我的？」

天曜聞言，睨了雁回一眼：「嗯，妳馭劍不會帶著我，吃飯住宿也不會管我……」他說著，瞥了眼菜單，抽空問了一句：「糖醋里脊吃不吃？」

「吃。」答完，雁回一愣，然後把菜單拍了下去。「我和你說正事呢！你要找你的東西你自己去，反正我不會去。」

「咱們就此別過。」天曜先開了口。

「咱們就此別……」雁回話都沒說完整，天曜便將她要說的都說了出來。她望著天曜，感覺此妖已將她的脾性完全摸得清清楚楚了，吃軟不吃硬，刀子嘴豆腐心……他沒什麼不知道的。

他能拿捏住她的脾氣秉性、軟肋弱點，她對他的反抗便像是打在棉花上的拳頭，顯得那麼無力。

這樣一想，雁回心頭一股邪火冒起，拍了下桌子，站起了身：「我現在還真就走了！」

「雁回？」

一道女聲自一旁傳來，聲音彷彿自己便帶了許多年的回憶一樣，雁回身形微微一僵，轉頭一看。

一行十來人，穿著她熟悉的衣裳，拿著她熟悉的辰星山特製寶劍，著她熟悉的仙風道骨的打扮，正站在客棧的門口。為首的三人，雁回看了便覺得頭比屁股大。

一是先前便在永州城見過了的子辰，二是與她恩恩怨怨同睡了十年房的師姊子月，三是……

凌霏。

是了，先前遇見子辰的時候，他好像也說了，這次是下山和凌霏一起來做個什麼任務的，他那時半道跑了，可被雁回甩掉之後，自然還是要回去找凌霏的。

這倒好。

一起給撞上了……

雁回只能在心裡暗罵。

方才喊她的，便是那子月師姊。臨出辰星山時，她將子月按在山壁上嚇唬了一通的事，雁回還清清楚楚地記得，想來子月也沒有忘懷；是以現在子月見了她，柳眉倒豎，聲音尖厲，面有憤色。

唉……

雁回只有嘆息，雖然之前在辰星山她也經常與子月有口舌之爭，時不時還打個小架，但從來沒有像她離開辰星山那天時那樣，直接把子月嚇得哭了出來。她承認，離開的時候她是做得絕了點，但……

誰知道日後還會見面啊！

雁回不擅長應付這種「久別重逢」的場面，她只看了一眼，便開始在腦海裡想辦法要怎麼離開這個地方了。

可她想躲，別人卻不想讓她躲。

那方凌霏見了雁回眉梢一挑：「是妳。」語調微揚，帶著十分不滿。

雁回聽了只覺得丟了兒子——麻煩極了。

雁回正覺頭大之際，一旁的天曜卻淡然自若地問了一聲：「糖醋里脊還吃嗎？」

雁回一轉頭，天曜還是方才的神色，半分未變，絲毫不為周遭的氣氛所動。一時間，雁回便也覺得，自己為什麼要緊張呢？為什麼要尷尬呢？不就這麼點事兒嗎？又不攸關生死，又不搶她荷包……

「拿上去吃吧。」雁回回了一句，天曜點頭，喚來在一旁被這陣勢嚇得有點呆的小二，泰然自若地點了幾道菜，然後吩咐他送到樓上去，便起了身，繞到雁回身邊，幫她擋住了那方十來人懾人的目光。

他垂頭看她：「上樓？」

天曜的身影擋住了門口照進來的光，在他的陰影之中，雁回竟難得地在某個人身上感覺到了心安……

上一次，還是很久之前，凌霄帶給她這樣的感受，讓她覺得安全，讓她覺得寧靜。

是什麼時候開始……這個初次見面面黃肌瘦、陰沉寡言的少年，身形已經開始變得這麼高大了。

雁回「哦」了一聲。

抬腳要走，面前倏爾橫來一柄寒劍。「慢著。」子月擋在了兩人面前，神色嚴肅。

該找麻煩的人，始終還是會自己來找她麻煩。雁回嘆了聲氣，整理了情緒，抬頭看她，不卑不亢：「什麼事？」

子月神態高傲：「雁回，妳雖被辰星山驅逐，但是妳到底曾經還是辰星山的人，妳的一舉一動，依舊關乎我辰星山的聲譽。最近江湖傳言，妳與妖物走得極近，甚至還在永州城放走了那些作惡多端的狐妖。妳這樣做，便不想想給師門蒙了多少塵？又給師父造成了多大的麻煩？」

鬥嘴這麼多年，一別數月，再見面，雁回還是不得不承認，這個師姊，是真的不長進。

雁回看著她，笑了笑：「哦，那你們自己應付一下，我忙。」

得到這麼個嬉皮笑臉的回答，子月一愣，眼見雁回抬腿又要走，她心頭火起：「站住！」

「還有事？」這話不是雁回問的，而是天曜問的。他會開口讓雁回也有幾分驚訝，雁回轉頭看他，可天曜卻沒將心思放在她這裡，只是目光薄涼地望著子月，一身氣勢，一時間竟唬得子月有些噎住了喉。

雁回明瞭，天曜即便失了法術，沒了修為，但他的眼神裡始終會藏著被時間淬煉出來的光芒，怒時可誅人心。

這裡辰星山的人應付過的妖怪，怕是連曾經天曜的腳也碰不上。

子月微微退了一步，沒了聲音，倒是旁邊一道冷傲的聲音插了進來：「不簡單，下山不過月餘，便找到這般幫手了。」

凌霏嘴角掛著諷刺的微笑。

一旁子辰見狀，眉頭微微一皺，對凌霏輕聲道：「師叔，正事要緊。」

凌霏抬手，擋開了子辰：「我看這便是再要緊的正事不過了。」凌霏上前兩步，踏至雁回面前，卻沒看雁回，只盯著天曜：「一身好氣魄，卻半分氣息也無，若說閣下是普通人，叫人如何信服？不如將身分亮亮，讓我等看看，這被我辰星山驅逐的弟子，下山之後，到底與何等人廝混？」

提及這事，雁回肅了眉目。

天曜的身分無疑是大忌中的大忌，在他完整地找回自己身體之前，他的身分被誰知道了都不行。

雁回腳步一轉，幾乎是下意識地攔在了天曜身前。

天曜眸光微動，嘴角不由得往上微微一挑。

剛才還說這便要走了。她這樣，真的能走得開嗎……

口是心非。

「呵。」凌霏見雁回如此，不由得一笑。「這倒是有意思。我不過是想知道這人身分，雁回，妳為何緊張？」言罷，凌霏目光一寒。「莫不是此人身分，有不可告人之處吧？是妖，還是邪修？」

她這話音一落，身後的十來名辰星山弟子盡數將手放置於劍柄之上，一副劍拔弩張之勢。

雁回瞥了他們一眼，其中還有幾個熟悉的面孔，皆是辰星山的上層弟子，法術修為都不會比子辰子月弱。而且這裡還有凌霏在，動起手來，只憑雁回一人，還要護著天曜……必定施展不開。

雁回心下一緊，嘴角卻是放開了，她笑道：「凌霏，我與妳的矛盾辰星山還有什麼人不知道？妳想將髒水潑在我身上盡可大膽地潑。我相公豐神俊朗、氣度非凡，妳對他虎視眈眈地，我不護著他，難道等妳來搶？」

相公二字一出，在場人皆是一默。子辰皺眉看著雁回。

而天曜則是聽到了「凌霏」二字，登時望向凌霏的目光便帶了幾分微妙，殺氣重了幾分，面上的寒意更沉了些許。

凌霏又是冷冷一笑：「相公？雁回，妳當真是下山與妖物混作一堆，越發不知羞恥了。」

子月在凌霏身後幫腔：「下山兩月便有了相公？雁回，妳妄想師父之心噁心至極，妳當辰星山真的無人知曉？」

她這話一出口，其餘弟子皆是面面相覷，雁回目光一寒，子辰更是大聲斥責：「子月！」

子月卻不肯停：「藏了十年的心思會一朝之間盡數消失？妳不過是為了替旁邊這妖物開脫吧！呸！真是作踐自己！」子月恨道：「妳父母若在世，也定要斥妳一聲不是東西！」

子辰聲色嚴厲地大聲喝斥：「子月！妳在說什麼渾話！」

雁回眸光森冷：「妳父母若在世，定要重新教教妳待人處世的禮節！」話音未落，她身形一閃，不過眨眼之間，這房間裡幾乎沒有任何人反應過來，雁回便閃身至子月身邊。

子月一驚，剛往後一退，便覺隨身揣著的小匕首已經被雁回拔出了鞘。子月驚呼，下一瞬間她的下頷便被人擒住，牙關被人大力掰開，怎麼也合不攏。

但見雁回面色陰森地在她面前盯著她，道：「妳這舌頭留著損陰德，不如我幫妳割了的好。」

子月霎時嚇得花容失色，雁回手起刀落。

一旁的子辰大聲喝斥著雁回的名字，而雁回卻全然不為所動，在匕首尖端落到子月嘴巴裡時，斜刺裡忽然抽來一道力道，逕直將雁回拍開。雁回回身一轉，又落在天曜身前。

而此時她手中握著的匕首已經沾了血，是刃口割破了子月的嘴唇，也刺傷了她的舌頭，但到底是沒有將她舌頭割下來。

子月流了一嘴的血，她捂住嘴，然後放下手看著自己掌心裡的血，一時間嚇得當真以為雁回將她舌頭割了，啊啊叫了兩聲，竟當場暈了過去。

雁回面色陰沉，目光惡狠狠地盯在凌霏臉上：「誰人擋我？」周身氣場，登時宛如地獄凶惡閻羅。

第十二章　青丘之行

雁回雖是這樣問，但誰都知道，擋開她的人，除了凌霏還有誰？凌霏見雁回生氣之時面色陰狠至極，回憶起當初在心宿峰地牢中吃了她的虧，新仇舊恨加在一起，也是火從心頭生，她冷冷一笑：「言辭之爭便要割掉曾經同門的舌頭。雁回，妳人性尚在？莫不是已經做了邪修了吧？」

「血口噴人。」雁回叱道：「妳這舌頭，我看留著也無用。」她將手中染血匕首逕直對著凌霏面門甩去。

匕首去勢如電，凌霏這次卻已有了準備，她反手一揮，廣袖將匕首一捲，化解了來勢，匕首被拋到一邊。

凌霏微微瞇了眼，看著雁回：「上次妳趁我不備，偷襲於我，這次妳道我還會吃妳的虧？」

凌霏臨空一抓，手上拂塵顯現，她一揮拂塵，周身仙氣盎然：「我倒要看看，妳這下山以來，到底還學了些什麼邪術道法。」

話音一落，凌霏身影消失。雁回心中登時警鈴大作，她立即往後退了一步護在天曜身前，然而天曜卻跟著猛地退了一步，口中急喚：「小心。」他隨著話音推了雁回一把。

雁回往前踉蹌了一步，堪堪躲過斜後方掃來的拂塵。

凌霏身影顯現，已經站在了雁回身後半步的距離，然而沒有緊接著攻擊雁回。她目光往天曜的方向一凜：

「倒是好眼力！」

隨著她話語落下，拂塵便帶著清冷之氣向著天曜面門而去。

凌霏乃是素影的妹妹，雖然在很小的時候便被素影送到了辰星山，但是她仍舊習有廣寒門的心法，是以這一出手，便是滿堂寒氣浸骨透心。

天曜法術未完全恢復，然而這幾天還是調息出了些許修為，足以讓他的身法比一般修道者快上許多。

此時凌霏這心法一出，天曜明明能躲得過她，但偏偏是身形一僵。

腦海中那些他盡力想忘掉的記憶卻已經成了烙在他靈魂深處的傷疤，凌霏這一拂塵帶出來的寒意便是一把利刃，將他那些傷疤不由分說地強行破開。

那巨大的月、漫天飛舞的雪不適時宜地出現在天曜的眼前。他縮緊了瞳孔，一時間竟沒能挪得開腳步，眼看著那拂塵帶著寒冷法術就要打在他腦袋上！

就在這千鈞一髮之際，天曜身前人影一晃，那掃來的拂塵便堪堪被人握在了掌心之中。

寒涼之氣盡數被一股炙熱烈焰擋住，好似一道安全的屏障將他保護在身後。

是雁回將凌霏的拂塵緊緊拽住。

火焰與寒霜在她掌心之間交戰，摩擦出詭異變幻的光芒，交織的色彩映入雁回的眼睛裡，倒真的襯得她有幾分邪惡的妖氣：「我說了，我護著他。」

這七個字雁回說得那麼堅定，沉如千斤落在每個人的耳朵裡。

又是雁回，又是這個背影，前一次幫他擋住了天上的月，這一次幫他攔下了浸骨的寒。

現在即便沒有肢體的接觸，即便沒有十指相握，但天曜依舊神奇得近乎詭異地感受到了面前這個姑娘傳達到他心底的熱量……

滿滿當當，湧出心房，霎時便溫暖了四肢百骸。

而天曜能明白，現在的雁回，大概是半分也不知道她的一些舉動，給他帶來了多大的影響。

她總是這樣，只顧著做自己應該做和自己想做的事，鮮少去在乎旁人的目光，所以顯得格外地沒心沒肺，但也正因為這樣，她自然而然做的這些事，才更震撼人心。

雁回盯著凌霏，感覺到拂塵上傳來往後拽的力道，雁回怎麼會讓她這麼簡單就把拂塵拽回去？等她拽回去了再讓她打過來嗎？雁回又不傻！

於是她也自是拽著不鬆手。

簡單的力道較量之後，便是法力開始拚鬥，然後愈演愈烈。

凌霏的極寒之氣與雁回的炙熱火焰碰撞出強烈的風，將兩人周遭的桌椅盡數掀翻，連客棧的房梁也發出了「吱呀吱呀」的聲響。

那方的十幾個辰星山弟子見狀，要前來幫忙，子辰連忙將他們勸住，大喊：「此處平民甚多，大家動手恐有誤傷！」他一轉頭又對凌霏喊：「師叔，我們行正事最為要緊！」

凌霏並未理他，口中牙輕輕一咬，對著雁回惡狠狠道：「妳以為我還會敗在妳的手下？」

雁回眸光一凝，只見凌霏另一隻手驀地自腰間抽出一柄軟劍，「唰」的一聲，逕直刺向雁回的心房。雁回一驚，在她後退之前，後面天曜已是一隻手將她腰一攬，拉著她退開兩步。

但即便如此，凌霏這出其不意的一劍一挑，還是劃破了雁回的臉頰。傷口還不淺，從下頷一直劃到了顴骨，深深的一條口，鮮血登時順著雁回的臉往下滴落，有的落在了她的衣服上，有的直接落在地上，有的則落在了天曜攬著雁回腰的手臂上。

滴滴答答的血滲進天曜衣袖之中，明明已經涼下來的溫度，卻像是還在燒一樣，一路燒進天曜心裡。

這次並非溫暖，而是有點灼痛。

他一側頭便能看見雁回臉上的傷。她還盯著凌霏，連自己用手捂也沒捂一下。姑娘家的臉是最寶貴的，可她卻好似從本質上就和其他姑娘不一樣！她竟然半點也不為自己心疼！

更可笑的是她不心疼，為何他……卻有點疼。

而且憤怒。
天曜眸色森冷，擒住凌霏。
方才雁回退的那兩步已經鬆開了她的拂塵，她一甩拂塵，將拂塵隱於空中，手中便只拿著剛才劃破雁回臉的軟劍，那劍刃上還有鮮血在滴答落下。
凌霏看著雁回，嘴角勾起了一個嘲諷的冷笑。
她在蔑視雁回。
雁回自是也看見了凌霏的這個笑，臉頰側邊傷口不是不痛——凌霏隨身的那把軟劍似乎本來還帶著寒毒，一劍下來雁回半邊臉都沒了知覺——現在看著她這嘲諷的笑，雁回只覺這已經不是傷的問題了，她感覺自己整張臉都像被撕了皮一樣痛。
真是傷可忍，笑不可忍。
雁回一咬牙，掙開天曜的手，隻身便衝了上去，近身與凌霏過起了招。但是雁回不承想，凌霏這軟劍上似乎被加持過什麼法力，只要雁回近了凌霏的身，便會被那劍上寒芒刺痛皮膚，臉上的傷口像是一個咒一樣，撕扯得她幾乎快要連眼睛也睜不開。
凌霏下手卻毫不留情，趁著雁回眼花，她半分也沒吝惜著力氣，一掌逕直擊在雁回的腹部之上。雁回被生生打飛出去，撞上客棧的柱子，咳出了一口血。
天曜眉頭緊皺，要上前扶她。可雁回好似被挑起了鬥志，看也沒看天曜一眼，腳一蹬，身形如電，掌風帶火，再次上前，與凌霏戰了起來。

不出意外，她自然又被打了回來，這次她直接撞進天曜懷裡，好半天也沒能睜開眼睛。

「呵。」凌霏發出一聲冷笑，還是她慣有的高傲模樣。執劍站在那方，衣裳彷彿纖塵不染，襯得雁回像在泥和血的池子裡打了滾一樣，骯髒又狼狽。

雁回甩了甩腦袋，眨了眨眼，依舊堅持推開天曜的手，自己單膝跪在地上，緩了好一會兒，然後堅挺地站了起來。雖然眼睛糊著血，但她還是找到了那方的凌霏，看見了她臉上的諷刺，聽見了她口中的譏笑。

雁回一句罵沒忍住，說出了口。

那方的子辰早已急得在一旁勸，可他的聲音雁回已經聽不清楚了，耳邊嗡鳴陣陣，她只感覺自己被人往後面一拽，她踉蹌了一下，轉頭看拽自己的人，於是看見了天曜格外陰沉的臉，冷得駭人：「還要衝？」

雁回不解，應該……沒傷到天曜吧……

為什麼他看起來，這麼生氣……

「妳就不會躲一下？」

雁回茫然：「躲去哪兒？」

天曜默了一瞬：「我身後。」

雁回只當他在講笑話。他們這一路走來，若是要她躲在他的身後，只怕他們兩人，已經死得連渣也找不到了。

那方，子辰見凌霏還要動手，便再也顧不得其他，逕直上前將凌霏一攔：「師叔……」

可他哪承想，話音還未落，周遭氣息倏爾大變。子辰自己便是修木系法術的，平時馭風最為擅長，是以他比凌霏更先察覺到周遭氣流的變化。

他一轉頭，竟見四周桌椅都在微微顫動，桌子上的筷子盡數詭異地自己飄了起來。

凌霏見狀，眼睛一瞇：「妖術。」

隨著她這兩字一落，空氣陡然一亂，那些飄浮的碗筷還有地上的桌椅，霎時被空中凝聚起來的氣刃切斷！

與此同時，那十幾名辰星山弟子當中也有人傳出了驚呼，有人衣服莫名破開，有的帽冠被斬斷，落地，有的褲腰帶也被一切為二……

眾人皆在驚詫之際，子辰只聽耳邊「錚」的一聲，他直覺不妙，立即轉頭一看。

凌霏對子辰這突然的動作還感覺奇怪：「怎麼了？」她剛一皺眉，便覺眉心生疼，血珠從她眉心之間冒了出來。

子辰看她的目光也漸漸變得驚駭。

凌霏便在子辰越睜越大的黑眸當中看見了自己的臉……

一顆顆血珠從她臉上各個地方接二連三地冒了出來，沒多久便有血從她臉上滴滴答答地往地上掉。她抖著手往臉上一撫，手指觸碰到哪兒，哪兒便是一陣劇痛：「啊……」她發出痛呼。「啊！」

「師叔！」子辰驚呼出聲。

「妖術！」凌霏捂著臉彎著腰將自己的臉藏了起來。「那人的妖術！」她聲音尖厲，幾乎要刺破人的耳膜。

十幾名辰星山的弟子皆是面色驚駭地盯著天曜，詫異於此人竟然能化空氣為利刃，殺人於無形……此等法術，並非一般妖邪所能運用……

連神志有點迷糊的雁回也知道這情況詭異，詫然回頭盯著天曜：「你……」天曜卻是神色如常：「我如何？」若不是這幾天調息打坐內息並沒有積攢多少，他也不是卜手這麼「溫柔」的妖怪。

雁回盯著他，沒有言語。

這大概是……她第一次看見天曜對他人出手，如此乾脆的手法，不用結印，連咒也沒念一個。她知道天曜現在或許根本沒有恢復他原來力量的萬分之一，可一個小法術已足以讓辰星山這些有頭有臉的大弟子深感詫異；若是他恢復了……千年妖龍果然不是說說而已的。

都是因為天曜之前表現得委實太過軟蛋，以至於讓雁回都差點忘了這件事了……

沒給雁回太多詫異的時間，那方十幾名辰星山弟子彷彿意識到自己面對的或許是個了不得的妖怪，於是人人拔劍出鞘，便連子辰也怔怔地望著雁回，滿臉的不敢置信，那表情簡直像在質問她：

他的師妹，為何會與這樣的妖怪待在一起……

劍拔弩張之勢在小小的客棧當中瀰漫。

懾於天曜方才那一擊之力，辰星山的弟子並未立即動手。雁回捂著腹部與天曜立在他們對面，她的目光在那些人臉上一一掃過，最後落在子辰的臉上，默了一瞬，她對天曜傳音入密道：「對付了凌霏，你還有多少內息？」

「沒了。」

天曜的聲音傳到雁回腦海中，她沉思了片刻，只道：「待會兒我拖住他們。你走。」她往前邁了一步，衣領卻被人拎住。

「回來。」天曜聲色沉穩，淡淡地往客棧二樓望了一眼。「我們能一起走。」

那方一直在圓柱之後觀望的燭離與天曜四目相接，他目光一沉，站了出來。

他身後的老僕欲拽住燭離，卻被燭離甩開了手。見燭離要將腰間長劍拔出，老僕連忙心急地將他手又按住，一咬牙，目光望向下方辰星山弟子們，目露紅光，滿是褶皺的臉霎時變得猙獰。

與此同時，子辰倏爾一回頭望向二樓：「妖氣！」

燭離與老僕所站之地立即炸出一片白霧，片刻之間白霧便瀰漫了整個客棧。

混沌之中辰星山弟子那方，凌霏聲音仍有痛色，卻強自鎮定地大喝：「莫自亂陣腳，擺陣。」

便在這時雁回忽覺手臂一緊，轉頭一看，卻是矮她一個頭的燭離拽住了她：「跟我走。」

沒有給雁回反應的機會，雁回便覺周身風聲一嘯，待得一眨眼，面前便已是白雲繚繞，長風呼嘯。

腳下一片柔軟，雁回低頭一看，只見她腳下踩的不是雲不是劍，而是柔軟的灰色皮毛。

燭離在雁回身邊道：「莫慌，趙叔行得快，那些人追不上，我們一定能安全離開的。」

雁回這才發現她是站在一隻巨大狐妖的背上。

還沒鬆下一口氣，她心便又是一緊：「天曜呢？」她一轉頭，慌張尋找天曜的身影，卻發現要找的那人已經在她身後淡然自若地盤腿坐下，閉目調息。

聽得她喊這一聲才睨了她一眼，他一句話沒說，但這已經足以讓雁回的表情緩和了下來。

她像是忽然脫力了一樣，一屁股坐了下去：「痛死我了……」她揉了揉肚子，又伸手要去摸臉，可手指還沒碰到臉上傷口，便被斜刺裡伸過來的一隻手拍開。

雁回一轉眼，但見天曜還盯著她：「手髒，別亂碰。」

話音一落，旁邊燭離便也跟著蹲了下來，從懷裡摸出了一個白玉瓶：「我這裡有點藥，不能治本，但至少能緩和一下，內服止痛，外敷止血。」他看著雁回臉頰上的傷口，皺了眉頭。「那劍寒氣竟如此之重。」

「廣寒門的東西，皆是如此。」天曜接了一句話，便沉默下來不再言語。

那劍是廣寒門的東西？雁回回憶了一番，以前在辰星山並沒看見過凌霏使這纏腰軟劍，想來當是近來才拿到手的，難道是最近找她姊姊素影要的？

燭離聞言眉頭更皺得緊了些：「妳這傷本來就深，而今寒氣又揮散不去……我看傷口即便癒合，恐怕也會留下紫青色的疤……」

雁回不在意地揮了揮手：「留個疤有什麼大不了，又不影響吃又不影響睡，留著便留著。」

「留下來象徵著妳被那個女人打敗過。」天曜在一旁不鹹不淡地插了一句話進來。「每照一次鏡子，便回憶一次。」

雁回一默，然後斜著目光瞥了天曜一眼。

對雁回來說，傷疤確實不是什麼大事，但如果變成了恥辱的印記，那自然是另一回事了。

她一把搶過燭離手中的藥瓶，拔開塞子，倒了兩粒藥出來，一粒碾碎在傷口上抹了抹，另外一粒則直接吃掉了。將藥丸在嘴裡一嚼，苦澀的味道便立即充斥了口腔。

她一邊嚼，一邊忍受著苦澀之味，一邊在心裡不甘地想著。

此次敗給凌霏，雖然是凌霏第一擊拔軟劍時殺了她個措手不及，這舉動好似有點卑鄙，但在實戰當中，本就沒有卑不卑鄙這個說法的，輸了就是輸了，技不如人就是技不如人，沒什麼好辯解的。

雁回心裡對這個念頭向來十分堅定，贏了的才是大爺。

其實雁回心裡清楚，即便凌霏這次沒有那柄短劍，她也不一定能勝得了凌霏。

雁回離開辰星山這幾個月，修煉打坐便不說了，每天都疲於奔命，唯一新學的東西還是在天曜那裡學會的九尾狐一族的妖術。

而凌霏自打上次敗於她手之後，必定與她相反，日日勤加修煉不說，辰星山的心法，以她的身分，偌大一個藏書閣還不隨便供她學？現在清廣真人雖然不知所終，但她若有心向素影問問，那必定是提高極大。

雁回咬了咬牙，反觀自己，她現在找不到心法讀，也沒人可以對她指點一二……

想到此處，她微微一頓，然後轉頭看天曜。

從剛才開始天曜便一直盯著她，她這一轉眼神，便自然而然地與天曜四目相接。

「仙道、仙法你有會的嗎？」她直接問出口。
「不會。」
「那你教我妖術吧。」
天曜眉梢微微一挑：「想隨我入妖道？」
他一問這話，旁邊的燭離也是眼睛一亮：「妳想入妖道嗎？」
「洗髓太痛。」雁回想也沒想就拒絕了。「你只要教我妖術即可，我自己能融會貫通。」
燭離似十分不贊同：「若要修妖術，自是得洗髓淨骨，妳若要以修仙內息駕馭妖術，有朝一日或許會走火入魔……」
「那是別的修仙者。」雁回這話說得狂妄，但確實也是實情。燭離說的話有道理，但他不知道她心裡嵌著天曜的護心鱗，她學別的妖術或許危險很大，但如果要學天曜的法術，那是全然沒有問題的。
是以天曜便也保持著沉默，便當是默許了雁回。
燭離本還欲勸，但見當事者兩人都沒有吭聲了，便也消停了下來，默了一會兒，只道：「那妳現在是要隨我回青丘國嗎？」
雁回愣了一瞬，遇見凌霏之前的事情這才想了起來，她本來……是打算和天曜告別的呀！然後山高水遠各自生活，再不管這中原仙妖紛爭之事的呀！
怎麼到現在……

好像被套得更牢了呢？

「他們好像已經篤定妳與我等為伍了。」

是啊……

雁回只覺一陣無力感襲上心頭，本來沒有任何實質證據證明她私通妖族的，現在可好……

天曜直接用妖術劃破了凌霏的臉，她又被妖怪以妖術救走，真是跳進什麼河都洗不清了……不過，洗不清也就洗不清吧，左右……事情已經這樣了。

雁回一咬牙：「去！」

不去青丘還能去哪兒呢？中原仙道，在今天之後，恐怕再無她的立足之地。

天曜聞言，並無任何反對之意。畢竟比起現在的中原，青丘國確實才是他應該去的地方。

燭離聽雁回答應，臉上神色雀躍了一瞬，又強力壓下，端著姿態道：「進……進了青丘國就要守我們的規矩。族民對修仙者怨恨極深，妳……妳自己別行差踏錯，到時候我可不拉下臉去幫妳的！」

雁回還沒應，燭離便難掩開心似的，往狐狸那兒跑去，在和他一樣高的耳朵旁邊說了幾句話，順著風，斷斷續續有些話音落在雁回耳裡：「等三天沒錯，我就知道她會和我走。」

雁回一撇嘴：「到底還是個小屁孩……」

天曜默默地在一旁搭了一句：「和妳很像。」

雁回反唇相譏：「你自己有時候不也這德行嗎？」

天曜沒再應聲，只是轉了目光望著遠方，夕陽已經落下了山，西南方閃耀著餘暉。他靜下心，能感受到空氣中有他再熟悉不過的氣息在流轉，越是往西南走，便越是強烈。

到底是他身體的哪一個部分呢……

天曜垂眸深思，被埋在這邊的，是龍筋，還是龍心？

穿過青丘國界的時候還是遇到了不小的阻礙，不過因著燭離的身分，在靠近國界的時候妖族那邊便已經有人接應。灰色的大狐妖從雲端之上奔過，下方有妖族的人與修仙者爭鬥起來，倒是沒讓誰來礙著他們的路。

進入青丘國界之前得飛過邊界最後一座大山——三重山。

雁回在雲上往下一望，三重山下還有五十年前仙妖兩派爭鬥的痕跡，亂石嶙峋，遍野荒草也未生，三重山下一條又深又長的裂痕，像是大地上一道黑色的深不見底的疤。

五十年前清廣真人與青丘大國主在此最後一役後，劃界而治。

這條在天上也看得清清楚楚的裂痕便是當時留下的界線。

雁回正看著下方的歷史遺跡，忽見旁邊一直坐著的天曜站了起來。

雁回下意識地便問了一句：「怎麼了？」

天曜目光閃爍著微光：「是龍筋。」

雁回一愣：「什麼？」

天曜嘴角一勾：「我的龍筋，便被困在此處。」

雁回眨巴了一下眼，然後往下一望：「三重山？」雁回不解。「可你不是說你的龍筋是被火囚困住的嗎？這山裡哪來的……」

話音未落，因為天色黑暗已經變得看不清楚的大地倏爾竄出了一道火光，雁回往下一看，一愣。

只見方才還深不見底的那邊界上流淌出了熾熱岩漿，岩漿在底下緩慢流過，然後慢慢浸滿那裂縫，最後往上一噴，熔岩濺出，落在一邊冷卻成了石頭。地底下的岩漿還在滾滾流動，沒一會兒那盛滿裂縫的熔岩又消了下去。

裂縫沒有被冷卻的岩漿填滿，反而是旁邊的石頭被燒得通紅，可見那地底湧出的熔岩有多炙熱。

這三重山……

竟是一座活的火山。

知道龍筋所在，但是天曜並沒有急著下去一探究竟。

一則因為現在三重山乃是仙家門派看守之地，今天雖有妖族的人來接應燭離，但人數並不多，阻礙修仙者一時或許可以，但待燭離入了青丘國界，他們便也得自行逃離了。天曜根本無法在這種情況下去細細地探查三重山的情況。

二則……雁回如今有傷在身，他也少了最有力的助力。他是這樣在心裡說服自己的，但是在腦海深處，卻有個心思不經意地冒了一下。

他不能讓這樣的雁回隨著他去冒險。

這念頭那麼清晰，清晰得讓天曜不敢理智地去細想，只粗粗跳過，轉了目光，又重新在狐妖背上穩穩坐下。

雁回奇怪：「你都感覺出來了你的東西在下面，不去看看嗎？」

天曜閉上了眼睛：「不急於這一時，三重山如此之大，要探知龍筋下落必定不易。此處既離青丘國如此近，說不定青丘國內也有幾分消息，先去青丘國探探消息再做商議。」

雁回覺得他說得也有幾分道理，於是也點了點頭坐下，嘴閒便打趣了天曜兩句：「倒是奇怪，以前要是發現了這樣的消息，那眼睛必定是會跟點了燈一樣亮的，這些天是嫌東西找回來得太快了嗎，怎的變得如此淡定了啊？」

嫌東西找回來得太快？

不，他只怕還不夠快，他貪心得恨不能一眨眼之後，就恢復得與以前一樣了。

他哪會嫌快呢？他只是……

比起先前那一無所有的時候，多了顧忌……

夜色已經吞噬了所有的光芒，雁回與天曜在一片漆黑當中抵達了青丘國。

灰色大狐妖落地之後，面前一片靜謐的大森林裡忽然亮起了幾點火光，是妖族的人點亮了火把，在森林的入口靜候燭離。

灰色狐妖周身騰起一道煙，一聲法術的輕響之後，他又變成了那個背脊佝僂的老人。他拍了拍胸口，喘了兩口氣，對旁邊的燭離道：「小祖宗唷，老僕老了，禁不起這樣折騰了！您下次還是考慮下老僕的心情呀！」

燭離敷衍地點了下頭，轉過頭來看雁回，故意端了點架子：「咳……妖族地界瘴氣比中原重幾分，妳若現在運氣抵擋有困難便直說，我有藥物或可幫妳抵擋些許。」

「沒那麼脆弱。」雁回擺了擺手。「趕緊走吧。」

燭離一臉架子便端得有些尷尬了，一瞬，他又咳了一聲，這才往前走去。

手持火把的人見燭離上前皆彎腰行了個禮：「世子，七王爺著我等來護送您回府。」

燭離點頭應了，他剛往前走了三步，身後閃出來三道黑色的人影，攔在天曜面前，不讓他進入森林之中。

雁回奇怪：「我們是跟著你們小世子一起來的，怎的不讓進？」

攔住天曜的三人之一瞥了雁回一眼：「身分不明者不可入青丘。」

所以才只攔天曜而不攔她嗎？因為即便她是仙人，但好歹身分明確，而天曜身上還帶著無息香囊，這些人探不到他的氣息，於是便將他攔了下來。

雁回望了前面燭離一眼，燭離眉頭微微一皺：「這確實是青丘的規矩……」他看著天曜。「閣下不如將無息香囊取了吧。」

聽得燭離準確地說出這幾個字，雁回略感驚訝地挑了挑眉，但轉念一想，他們妖族的人要在中原行走，沒辦法遮掩氣息的自然不說了，像燭離這樣身分的妖怪，為了行事方便，自然是要想辦法遮掩身上氣息的。

只是不曾料到，他用的竟然也是無息香囊。

「妳是我請到青丘來的客人，不用在此處遮掩自己的身分。」

雁回轉頭看天曜，雁回心想，天曜在妖族人面前暴露身分好像確實沒什麼害處，怕只怕等妖龍在青丘的消息傳到素影的耳朵裡，這樣素影豈不是就知道天曜復活了嗎？大概……會來找麻煩的吧。

雁回沉思了片刻：「要不……」

她話剛起了個頭，天曜便自腰間將香囊取下，遞給了雁回：「在這裡妳比我需要這個。」

雁回接過，自香囊離開天曜身體，一股氣息便悄然地飄散在森林的夜風之中。

攔住天曜的三人一驚，那方的燭離與他身後的僕從皆是一驚，雁回嗅到這股氣息也不得不感到驚訝。

這一路走來，雁回一直沒覺得天曜和之前有什麼不同，直到此刻天曜取下香囊，雁回才驚覺，他身上的妖氣，竟然已經重到如此地步。待在他身邊，甚至微微感覺到了一股隱約的壓迫感。

雁回知道這個感覺是什麼。修仙的時候，身上的仙氣也會隨著修為的增加而越發濃重，直至讓人產生壓迫感。

前些年，雁回待在凌霄身邊的時候，這種感覺就尤為明顯。最厲害的時候，凌霄只要稍稍皺皺眉，動了怒氣，周遭氣息便會隨之流動，壓得滿堂弟子腦袋都抬不起來。

而後隨著功法精進，修道者會慢慢收斂自身氣息，最後便能到清廣真人那樣的境界。但凡清廣真人所到之處，讓人並無半分壓力，反覺溫暖清新，這便是仙法修為化至佳境，返璞歸真了。

而今天曜這一身妖氣，離幾年前凌霄那身氣勢雖還差了那麼些距離，但想想這麼短時間內，他不過是找回了身體的兩樣東西，便已有這樣的效果。

雁回不得不感到詫然。

「龍氣……」燭離呢喃出聲：「你竟是……」

天曜只看著面前的三人：「我乃妖龍天曜，現在可能踏入青丘國地界？」

三人面面相覷，隨即身影化為黑夜中的一抹影，消失了蹤跡。森林裡只留下火把燃燒偶爾炸出的「嗶剝」一聲。最後卻是天曜最先開了口：「不走？」

燭離被這一聲喚得恍然回神，應了一聲，這才讓點了火把的人往前領路。

黑夜當中，一行人在天曜妖氣的壓力之下走得十分沉默，即便天曜已經刻意落後他們幾步遠的距離了。

雁回悄悄戳了戳天曜的手臂：「反正現在已經進了這青丘國界了，要不我還是把這無息香囊先給你戴著吧，你看大家走得多辛苦。」

天曜瞥了雁回手中香囊一眼：「不用，讓他們習慣就好。」

雁回便將香囊收了回來，想了一會兒，她有些擔憂地皺了皺眉頭：「你就這樣報出自己的身分，不怕素影知道了後，來找你麻煩嗎？」

天曜沉思了一瞬：「她早就知道了。」

雁回一驚：「什麼時候？」

「取回龍角的時候。」說完這話，天曜微微一默，腦海中回憶起素影當時留下的那句話。素影根本不在乎天曜在做什麼，她只在乎雁回心裡那個東西，他的護心鱗……

「她那麼早就知道了！」雁回大驚。「那她豈不是現在一門心思想除掉你？」

天曜一聲冷笑：「我對她來說，恐怕根本不足為懼吧。」天曜眼睛微微瞇了起來。「她根本不在乎我在哪兒，我長什麼樣，我會不會找她報仇，她想要的，依舊只是護心鱗。」他一哂。「和二十年前一樣。」

二十年前，她想挖的是他的心；二十年後，她想挖的，是雁回的心了。不是針對他，而只是為了那塊護心鱗，為了做成一件龍鱗鎧甲，去救她心之所繫的人。

上一次便也罷了，只是這一次，他絕不會讓雁回像以前的他那樣被害得如此狼狽……

「天曜。」雁回沉默一會兒，正色開口：「那素影真人若是如你所說，內心並無半分負擔與害怕的話，她為何要在走得那麼急的情況下，還在龍角那裡留下自己的坐騎？」

天曜沉默。

「她的坐騎並不簡單，外面還有眾多仙門弟子看守天香坊，若只有你一人，你是怎麼也取不了龍角的。」

天曜望著雁回的眼睛，心中思緒翻飛，眸光微深。

「她在怕你。」雁回道：「怕你的報復。」

天曜一默，隨即一勾唇角，笑容三分嘲諷三分冷漠，還有更多的情緒糅雜在其中，意味難辨：「聽妳這樣一說，我竟有幾分難掩的高興呢。」

讓素影不安，讓她恐懼，讓她在猜忌中生活，這樣想一想，竟讓他找到幾分可恥的安慰了呢。等著吧，這樣的日子只是一個開頭。

他要把這二十年的債一筆一筆，全都討回來。

言語之間，前方森林當中倏爾一陣大亮。

一座高大的宅院忽然出現在了幾人面前。是燭離住的地方到了。

「今天天色已晚，你們便各自先歇了吧。」燭離開口：「膳食稍後我會著人送到你們房裡。雁回，妳臉上的傷今日我先著人給妳簡單處理一下，明天帶醫師來給妳仔細看看。今天我便先行告辭了。」說完他便轉身隨著另外一人疾步去了大廳。他身邊的趙叔隱隱在絮叨著：「小祖宗唷，這次帶個修仙者回來，還帶了個妖龍，你要和七王爺怎麼交代唷！」

「妖龍又怎麼了……」

燭離與趙叔說著便走遠了。想來，應該是去稟明他父親此次去中原的過程了。

細細一想，天曜如今這個身分在妖族其實還挺尷尬的。

青丘九尾狐因力量強大已經統一妖族，且已自成體系，如今帶了個這麼厲害的角色進來，若是天曜沒有訴求倒還好，隨便扔在哪個地方都行；若是天曜想在妖族的統治階層裡面占個職位，那又該怎麼去安排，天曜的力量又要為誰所用……

江湖朝堂何處不為利益爭奪？人是這樣，妖怪自然也是這樣，權力算計，全是牽一髮而動全身的事。

雁回懶得去理這些心眼兒多的人才能想清楚的事情，她看了天曜一眼，但見天曜對那些猜測也不太感興趣，兩個人便隨著僕從一同去了個小院當中。

天曜與雁回坦然歇了一晚上，第二天一大早，燭離便去敲了天曜的房門。

雁回與天曜的房間離得近，燭離那邊一動，雁回倒是先醒了。她一起身，外面便有僕從要進來伺候她，雁回不習慣這樣的待遇，本想遣散了她們，其中一個僕從卻道：「姑娘，妳今天約莫是要面見王爺的，最好還是梳上我青丘國的髮髻。」

雁回一琢磨，覺得也有幾分道理，到底是到了別人的地盤，這些妖族人沒有歧視她是個修仙的已經謝天謝地了，別的方面，她還是盡量入鄉隨俗吧。

於是她便在梳妝鏡前站了，任由幾個侍女給她梳髮穿衣。

待整理完了，她捂著自己臉上的傷一看，覺得青丘的打扮倒還滿適合自己的嘛。

雁回出門時，燭離和天曜都在院子裡等著了。見了雁回，燭離眸光一亮，緊接著臉頰便莫名地紅了起來，他連忙轉了目光看著別的地方，喉嚨裡的聲音有些抖：「妳……妳還滿適合——」

「臉上的傷怎麼樣了？」燭離話說到一半，便被天曜硬生生地截斷了去。「昨晚沒包紮？」

他這個話題找得好，不僅是雁回，這一下連燭離也沒去管天曜為什麼打斷自己的話了。

雁回碰了碰下巴：「昨天侍從幫我敷了藥，說是怕影響今天治療，就沒包桊。」

燭離點頭：「我便是來帶你們去找大醫師的，他今日在我三皇叔府上給三叔治病，我先帶妳去看傷，正巧我三叔也想見見天曜。」

想見天曜？雁回一琢磨，也對，現在青丘國的人只怕都想見見天曜。

燭離接著說：「……然後就去面見大國主。」

「見……誰？」雁回一愣。「大國主？你們青丘國的大國主？」

燭離點頭。

雁回心裡一時有點發怵。

她是修仙的人，自幼受到的教育便是九尾狐那一家子厲害極了，千萬碰不得，尤其是他們那個大國主，是個不知道活了多少年的大妖怪，一口氣吃十個人都不帶吐骨頭的。

雁回膽子比尋常修仙者大一些，但也沒有大到聽見要去見這天下最厲害的妖怪也不腿抖的地步。尤其是在這仙妖兩道劍拔弩張的局勢之下，要有一句話沒說清楚，那說不定命就沒了……

她要是死在青丘國，恐怕連給她叫冤的人都沒有。

「我不去。」雁回連連搖頭。「你們大國主想見的一定是他，你讓他去就行了，我自個兒回來在院子裡養傷。」

見雁回這樣乾脆地把他賣了，天曜眉梢微微一動。燭離忙道：「妳不用怕，我族人恩怨分明，先前妳在辰星山救了我，是我的恩人，皇爺爺只是為了感激妳。」

「感激我多簡單，給我錢就好了。」

燭離微怒：「我的命豈是能用錢財衡量的！」

「對我來說可以啊。」

燭離：「……」

「先去給她治傷。」天曜岔開了話題，率先出了院子。這話便又暫時擱置不談。

九尾狐一族的這個三王爺早些年眼睛便看不見了，身體也弱，已經用藥吊了好些年的命。醫師隔三岔五便要到他府上來，所以府裡還專門給大醫師闢了個院子，以供醫師在此歇息。

雁回去了便直接入了那醫師的院子裡，在屋裡坐著沒等多久，有人便通傳大醫師要來了。

燭離在雁回身邊咳了一聲，提醒：「我聽聞大醫師今日好似心情不太好，待會兒只讓他看傷，別和他說話。什麼話都別說。」

雁回一挑眉：「你怕他？」

「笑話！」燭離斥了一聲，聲音卻有點弱：「我只是……我族人只是尊重救死扶傷的醫者。」

話音一落，醫師便提著箱子來了。

雁回倒是沒想到，這青丘國備受尊崇的大醫師竟然是個女子。她將手中的箱子往桌上一放，「咚」的一聲。

她臉色十分不好，其他人都在給燭離行禮，她卻看也沒看燭離一眼，便兩步走到雁回面前：「傷的就是妳？」語氣聽起來也極其不耐煩。

雁回的臉得靠她治，於是雁回便沉默地閉嘴不言，忍了這態度。

女子手捏雁回下巴，沒客氣地往右邊一轉，雁回一瞬間幾乎都聽見了自己脖子的響聲……

再多一分力道，她脖子就得給擰斷了……

雁回出了一背虛汗，正想說換個人來看，女子便道：「劍傷帶寒毒，傷了一天，寒毒入骨兩分，需針灸九日，飲九日驅寒藥。」她一邊說，旁邊的小童子便一邊記。

她說話快，也沒看那童子能不能記得下來，只顧自己說完了便提著醫藥箱要走。沒人敢攔她，連燭離也只能將她望著，眾人皆是沉默，唯有天曜皺著眉頭插了一句：「傷癒合之後，可會留疤？」

女子腳步一頓，眸光一冷，轉頭看天曜：「治傷就治傷，我又不管美容，留不留疤與我何干？」

天曜還沒開口，一旁的燭離便道：「醫師，我三叔今日的治療都做完了嗎？」

「做個屁的治療。」她直接爆了粗口，惹得平時便以為自己是條漢子的雁回也不僅側目。「讓他死了算了。老子不想費勁兒吊著他那半條破命。」

燭離噓了下口水，默默退了一步。旁邊立即有僕從瞅了個時機退了出去，看樣子像是去搬救兵了。想來……這大醫師平時應該經常發脾氣啊……

看這套路流程，大家多熟悉。

雁回在心裡認定了，這絕對就是條漢子。

罵完燭離，她好似還不解氣，轉頭又盯了天曜，上上下下將天曜打量了一番：「呵，妖龍啊！」她一默，隨即語帶幾分奇怪的諷刺：「妖氣濃重卻內息淺薄，聽說你二十年前愛上了寡涼仙人，被害不輕……」

此言一出，在場所有人皆是一驚。

雁回也是詫然，天曜與素影的事，在江湖之上從未有過傳聞，以至於現在修仙界的所有人，都不知道素影和清廣真人當初聯手殺的是一條千年妖龍。看燭離現在的表情，顯然，妖族一般人也是不知道這件事的。

天曜只望著大醫師，眉眼薄涼。

「非我族類，其心必異。」這醫師說這話時神色十分奇怪，像是在極盡諷刺挖苦天曜，但她自己的目中卻帶著幾分痛色。「喜歡上那些沒心沒肺的仙人，害得自己落到這般地步，皆是你咎由自取……」

天曜聽著，一句話也沒有反駁。

雁回一直都知道，慘遭素影「分屍」這事是天曜心底的隱痛，他原諒不了素影，也沒辦法原諒當時愛上素影的自己。他不去反駁大醫師，是因為他根本無從反駁。他的傷口在大庭廣眾之下毫無預料地被挑開，而他不躲不避，是因為他也在藉此懲罰自己。

懲罰那個住在他心裡的，那個當初愚蠢地愛上素影的自己。

「你就是活該！」

「夠了。」雁回一拍桌子站起了身，擋在天曜面前，目光盯著大醫師，黑瞳中泛著冷光。「有什麼好活該的？」

被雁回打斷了話，大醫師十分震怒：「我說話何時輪得上青丘國外人插嘴！」她隨手一粒藥丸便對雁回擲來，雁回眸光一瞇，只從這一手便能看出，這個大醫師或許醫術很高，但是身法功夫，實在太菜了。

雁回隨手一揮，那粒藥丸便霎時被擋了回去，打在大醫師身上，力道比她丟過去的時候大多了，砸在她的肩膀上，逕直讓她痛呼一聲，隨即藥丸炸開，她肩上便立即開始奇癢難耐。

大醫師一咬牙，連忙放了醫藥箱手忙腳亂地在裡面翻藥。

「我這個青丘國的外人接著我的話說。我身後的這個人，有什麼好活該的？」

趁她慌亂之際，雁回便居高臨下地看著她道：「愛就愛了，傷就傷了，傻就傻了，他礙著妳家孩子上街打醬油啦？別說他以前愛的是仙人，就算他愛的是豬是狗是雞是被丟在地上的破石頭，那也跟妳沒有一個銅板的關係。他沒有做任何一件對不起他人、對不起道德、對不起真心的事。真正活該的，該被妳罵、被妳訓斥的人，是那個算計權謀、踐踏人心的卑劣者。這樣的卑劣者與仙人、妖怪的身分無關，與高矮瘦胖的身材無關，只與心有關。」

「和妳無關，和我無關，和他更無關。」

一席話後，屋裡靜默無聲。

翻出藥瓶的大醫師也只是拿著藥瓶沒了動作，好似她自己製的藥也沒有那樣奇癢的效果了。

「蒲芳！」外面傳來一道帶著幾分氣弱的男子喝斥。

大醫師聞聲，陡然回神，抓了地上的藥箱，像兔子一樣登時便跑出了門外。

「妳這脾氣倒是越發不知收斂了，給我回來！」那人喊著，但是蒲芳已經跑得不見了蹤影。緊接著便傳來那男子的咳嗽聲。

燭離立即行到門口，雁回難得見這素來喜歡端著幾分架子的半大小孩給人行禮，恭恭敬敬地喊了一聲：「三叔。」

外面一直咳著的男子被人扶著進了房間，燭離也連忙去扶了一把。

見了來人，雁回不得不嘆，九尾狐一族的妖怪，委實都長得太好看，實在太好看……

即便那一雙眼睛泛著灰色，沒有絲毫神采，但這五官身形，仍舊是凡夫俗子所望塵莫及的俊朗。

燭離將來人扶到屋中坐下，雖然燭離這半大的孩子得叫這人三叔，但他看起來與二十歲上下的青年沒什麼區別，只是眉宇間帶了幾分青年不會有的滄桑罷了。

「天曜啊……」雁回這裡還在觀察著他的容顏，忽聽他似嘆似感慨地喚出了天曜的名字：「一別二十餘載，你且安好？」

他話一出口，雁回便是一愣。

先前雁回便在心裡琢磨，天曜以前認識青丘國九尾狐的人，那這次來青丘或許會遇見他的故人。

這下果然遇見了，但誰能料到，他的故人，竟是九尾狐皇族的身分……

「尚且安好。」天曜淺淺答了一句，他看著三王爺的眼睛默了一瞬。「長嵐如何？」

「呵。」長嵐一笑。「餘一命，苟活而已。」言罷，他拍了拍燭離。「我與故人有舊事要敘，阿離可否幫我帶信給國主，讓天曜明日前去覲見？」

燭離聞言，沒有不應的道理：「我這便去與皇爺爺說。」

燭離退了出去，其他僕從跟著便也離開了。那大醫師留下的童子也懂事地請雁回去另一個房間給她針灸。雁回瞥了天曜一眼，見他並沒有留自己的意思，於是也就隨童子一併離開了。

誰都需要給自己的過往留一點祕密。

燭離很快便回來了，大國主應允了長嵐的請求，讓天曜和雁回明日再進王宮。拖一天是一天，雁回偷偷地鬆了口氣。

「那妳現在先隨我回去吧，三叔與天曜估計得聊一陣。」

適時小童子剛給雁回做完針灸，在旁邊福了個身，插了一句話進來：「世子，大醫師說姑娘的傷得治九日呢，這九日最好都留在三王爺府裡，醫師方便時刻來照看。」

雁回一琢磨：「也對，我在這裡看病，天曜在這裡和故人敘舊，住這裡也方便。」

燭離嘴巴張了張，卻發現自己竟然沒有什麼可以帶走雁回的理由。見雁回已經開始給他掰著手指頭數，讓他待會兒命人把她的那些小破玩意兒拿過來，燭離咬著嘴忍了許久，最後一使氣，扭頭就走了：「自己來拿，我沒那麼多人手派給妳使喚。」

「哎……」雁回看著燭離出了門，嘁嘴嘀咕：「小屁孩個子不高心眼兒也小，倒是這脾氣滿大。」

一腳邁出門的燭離被雁回這話捅破了心思，他咬牙忍了忍，下定決心回去就把雁回那堆破東西給她扔了。

傍晚的時候七王府來了兩個人，將雁回與天曜不多的行李都搬了過來。雁回掂著自己包裡的銀子想，燭離這小屁孩原來也好口是心非這一口啊。

這天，直到用了晚膳也沒見天曜從那屋裡出來。

兩個男人共處一室敘舊敘了這麼一大整天……在小道消息橫生的辰星山長大的雁回，心裡難免不生了點詭異的猜測。

猜得太入神，連帶著晚餐也沒吃好。待得入了夜，她肚子便餓了，思索一番，便自己摸去廚房打算偷點饅頭填肚子。

她剛進了廚房在灶臺邊轉了一圈，便聽見更裡面傳來了窸窸窣窣的聲音。

並不是老鼠……

雁回往前走了幾步，在水池旁邊一轉，一個蹲在地上正在拿著雞腿啃得滿臉油的人被她抓了個正著。

兩人四目相對了好半晌。

雁回決定放下心頭其他所有的疑問，只專注於一個問題：「妳不是備受尊崇的大醫師嗎，為什麼會落到偷吃這樣沒出息的境地？」

蒲芳將嘴裡的肉吞了下去，一抹嘴道：「妳不也是座上賓嗎，幹麼跟我一樣來偷雞摸狗，享受這樣的快感？」

雁回無言以對。她只是怕自己要口吃的，便要喊醒整個伙食房的人給她準備熱菜。麻煩別人實在讓她良心不安。

想來這大醫師，想的與她也一樣吧……

這樣一想，雁回對這個態度惡劣的大國師稍微改觀了一下。
「哪兒拿的雞？」
蒲芳頭也沒抬：「第三個灶臺最裡面的鍋裡。」
雁回依言尋去，果然找到了剩下的半隻雞，還帶腿的！
於是雁回對蒲芳更友善了一點。兩人抱著雞一起坐在地上啃，啃著啃著，雁回沒說話，旁邊蒲芳醞釀了許久，道：「今天那些話……我其實，並不是發自內心說的……」
雁回轉頭看了她一眼：「我知道。」
「妳知道？」
「人說氣話的時候都妳那模樣。」雁回抹了抹嘴。「但氣話最是傷人的便是它毫無遮攔，而且給人造成的傷害也是極大的。我也是實在聽不下去了，才反駁妳的。」
蒲芳聞言，默了一瞬：「妳今天說的話很有道理。」
「我的話從來都很有道理。」
「……我果然，還是沒辦法放棄。」
雁回微怔，但見蒲芳咬了咬牙，好似下了什麼決心道：「我還是喜歡他的，還是要去找他。」
雁回眨巴了一下眼：「什麼情況？」

蒲芳看著雁回啃雞腿啃了一臉油的模樣，在同是偷雞摸狗的環境當中便對雁回心生些許信任：「看在妳今天說了那麼有道理的一番話上，我才告訴妳的……」她頓了頓，望著地，有些嬌羞地開口。「我喜歡上了一個看守三重山的修道者。」

雁回愣住。

「今天給三王爺看傷的時候，他便說了我好久，一直說仙妖不兩立。還拿以前妖龍的事來舉例子。」蒲芳噘了嘴。「每次都說這些，可我還是喜歡那個仙人，我有什麼辦法？」

「今天聽了妳的話，我仔細想了想，覺得是那麼一回事，喜歡那個人的是我，和別人有什麼關係？我為什麼要聽別人的話來左右我自己的感情？」蒲芳眼眸中帶著微光。「我喜歡他，和他也沒什麼關係，我只想成全自己。」

雁回略一思量，遲疑道：「妳不會是……因為今天想偷偷溜去三重山看那個人，所以才被你們三王爺罵的吧。」

蒲芳不說話。

雁回斟酌了一番語句道：「雖然我覺得喜歡的人是什麼身分地位並不重要，但現實情況還是要考慮一下的，近來仙妖兩族局勢如此緊張，三重山這幾日不知增加了多少仙門勢力前來看守，妳法術那麼菜，還是少往那邊走比較妥當。」

蒲芳眼神微微暗淡了下來，隔了許久，才嘟囔了一句：「可我想他了。」

雁回啃完了半隻雞，拍了拍蒲芳的肩，順便在她肩上擦了擦手：「愛也需要忍耐，先忍著吧，畢竟活著才能愛。」
雁回填了肚子，和蒲芳告了別，便心滿意足地回了房間。
剛走進小院，便見一人影立在院中，月色之下身影孤立。
「天曜？」
仰頭望月的人這才轉了目光，望向雁回，漆黑的眸一如既往地深邃，雁回上前微微仰頭望著他：「聊這麼久啊？沒人領你去你房間嗎？」
天曜沒有接話，只靜靜地看著她。
雁回愣神：「怎麼了？」
天曜動了動手，風一動，雁回這才嗅到他身上濃厚的酒味：「你和那個三王爺喝酒了嗎？」她嗅了嗅，湊上前仔細打量天曜的神色。「喝了多少？醉了嗎……妖族的酒好喝嗎？下次給我留點……」
話音未落，天曜一手攬住雁回的後背，將她整個人一下抱進懷裡。
雁回怔住，一時間都忘了要將天曜推開。
靜謐的小院當中，微風拂動，酒味在雁回鼻尖繚繞，揮散不去。雁回覺得自己似乎都要被這酒味熏醉了，要不然為什麼她在這個懷抱裡竟會覺得有些暈……
「天……天曜？」
雁回感覺自己的臉灼燒通紅，心跳加快，一如才中那狐媚香之時看見天曜的反應。

雁回用理智控制自己的雙手，撐在天曜的胸膛上面，往外推他：「放……放了我啊！要不然揍你嘍！」

「雁回。」

聲音沙啞地竄進耳朵裡，撩得雁回臉頰麻了一片，用力推開天曜的手一時卻有點軟了。

「啊……啊？」她有點虛張聲勢地提高聲音：「幹麼？」

天曜兩手都放在了雁回後背之上，將她往懷裡更緊地抱了抱，腦袋也貼著她的耳邊輕輕一蹭，動作強硬，卻愣是有幾分耍賴撒嬌的感覺。

長得那麼好看的臉還撒嬌……犯規啊！雁回就這樣沒出息地在他這一蹭之下，心軟似水。

「你……」

還沒來得及說別的話，便聽天曜又在她耳邊輕輕吹出一陣風。

「幸好有妳。」

四個字清晰地在雁回耳邊吐露。

雁回一怔，站住沒動。只有天曜在她耳邊重複地說著：「幸好……」

像真的是一場劫後餘生的慶幸和感恩。雁回在這輕淺的四個字裡卻品出了那麼濃厚的依賴與需求。

他依賴她，他需要她。

這樣的感情真是讓人感覺……
好爽！
「天曜。」雁回按捺住情緒，正色道：「你有這個認識就好。」
「呵……」天曜在雁回耳邊輕笑出聲：「雁回啊……」話沒說完，他腦袋便沉沉地搭在了雁回肩頭上，緊接著，整個人便癱軟下來。
雁回連忙將他撐住。
「話說完……再睡啊……」雁回咬牙。「重死了！」
大半夜的，雁回也不知道天曜究竟被安排在了哪個房間，思索片刻，雁回便將天曜就近扛回了自己屋裡，把他往床上一扔。自己隨便搭了兩個椅子，將就著就在上面睡了。
第二日雁回醒來的時候，便覺得有一道目光在盯著自己。她轉頭一看，床上的天曜已經醒了。
雁回打了個哈欠，伸了個懶腰，站起身來：「盯著我做什麼？昨晚你喝醉了，找不到你住的地方，我才把你扛進我這屋的。我什麼都沒對你做。」
天曜轉了目光，沉默著。
雁回一邊將椅子放回去一邊問：「你昨天都和那三王爺說什麼了？聊得都酩酊大醉了。」
「我沒醉。」天曜淡淡地吐了三個字。

雁回一愣。

沒來得及深究，天曜便道：「長嵐乃是二十年前我在中原一谷中受我庇護的妖怪之一。他昨日與我說，在我離開山谷之後，谷中妖怪被中原仙人清剿之事。」他頓了頓。「他的眼睛，便是在那時被害失明的。」

話題有點沉重，雁回一時無言。

房間裡沉默了許久，雁回撓了撓頭：「我先去讓人弄點刷牙洗臉的水來。」她說著便往屋外走，身後天曜卻在這時又喚了一聲：「雁回。」

雁回轉頭。床榻之上，帷幕之後，天曜的神色讓人有點看不清晰。

「有時候我甚至會想，二十年前，我若遇見的是妳，會怎樣……」

這話……

是什麼意思？

雁回不去細想，只擺了擺手，散漫道：「打住吧，二十餘年前，我都還沒從娘胎裡滾出來呢。」

說完，她便自顧自地出門去了，只留天曜坐在床榻之上勾了勾唇角：

「裝傻。」

第十三章 蒲芳兮風

今日天曜與雁回要一同去面見大國主。燭離來接他們的時候，雁回十分不想去。在屋裡磨蹭了許久，直到燭離忍無可忍了，守著門口望著雁回道：「再不去便要遲了，如何能讓國主等候？」

雁回一臉苦相。旁邊的天曜見狀，開口：「沒什麼好怕的。」

雁回撇嘴：「你是妖怪，你當然覺得沒什麼好怕的。要讓你去見我們辰星山的清廣真人，你怕不怕？回頭見大國主出事了，這一族的妖怪，又不會有誰護著我。」

燭離聞言，像被戳了脊柱一樣，脖子往上一挺：「我……」

「我會護著妳。」

天曜接過了話頭，滿不在意地說了這話，像是在說今天天氣很好一樣。平淡的語氣裡，卻帶著幾分令人心動的力量。

燭離被這一嗆弄得愣住，看了天曜許久，忽聽雁回清了清嗓子嘀咕了一句：「就你現在這三腳貓功夫……」但她的腳卻是終於邁出了院子。

天曜垂眸，用餘光看著雁回彆彆扭扭地走過來，他眉目一柔，語氣卻帶著素日來的淡漠與正經：「國主或許知道三重山裡那東西的下落。」

天曜說的東西，自然是指他的龍筋。

雁回一聽便立即肅了神色：「對，他是這青丘國最有可能知道的人了。」發生在青丘邊界的事，可以逃得過所有人的眼睛，但卻不可能逃得過大國主的耳目。

封印天曜龍筋的陣法不會是一個小陣法，青丘國主不會一無所知。

天曜瞥了雁回一眼：「走吧。」

雁回點頭，一邁腿便跟著走了。

直到走到大國主所在的山峰之下時，雁回才恍然回過神來，天曜要拿龍筋，要找大國主取消息，那些和她有一個銅板的關係嗎？

她一沒答應過幫他的忙，二沒和他有什麼協議約定，她現在為什麼一聽到他有事，就感覺身負重責，要為他扛起天下，情不自禁、自然而然就挺身而出了？

這是什麼破習慣！

雁回在心裡唾棄著自己。這時一股清風倏地自山巔而來，徐徐吹過雁回的耳邊，風中自帶三分清新，將雁回的神志都吹得清明了許多。

好乾淨的氣息……

雁回愣神。比起中原，妖族盤踞的西南這塊地瘴氣要多太多，是哪處吹來這般乾淨的清風……

雁回順著風來的方向，仰頭一望，在高山之巔有一懸崖向外伸出了很長一截，懸崖盡頭有一樹一人靜靜佇立著。

「那是……」

雁回的問題剛起了個頭，旁邊妖族所有的人都彎腰向著那個方向恭敬地行了個禮，包括燭離在內，神情無一不謙卑肅穆。

原來，那便是青丘大國主——這個世上最厲害的九尾狐妖啊！

一個妖怪能將身上的氣息修得如此至純至淨，除了自身努力以外，天分或許也是必不可少的吧。妖族千年便只有這樣一人修成了這般道行……

想到此處，雁回不經意地往身邊人的臉上掃了一眼。

天曜臉上神色並無波動，好似對這樣的氣息並不感到稀奇。

若是二十年前天曜不遭逢那般大劫，而今他又會是怎樣的模樣呢？他身上的氣息大概也是這樣純淨至極的吧，吹過他身邊的風，大概也會有讓人心靈潔淨的力量吧，畢竟他曾經那麼接近飛升……

雁回望著他的側臉太過出神，目光炙熱得讓天曜無法忽略，於是天曜便也轉了目光，深邃的黑色眼瞳裡映進了她的身影。

他不說話，就像是昨天他喝醉了酒時那樣。

沉默的對望反而讓雁回多了幾分尷尬，她心臟撲通又是一跳，像昨天被天曜抱住時那樣，跳得讓雁回都覺得莫名其妙地嚇人。

「如果二十年前，我遇見的是妳會怎樣？」

天曜這個問題不合時宜地出現在腦海裡，雁回霎時只能狼狽得像逃一樣挪開黏在天曜臉上的目光：「咳咳……」她不自然地咳了幾聲，心裡止不住地咆哮：

難道是狐媚香死灰復燃了不成！

這事不對啊！很不對啊！

雁回望著那懸崖，正巧大家都行完了禮，她急忙找了個話題打破這讓她覺得詭異的沉默：「那啥……你們大國主，為什麼現在會站在那裡？待會兒我們也要去那懸崖上見他嗎？」

「國主並非現在才在那兒。」所有人都行完了禮，燭離重新領路往前面走，一邊走一邊道：「每日清晨，太陽升起的時候，國主便會站在懸崖上思念國主夫人——我皇祖母。」

雁回「啊」了一聲。

說到這青丘國主的夫人，那便又是一則在辰星山能讓人津津樂道一下午的好故事。

這個在傳說中凶惡得嚇人的九尾狐之主，這一生不知活了多少年，但他卻只娶了一位夫人，這位夫人為他誕下七個兒子、兩個女兒，而最神奇的是，這位國主夫人只是一個凡人。

照理說妖怪與凡人結合之後，血中妖力是會被削弱的。但青丘國主卻是個例外，或許是力量強大得已經足夠衝破規則了，他的九個孩子，沒有一個不如其他九尾狐，只是比起他來，他的孩子們確實有差距。

可這並不影響青丘國主深愛他的夫人。然而只要是凡人，就必定會受生老病死的困擾，幾十年對妖怪來說不過彈指一揮間，卻足以奪走一個凡人女子的青春、容貌甚至性命。

青丘國主想了很多辦法給他的夫人續命，但到底抵不過時光如刀，一刀一刀刻在那凡人女子身上，直至她停止呼吸。

在雁回聽到的版本裡面，還包括青丘國主為了給他夫人續命，嘗試了吃人肉、喝人血、燉嬰兒等駭人聽聞的方法，最後卻始終沒救下那人的命。辰星山的弟子在提起這事的時候總用一種解氣的語氣來戲說，罪大惡極、惡貫滿盈的妖，活該此生孤獨終老，他喜歡的、深愛的，越是求不得，便越是大快人心。

其實下山走一遭之後，雁回想想當初辰星山評論青丘國主的話，一分不差地用在素影身上，大抵也是十分合適的。

雁回望了一眼山崖之上，青丘國主依舊在樹下靜立。「國主夫人是葬在懸崖上的嗎？」雁回有點好奇。

「皇祖母沒有留下屍身。」

雁回一愣：「為什麼？」

「那時我還小，並不太記得這件事了，只聽父王簡單提過一兩句。當時皇祖母老了，已經行動困難，她深知自己命不久矣，最後一日，她飲下劇毒，讓身體四肢恢復得和年輕時一樣，然後穿著嫁衣，戴著面紗，在那懸崖之上為國主跳了最後一支舞。在太陽升起來的時候，她在國主面前，跳下了懸崖，她身體便被劇毒撕裂，隨著陽光化成了雪花。」

「我族偏居西南，天氣燥熱，從未下雪，但那些天，卻是大雪漫山，下了十天十夜。天地之間一片縞素，像是在祭奠皇祖母。」

燭離默了一瞬，心裡似有幾分感慨：「從此以後，國主夜夜都在山崖上等待晨曦初升，一直守到辰時末方才離開，以示緬懷。」

雁回卻不知這青丘國主身上竟還有這麼一個淒美的故事。

但轉念一想也對，這些事怎麼會傳到中原去呢？在中原仙門裡，關於這些妖族的傳言都是極其不好的，大概妖族對修仙門派的人，也是如此吧。所以燭離當初在心宿峰牢籠中的時候，對來救狐妖的雁回才那般戒備。

「這次被那廣寒門素影所害之人乃是我小姑姑。」倏地燭離話音一轉，語帶森森寒意。「夫人為國主所生最後一女，脾性容貌與國主夫人最為相似。小姑姑去中原之前還說要給我帶禮物回來，沒想到……」他一咬牙，話沒說完，但滿滿的恨意卻溢了出來。

雁回一默，偷瞄了天曜一眼，只見天曜也面無表情，眸色情緒難辨。

順著山峰下的小道宛轉上了山頂，山頂之上生長著巨木，青丘國的妖怪便將整個山頂連著這些巨木一同造成了一座宮殿，樹與樹之間各有吊橋連接，樹根之下也有步道穿行而過，地下土石也築有房間。

雁回看著這錯綜複雜的道路，只覺若是她一人在裡面行走，走過三個岔路口就必定找不到往回的路。

一路之上不停有各種毛色的狐妖從旁邊竄出來，狐妖看起來都很小，有調皮的還會竄到幾人面前，睜著水汪汪的黑眼睛盯著雁回和天曜，想來是鮮少在這兒見過外人。

雁回歪著腦袋看小狐妖，小狐妖也歪著腦袋看她，看著看著就搖著尾巴湊到了雁回腳邊，然後拿腦袋蹭她。被這毛茸茸的小玩意兒這樣一蹭，雁回的心登時就軟了：「牠在和我撒嬌！」

她眼睛亮亮地轉頭看天曜。

這頭轉得太突然，她恍然間看見了天曜眸中一閃而過的柔色，那眼神就好像她剛才看著小狐狸一樣……

但仔細一看，天曜又只和平時一樣，神色淺淺淡淡的，似乎對她的任何舉動都沒有興趣，毫不關心。

「妖族瘴氣重，小狐妖生存不易。」燭離一彎腰將抱住雁回腳脖子的小狐妖扯開，小狐妖氣得撓燭離的臉，奈何腿短手短，怎麼也搆不到。燭離將牠一丟，扔到了身後侍從的手裡。「國主所在之地最是乾淨，所以便將牠們都放在這裡。」

國主的宮殿竟然還是妖族最大的育嬰房……

小狐妖被侍從抱著卻並不乖，一直伸著腦袋要靠近雁回。雁回回頭瞥了一眼：「我可不可以抱？」

燭離還沒來得及拒絕，雁回便將小狐狸抱了過來。一到雁回懷裡，小傢伙就安靜了，下巴往雁回胸上一放，舒服得瞇了眼睛。

好。

雁回只當是個小動物，只覺牠可愛，倒是旁邊看著的兩個人，臉色都有點不好。

一直走到最大的一株樹木樹根之下，身後隨行的僕從都自然而然地停住了腳步，恭敬地候在道路兩側，燭離還沒開口，天曜便道：「這裡牠不能進了。」說著一把拎起小狐狸的尾巴，只聽小狐狸一聲慘叫，就被天曜遠遠地扔了出去，栽進草叢裡，半天沒爬出來。

雁回一驚：「摔死了？」

燭離連忙領著她往裡走：「小狐妖經摔，死不了。」

天曜直接將雁回手腕一拽，拖著她便進了樹根之下的大門之中。

門內是一個掏空這樹幹做的大堂，雁回仰頭一望就能看見頂上的樹枝和葉子，陽光透過枝葉星星點點地落在地上，照得整個大廳有種斑駁迷離的美。

雁回驚奇，一時便忘了那小狐狸：「挖空樹心卻讓大樹不死，你們是怎麼做到的？」

「國主的靈氣滋養了這裡的所有草木。」

守護一方的大妖怪，雁回又忍不住轉頭看了看天曜，他以前守著的山谷，也是這樣嗎？

不知道為什麼，她對以前的天曜，好像越來越好奇了。

天曜感受到雁回的目光，他並不知道雁回在想什麼，只是一扭頭，放開了雁回的手，動作比起平時的不動聲色，少了幾分淡定從容。

雁回也倏地手腕一空，正是一愣之時，身邊的燭離倏地向正中的王座行了個禮：「國主。」

雁回心頭一緊，但緊接著清風一來便消解了她心頭的不安。雁回抬頭望向那人，白色長髮，一身微帶寒意的淡漠氣息將那美到極致的容貌都遮掩住了。那般不染纖塵，甚至讓雁回以為看到了傳說中那已修得大乘真正飛升之後的仙家聖者。

這便是動一動就能一改天下局勢的大妖怪。

青丘國主的目光在兩人身上一轉，然後在雁回心口微一停留：「妖龍天曜，不曾想你竟能衝破封印。」

他果然知道天曜的事！雁回心道，龍筋……或許不只龍筋，連天曜還剩的那顆心在哪裡，都有希望知道了。

天曜面對青丘國主依舊如平時對其他人那般，他挺直背脊正視國主，不卑不亢道：「不過天意成全。」

青丘國主沉凝片刻：「我族正是用人之際，你重歸人世，可願為妖族所用？」

「我不願為任何人所用。」天曜道：「不過我也要找仙門中人討一筆血債。」

青丘國主對天曜的回答沒有任何表示，只在片刻的沉默之後道：「你妖氣外溢，體內卻極難有內息留存，身體尚未找全？」

「欠龍筋與一心未全。」天曜坦然道，既然青丘國主已經知道了他的過往，天曜也沒有什麼好隱瞞的，省得去解釋前因後果，也不用費心思繞彎子。

「龍角先前雖已尋回，可吸納天地靈氣，然而無筋骨相配，無法聚氣凝神。致使妖氣無法抑制，外洩於體。前日路過青丘國界，偶然探得龍筋或被封印在三重山中。實不相瞞，此次前來，便是欲向國主問得龍筋的具體下落。」

青丘國主聞言，微一沉吟：「三重山位於青丘國界，大小結界封印不計其數，足以困住你龍筋的封印註定有大法陣存在。」他眸光微斂。「三重山最大的法陣，便是結成長天劍結界的斬天陣。」

聽到這個名字，雁回一怔。作為辰星山的修道者，她對於「長天劍、斬天陣」這幾個字，實在再熟悉不過了。

五十年前，清廣真人與青丘國主一戰之後，兩分天下，清廣真人於三重山中以他隨身寶劍長天劍為陣眼，布斬天陣於山中，以威懾眾妖，從此奠定了以三重山為界的兩族分割的格局。那一役後，人世得五十年和平至今。而清廣真人則在戰後靜心歸於辰星山，此後再未執劍。

被留在邊界的長天劍幾乎成了眾多修仙者心目當中的一面軍旗，它象徵著當年修道者的勝利，鼓舞了不少立志修仙、除魔衛道之人堅守正義。

當年雁回在辰星山的課堂上聽到這柄劍的故事時，即便年紀小，也覺得熱血沸騰，為仙家道者的勝利而感到慶幸。

雖然後來仙家門派越發矯枉過正，而今雁回早發現妖即是惡的定理不對，但是長天劍在她心目當中的地位卻是從未變過的。

「二十年前清廣曾重臨三重山邊境，行事極為隱祕，並無他人知曉他所來目的。」青丘國主道：「而今想來，或許是為封印而來。」

是了，當年素影對付天曜的時候，是請了清廣真人去的。

素影行事縝密，以她一人之力對付天曜或許並無十分把握，所以便請了清廣真人助力。

清廣真人五十年前退居辰星山後，專注於教授徒弟，少有出山，江湖仙門之事幾乎不予理會，待得徒弟們長大了能獨當一面，他便將山中事務也都交了出去，而今更是幾乎放權給了凌霄。

二十年前正是清廣真人漸漸淡出仙門管理之時，可若是素影請他出山，又是為了對付一個在中原地界守護了一谷妖怪的妖龍。從清廣真人的角度，大概沒有拒絕的理由吧。

這樣來看，天曜的龍筋十有八九是被壓在了斬天陣之中。

要取回龍筋，可真是有極大的麻煩了。

且不論那斬天陣本就不好對付，便說在現在這節骨眼上，仙、妖兩族剛剛互相宣戰，邊界三重山必定有重兵把守，他們想要靠近斬天陣都是個問題，更別說去破陣了。

雁回愁得皺了眉頭。和現在這種情況相比，之前去天香坊取個龍角，簡直就像吃個小籠包那樣簡單。

「我若要去三重山取回龍筋，國主可願助我一臂之力？」天曜注視著青丘國主，沉著開口。

對了，怎能忘了這回事？雁回恍悟，他們現在可是有聯盟的人了，這麼大個助力在這裡擺著呢！

「你待如何做？」

「而今我身在邊境，龍筋與我已有感應。滿月之夜乃是我身體各部與我感應最為強烈之時，饒是在斬天陣中，我依舊能探得其精確所在。」

天曜說著這話，眼睛也沒眨一下。雁回卻不由得看了他一眼，想說滿月之夜，不正是他體內最為痛苦之時嗎……

但見天曜一臉堅毅，雁回便咬了唇將話嚥了下去。

過了二十年這樣的生活，天曜比任何人都清楚，滿月之夜他的身體會承受怎樣巨大的痛苦。可他依舊能狠得下心，把自己的身體也算計了進去，用其布局……

不過有什麼狠不下心的呢？雁回轉念想了想，若她是天曜，她大概對自己會比對誰都更狠心吧。

「而今五行封印已破其三，我已有餘力控制身外龍筋，彼時我自會以龍筋在斬天陣中鬧事。雖小，卻足以干擾看守陣法的仙人。而你以妖族之力，在外一舉破陣，我取回龍筋，妖族則得以重創三重山守軍。國主以為如何？」

他一席話說完，青丘國主尚在沉默之中，一旁一直沉默旁聽的燭離卻倏地開口：「不行！」燭離冒失開口後立即向青丘國主行了個禮，但神色依舊有些著急。「三重山已有那麼多仙人，斬天陣又極其凶惡，如何能讓我妖族的士兵隨你去冒這個險！」

大廳內一時間有些沉默，頂上的樹葉隨外面的風輕輕搖動，晃得內裡地上的樹影斑駁。

「我並無十足把握能成功。」天曜直言。「不過賭這一個可能。依我所見，而今妖族或許也沒有與所有仙家門派正面抗衡的能力吧。光是一個廣寒門或許不足為懼，可現在主理辰星山的凌霄與廣寒門的素影之間或許已經達成了某種協定。」

雁回聞言，身形微微一僵。

「在來青丘之前，我便有一猜測——即便青丘不因公主一事對廣寒門宣戰，不必多久，或許仙門便會主動動手，打到青丘來。」

提到此事，在場之人也是靜默。

青丘國主眼瞼微微一垂，睫羽輕微顫動了一分。

「無人不知青丘九尾狐一族極重血緣，然而素影卻依舊如此行事，除了私欲之外，其野心，或可包天。」

言下之意，素影與淩霄，是打算打亂現在和平的局面，再起戰爭，讓妖族連在西南也無法生存。青丘國主看著天曜的目光微微深了幾許：「允你所求。」

輕淺的四個字，天曜勾了脣角，燭離則滿臉不敢置信：「國主！」

沒再聽燭離的話，青丘國主的身影便化為一股白煙，不見了蹤跡。

他一消失，別說影子，雁回連他的氣息也霎時捕捉不到了。

天曜看了眼一旁有些氣急敗壞的燭離，並沒多言，轉身離開了巨木之中。

下了山峰，雁回隨著天曜一路往三王爺府上走，兩人一起走了老長一段路，也沒有說話，各自心裡都在琢磨著事情。最後還是雁回沒有憋住，失神地開了口：

「我們離開中原之時，眾仙家便去請清廣真人出來主持大局，而時至今日，也依舊未聽聞真人出關。」雁回目光怔怔地看著天曜。「細細一想，清廣真人雖少有出現，然而此次徹底閉關不出，則是從三個月前辰星山大會開始的，那時棲雲真人也消失了蹤跡……」

雁回垂下眼眸：「天曜，會不會是素影和……淩霄，囚住了清廣真人……」

天曜微微側頭看了雁回一眼：「若是那般人物，自會有他的應對之計，無須妳擔憂。」

雁回一默，轉頭望天曜：「二十年前，清廣真人助素影封印你，你卻不恨他？」

「我此生從不懼對手，亦不怨恨戰勝我的人。」天曜眸色薄涼。「我恨的，只是騙我，欺我，以險惡之心奪我性命，為圖一己私利之人。」

所以他恨素影，追根到底，卻也是因為以前的自己真的深愛過她吧。

雁回無法體會天曜的恨意，但他那份夾雜在心頭的失望，她現在好像能體會到——她所喜歡的人，原來……並非她想像中那麼美好。

天曜不再停留在這個話題之上，只一邊走一邊道：「離下個月圓之夜雖還有大半個月的時間，但也算緊湊。我可以教妳些許法術，在我安排行事事宜之際，妳或可自行修煉，以備不時之需。」

雁回腳步微頓：「你都向青丘國主要到了幫手，這次還要我去？」

聽得這話，天曜腳步頓時停了下來，雁回心裡已經猜出他的反應，於是在他停步之前自己也先停了下來。剛才並排走著的兩人之間，已經隔了三步遠的距離。

「妳不去？」

雁回搖頭：「先前那麼一大隊辰星山的大弟子隨著凌霏到了那離邊境如此近的小鎮裡，大師兄勸阻凌霏時一口一個『辦正事』，我猜也是要往邊境這邊趕的。若不是他們，其他辰星山的人也必定要派人駐紮在三重山之中，畢竟斬天陣是清廣真人留下的東西，沒有任何一個門派會比辰星山更有責任感。」

雁回垂眸：「我不想再與辰星山之人發生衝突，甚至有所牽連了。」

雁回神色中的無力與失望讓天曜沒有想到，這個女子在他面前，從頭到尾都未露出過如此頹然的神情。她會牙尖嘴利地與人爭辯，會無賴流氓得讓人咬牙，也會英勇強勢地保護弱者，如今這般神色，卻鮮少自她眸中流出。

想來，雁回雖然沒說，但對她那師父確實已經失望透頂。

天曜一時間，竟冒出一股有些幼稚的衝動，他竟想將那凌霄捉來質問一番，你這個師父到底是怎麼當的，怎麼會讓雁回露出這樣的表情，怎麼捨得……讓她失望。

然而所有的衝動在天曜表情上的體現，也只是微蹙了一下眉頭。他根本就沒有安慰人的技巧，甚至不懂在這種時候應該說什麼話，於是他便道：「破陣我需要妳的心頭血。」

說出口，他自己先默了一瞬。

他有些不自然地轉了頭，卻斜著目光偷偷打量了雁回一眼，雁回沒什麼反應，只應了一句：「你要去的那天，我自己弄點血出來，你隨身帶著，別突然拿刀捅了。」

雁回說完自顧自地往前走，天曜站在她身後，沉默著。

蒲芳本是將每天給雁回針灸的事交給小童子去做的，但在那偷吃同一隻雞的夜晚之後，她便將這事又攬到了自己身上。

每次給雁回施針，蒲芳都屏退左右，連跟著學本事的小學徒也不讓待著。偌大的房間裡只留雁回與她兩人，然後她就藉著給雁回扎針的時間，將自己那一腔沒地兒訴說的相思，全都倒給了她聽。

雁回一開始是拒絕的。

「嗯，妳去三重山採藥，被巡山的道士撞見了，然後妳慌不擇路地逃跑，然後被小道士追上，然後和小道士打了起來，然後你們陰差陽錯地滾進了一個陣法裡面，然後你們在陣法裡面相愛相殺，然後你們都出來了，然後他沒殺妳放妳走了，然後……」趁著蒲芳換針的時間，雁回面無表情地說出這一席話。「妳就變成了現在這樣……嘶！」

雁回倒抽一口冷氣，只因蒲芳狠狠給她扎了一針。

「我沒有其他人可說這種話了，只有找妳了。」蒲芳道：「妳要嫌我煩沒關係，就是不要說出來，我比誰都知道我煩，但妳不需要告訴我。妳若實在忍不住要抱怨也沒關係，就像剛才這樣，我針針都給妳扎狠點就是了。妳要再抱怨，我心情不好或許就得給妳扎出血來，妳這傷出了血，我可就不保證不留疤了啊。」

看在她是一個長得還不錯的姑娘的分上……雁回咬牙忍了這口氣。畢竟自己的臉還要在她手上挨幾天針的。

蒲芳在雁回臉上又扎下一針，隨即一嘆：「我又想他了……好想知道他現在在做什麼，見什麼樣的人，說什麼樣的話。那些凡人的戲裡都唱相思似毒，以前我不知道，現在算是徹底懂了。」

雁回翻著死魚眼聽她訴說相思，只是這句話末了，蒲芳又嘆了一句，幽幽道：「真想見他。」

雁回眸光一轉，落在蒲芳有些出神的臉上，她開了口：「不要做傻事。」雁回聲色比素日打趣蒲芳時多了三分認真。「仙、妖兩族關係緊張，三重山邊界有重兵把守，日夜巡邏不斷，別想著自己以前跑來跑去多少年有多熟悉地形。」雁回肅容盯了蒲芳一眼。「此時已非彼時了。」

蒲芳被雁回這一眼盯得心口一顫，就好像被雁回犀利地窺探到了內心深處的想法，她手一抖，直接給雁回扎出了血來。

雁回「嘶」地抽了口冷氣，翻身而起：「能不能專業一點！能不能只想著醫治，別想男人了！這下出血了！留疤了！妳賠錢！」

聽得雁回的重點落在了最後一句上，蒲芳嘴角抽了抽：「妳給一個銅板醫藥錢了嗎？賠什麼錢！再賠妳一針就好了，躺著！」她將雁回一按，手起針落，給雁回補扎了一針，手法極其乾淨俐落。「我堂堂大醫師還治不好妳這點小破傷？」

「出血了，妳不是說不保證不留疤嗎？」

「唬妳的！躺好。和我頂嘴就再給妳補一針痛的。」

雁回：「……」

蒲芳把雁回按下去，隨即手指在她傷口上輕輕一抹，擦掉滲出來的血珠，忽然間她鼻尖一動：「妳有跟著那妖龍學他的法術，對吧？」

「對啊，不過就學了他一點讓五官變得更敏銳的法術，還有他知道的一些九尾狐的法術。」雁回瞥了蒲芳一眼。「妳怎麼知道的？」

「妳血的氣味裡有龍氣。」蒲芳鼻尖又動了動。「應該是跟著他學法術的緣故吧。不過也是奇怪，一般修仙者沒有洗髓就跟著妖怪學妖法怕是早就走火入魔了，妳卻還神志清明得跟沒事人一樣，這血液的氣息嗅起來，竟是讓人感覺比起修道者那條路，妳更適合入妖道一樣。」

三王爺不知道雁回與天曜之間的關係，蒲芳不知道也是正常的，如今這青丘國裡，除了那青丘國主，只怕是還沒人看出她和天曜之間連著一塊護心鱗。

「妳要是再跟著妖龍學法術的話，身體裡的龍氣會變得更加明顯的，雖然戴著無息香囊，在不流血的情況下，別人是察覺不出的。」

雁回聞言沉默了一瞬，再開口時卻換了話題：「你們怎麼都知道我戴的是無息香囊？」

「九尾狐一族的人為了方便行事，去中原都要戴這個東西的。」

雁回點點頭，沒再言語，房間一時沉默之後，蒲芳便又開始說起了小道士的事。

雁回左耳進右耳出，心裡兀自琢磨著自己的事。

在青丘國待著的時間過得還算快，天曜每日忙著與九尾狐一族的人商洽滿月之夜闖入斬天陣的事，每天忙得腳打後腦杓。雁回醒時，他已經離開了小院；雁回睡時，他還沒從外面回來：這些天，他們連個照面也沒打。

雁回也不甚在意，她對現在的生活還挺滿意的，衣來伸手、飯來張口，這世上大概沒有別的地方能比這兒更適合雁回混吃等死了。至於那些仙妖紛爭還有辰星山，都已經是往事，她不想再想了，等臉上傷好疤落，過去的事，她是打算一頁揭過的。

眨眼間九天已過，雁回臉上的傷結了一個乾巴巴的痂，她拿著鏡子左右看看：「然後等著這個痂掉落，就行了吧，確定不會有疤？」

蒲芳翻了個白眼一聲嗤笑，遞給雁回一碗黑乎乎的藥：「喝了這碗藥自己看。」

雁回一看湯色，便想著定是極苦，登時愁瞇了眼：「能不喝嗎？」

「妳說呢？」

雁回一嘆，到底是接過了藥，一仰頭直接灌了進去。藥湯當然是和想像當中的一樣苦，雁回一喝完正皺著臉咂舌，隨後一塊蜜餞便塞進了她嘴裡。甜蜜的感覺登時蓋過了苦味。

雁回一愣，抬頭望蒲芳，蒲芳傲嬌地挑了挑眉：「平時我都是這麼應付看病不乖的小妖怪的，別覺得我是特別對妳好啊。」

她說著，雁回倏地覺得臉頰邊結痂處輕輕一癢，她往鏡子裡一看，深褐色的痂整塊掉落後露出的皮膚已經完好如初，連一點暗沉的痕跡都看不見。

雁回摸著臉感覺驚訝，放了鏡子連忙對蒲芳道：「我心口還有一道疤，妳一併幫我除了吧。」

「妳又沒藥錢付。」蒲芳收拾了箱子。「行了，傷給妳治好了，明天我不過來了。」

雁回聞言，目光微微從鏡中的自己臉上轉開，落到了蒲芳後背上，蒲芳提著箱子也沒多言，邁腿便離開了房間。

時至深夜，一片漆黑的小樹林裡，一道黑色的人影在林中疾步走過。今夜雲厚，月亮在雲的背後忽隱忽現，正好給了行人極好的掩護。

那人經過大樹時，倏地被一根不細的樹枝擊中腦袋，她「哎唷」一聲痛呼，想來是被砸得不輕。

然而揉了揉腦袋之後，她依舊打算繼續前行。

「這剛才落的要是刀子，妳就已經被劈成兩半了。」樹上倏地躍下一人，擋住蒲芳的去路。雁回抱著手臂，半倚在樹幹上，好整以暇地看著她，語氣帶著點吊兒郎當的散漫：「就妳這點本事，現在去三重山送死嗎？」

蒲芳一默。

雁回上前一步：「行了，別鬧了，跟我回去吧。」她伸手去拽蒲芳，卻被蒲芳側身躲過：「我以為妳是理解我的。」蒲芳聲色委屈。「他們都不理解我，我以為至少妳是理解我的。」

雁回一撇嘴，翻了個白眼：「大晚上的演什麼苦情戲？妳以為裝裝可憐我就會放妳走嗎？伸手，過來！」

「嘖！」蒲芳一咂舌，果然不裝了。「妳這人怎麼沒點同情心！」

「我就是有同情心才攔著妳的好不好！還是那句話，活著才能愛，跟我回去。」

蒲芳咬了咬牙，一副心有不甘但又無可奈何的模樣，她伸出手，雁回便去抓她。可在抓住蒲芳之前，蒲芳又猛地將手往上一抬，白色粉末登時撲面而來。

雁回心道不好，掩鼻後退，然後已經有奇香的氣味被她吸了進去。

不過片刻她便覺腦袋一暈，身子猛地往旁邊倒去。

「沒毒，就是讓妳睡一會兒。」蒲芳從她身上跳過去。「這條路我跑熟了，我知道，早上我就回來啊！」

倒在地上的雁回只覺眼皮似有千斤重，掙扎著閉上眼的最後一刻她看到的是蒲芳蹦蹦跳跳跑出去的背影。

這一瞬間，雁回忽然理解了她將大師兄戲弄之後，把他丟下的心情……

這臭……臭丫頭。

雁回再醒過來依舊是深夜，她斜眼瞥了瞥天上月，心裡估計著和之前不過相去一個多時辰，想來是她之前退得快，並沒有吸入多少藥粉。

她撐著身子坐了起來，依舊覺得渾身無力，她連忙調整了一番內息，站起身來，一路尋著蒲芳的腳印而去。

看得出蒲芳著實是比較熟悉這裡的，雁回一路追去，竟然沒有碰到妖族的守衛。

臨近邊界，五十年前青丘國主與清廣真人相爭而留下的巨大裂縫依舊在，地底之下紅色的炙熱岩漿滾滾流動，像是一道大地淌著血的傷痕。在裂縫另一頭，雁回看見本該漆黑的山上有火把在向一個地方聚集。

……像是在緊張應對什麼異常情況。

雁回心頭一緊。

她扔了無息香囊，給自己變了一張臉，小心地跳下裂縫邊緣，藉著地下熱氣縱身一飛，逕直飛到了裂縫另一頭，從底下爬出，被熱浪灼了一身汗，衣服也沾染了塵埃。

她一爬上裂縫，剛起來站穩，便看見十丈外的一個修道者拿著劍，一臉戒備地盯著她：「又……又是何方妖孽？」

又是？

雁回心頭打了個鼓，但面上還是鎮定，她裝作一臉慌亂的樣子往修道者的方向踉蹌走了幾步：「仙友，這附近可還有別的仙友？」

那人上下看了雁回許久：「修……修道者？」

雁回點頭：「我本是在東面負責巡邏看守邊界的，可今天被一個妖怪偷襲了，我好不容易才逃出來的。」三重山如此之大，東西相隔百里，這頭的人是無法第一時間知道那頭的情況的，至少……負責看守的小守衛是不可能知道的。

果不其然，那人聞言大驚：「今晚東面也有妖怪偷襲嗎？可有傷亡？」

雁回搖頭敷衍過去：「這邊呢？也有妖怪？」

「有個五尾狐妖越界，傷的人倒是不多，只是不少仙友中了毒，好在那妖怪現在被兮風道長和凌霏道長聯手抓了。」

雁回心頭咯噔一下。自然不是因為凌霏，她敢越界來這邊，便做好了碰見辰星山任何人的準備，她驚的是兮風這個名字，這是這九天以來，雁回日日在耳邊都聽到的名字——蒲芳喜歡的小道士。

火把燒得啪啪作響，林間各門各派派來看守三重山的弟子都來了兩、三名，大家聚在一起，火把將這片天都照亮了。

雁回跟著那守山的弟子一同行到此處，混在人群當中，她藉著前面人的遮擋，微微低著頭站在後面。然而她所站的這個地方，已經足以看清現在的形勢了。

蒲芳被困在人群中間，她雙目赤紅，唇間獠牙長長地長出，鋒利的指甲隱約還掛著血跡。她周身妖氣澎湃，胸膛劇烈起伏著，像一隻被困住的獸，目光憤怒又絕望。

看樣子，是在做最後的抗爭了。雁回一咬牙，除了在心裡罵一句臭丫頭，也沒辦法怪她別的了。

在蒲芳面前站著的是戴著幕離的凌霏。幕離垂下來的紗幔遮住了她整張臉，夜風偶爾帶起她遮臉的薄紗，雁回能清晰地看見，她臉上還有先前被天曜用風刃切出來的傷口，傷口結了痂，如網格一般爬滿了她整張臉，讓她看起來有些陰森可怖。

或許也正是因為這臉傷未癒，凌霏的聲音比起先前少了幾分高高在上的冷淡高傲，更添了三分急躁七分刻薄：

「在前來三重山之前，素影真人便傳信與我，特意告知我此行須得注意打斬天陣主意的妖怪。」

雁回聞言，眸光一凜，光從凌霏這一句話裡，雁回分析不出素影到底有沒有給她這個妹妹說過當年的事情，但素影真人在意天曜卻是實打實的事。她並沒有天曜想像當中的那麼坦然淡定，對於天曜的歸來與復仇，她也是心有驚惶，否則怎麼會給凌霏交代這樣的事？

「我還道沒有什麼妖怪會那般不要命地衝斬天陣而來，卻不曾想，今夜便撞見一個。」

如此說來，斬天陣原來便在此處附近嗎……

「說，你們妖族，欲探斬天陣，到底有何目的？」

雁回覺得她這句話實在愚蠢得不像一個辰星山師父輩的人該問出的話。妖族與修道者就要開戰了，妖族派人來探斬天陣，除了想要在揍你們的時候揍得更痛快一點，還能有什麼目的？

只是苦了蒲芳，她的目的比這個更單純就是了……

蒲芳果然沒搭話，她赤紅的目光在人群中戒備地掃了一圈之後，落在了一個男子身上。那人稍微落後凌霏幾步站著，一襲低調的灰色道袍，若不是蒲芳一直盯著他，雁回是根本不會注意到這個人的。

他受著蒲芳的目光，沉默著沒有說話，宛如老僧入定，不為周遭一切所動。

「呵。」場面沉默了沒多久，凌霏一聲冷笑。「好，不說也無妨，就地誅殺便可。」

她話音一落，身後的仙門弟子迅速結起了陣，在地上劃出道道金光，金光皆停在蒲芳腳下，圍成一個圈，將她囚在其中。

雁回拳心一緊，趁這殺陣還未完全結好，是時候出手救人了……

便在此時，那邊蒲芳身邊倏地炸開血氣，妖氣更甚，竟比之前更濃了幾分。

蒲芳直勾勾地盯著兮風，眼角滑下一滴血淚，在她臉上爬出猙獰的痕跡：「我是來見你的，我想你了……所以我就不顧一切地來了……」

她話沒說完，整場已一片譁然。

仙妖之間的禁忌只怕比師徒之間的禁忌更深。

蒲芳那雙本該讓人害怕的眼睛裡藏著的是滿滿的委屈和失望，像是沒有聽到周圍嘈雜的聲音，她只盯著兮風一人：「我以真心待你，你可曾以真心待過我，哪怕只有一分？」

兮風抬了眼眸，終是開了口，然而卻只是一句：「妖族之人不該來三重山。」

蒲芳嘴角一緊，旁邊的凌霏一聲冷笑：「笑話，區區妖邪，何以配得起『真心』二字？」

蒲芳並沒看她，依舊盯著兮風，唇色泛白，有些顫抖：「你也是這樣想的？」

區區妖邪，何以配得起真心……

多傷人的想法。

兮風只是皺了皺眉頭，尚未說話，凌霏一揮手，法術直衝蒲芳而去，打在蒲芳身上。蒲芳微微退了一步，腳踩在了身後的金光之上，登時她的表情變得極為痛苦。

兮風眸光微動，卻還是沒有攔，蒲芳一笑，肩膀有些顫抖：「我從未這般痛恨過，你修的這仙道，如此寡涼淡漠。」

她的語氣在失望至極後隱隱透了些許殺氣出來。

雁回心道不好，妖之所以被視為邪道，乃是他們脾性變化無常，越是修為淺的妖怪，越易被自身情緒影響而暴動。

「你要修這仙道，我便偏要亂你道行！」

言罷，她周身氣息暴長，力量蠻橫得竟是直接將地上金光寸寸炸開，她眼中血淚滾滾而下，竟拚了這一身精元衝破了殺陣！

她身形如風，逕直衝兮風而去。路上有修道者意欲攔她，蒲芳不管不顧，一爪刺透對方的胸膛，將人如布偶一般丟棄在一邊。

此時的蒲芳，宛如從地獄而來的惡鬼，渾身皆是煞氣。

眾人見狀大駭，凌霏伸手往空中一探，握住凝聚而出的拂塵，向著蒲芳迎面一掃，蒲芳不避不躲，硬生生扛下了她這一招，擋開凌霏。凌霏卻哪有這般好對付，拂塵一轉，又是一記法力打向蒲芳。

蒲芳大怒，赤紅得近乎泛黑的雙瞳一轉，死死盯住凌霏，爪間凝聚妖力竟是打算先與凌霏一戰。

雁回心頭一凜，心知此時蒲芳再是暴動，然而實力只怕是不及凌霏。她剛要出手，兮風卻倏地身形一動，擋在凌霏面前，生生將蒲芳攻來的一招擋住。

爪子狠狠地在兮風肩頭上抓下，傷口深可見骨。

兮風卻連眉頭也沒皺一下，反手在蒲芳肩頭上重重一擊，蒲芳身形往後一仰，平地大風一起，逕直將她往後颳去。若是順著此時的力道，蒲芳應當是會被颳出去老遠。

雁回一怔，這個道長在幫蒲芳。

他想讓她逃……

然而如意算盤成空，被兮風攔在身後的凌霏軟劍倏地出鞘，在夜色中宛如一條銀蛇霎時裹住了蒲芳腰間，劍刃在蒲芳腰間劃過，鮮血噴湧而出。凌霏手上動作未停，劍刃「唰唰」一轉，由軟如彩帶登時變得硬如堅冰，只聽「噗」的一聲，劍尖扎入蒲芳心房。

這一系列的變化不過只在轉瞬之間。

雁回沒想到，在場的所有人皆沒想到，凌霏的動作，竟然如此之快！看著蒲芳的身體像被遺棄的木偶一樣落在地上，兮風雙瞳驀地放大。

雁回一咬牙，運氣一動，身形似閃電一般落到蒲芳身邊。她拉起蒲芳的胳膊，一抬手封住了蒲芳周身穴位，將她血止住，隨即一把將已綿軟無力的蒲芳架在自己肩頭上，遁地術一動，意欲逃跑。

耳邊卻聽得凌霏一聲冷哼：「想走？」

雁回意圖在最快的時間離開，全然未防備到凌霏平空而來的一記法術，逕直打在雁回心頭之上。

她頓覺內息一空，遁地術立時失敗。

雁回往體內一探，只覺經脈一陣劇痛，然而強行衝破也還能使用法術，只是重新聚力，恐怕得一段時間。而現在，即便只耽擱片刻，也足夠要命了。

雁回感覺到自己臉上的易容術也霎時消失，她抬頭望向凌霏。在火光之中，她看不見凌霏冪離之後的臉色，但卻能感受到她周身升騰起來的怨恨氣息。
「雁回！」
凌霏喚著她的名字，語帶怨毒。
是呀，同樣是毀了容，她現在已經好了，而凌霏卻還戴著冪離，無法以面容示人。
高傲如她，怎會允許自己的人生出現這樣恥辱的敗筆？
她們本有積怨，現在，怕是已算得上真正的仇人了。
「妳現在，竟在幫妖族之人謀事。」凌霏語氣森冷：「真是我仙門恥辱，今日妳與這狐妖，一個也別想走。」
雁回抱著蒲芳，感受到她的氣息越來越虛弱，心中急切非常，她根本不去看凌霏，只對旁邊的兮風道：「她要死了。她日日念叨著你，而今終於見了你，你卻要了她性命。」
兮風脣色被火光映得有些白。
「妖物而已，死有餘辜。」凌霏對兮風淡淡道：「道長切莫為這妖物心軟，有悖我修仙修道者大義。」
「大義？」雁回像是聽到了笑話。「何為大義？」
她還欲多言，可倏地感到心頭一暖，幾乎是下意識地抬頭一看，只見空中一隻巨大的狐妖踏風而來。雁回莫名心頭一安。

天曜來了。

在眾仙驚詫之際，一人自狐妖背上躍下，落在雁回身邊，沒給任何人看清他面容的機會。

一陣火焰迅速自他周身繞開，宛如滌蕩一切的龍捲風，將修仙者們全部都掃到了一邊。

火焰的中心，只有凌霏與兮風堪堪能抵擋住那一襲火焰。

天曜垂頭看了雁回一眼，見她渾身皆被染了血，眉頭一皺：「受傷了？」

雁回搖頭：「血是蒲芳的，我只是暫時被封了經脈，無妨。」她將蒲芳扶了起來，一句話也沒再多說，轉身便走向那狐妖背上。

燭離也在狐妖背上，見了一身是血的雁回與蒲芳，登時大驚失色：「妳們、妳們……」

「蒲芳傷得重些。」雁回將蒲芳放下，燭離立馬探了她的經脈，臉色更難看了幾分：「怎會如此！怎會如此！我們快些回去。」

雁回回頭，見天曜已轉身往這邊走來，那兮風道長也跟著向前走了兩步，凌霏一叱：「妖族委實放肆！竟敢闖我三重山！」

天曜聞言，腳步一頓，眸色薄涼地看了她一眼。

好似想起了那日天曜所施的法術，凌霏微微退了一步。

沒再糾纏，天曜踏上狐妖的背，巨大的狐妖便御風而起，上了空中，飛往青丘領地之中。

燭離照看著奄奄一息的蒲芳，雁回垂頭看了看自己染著蒲芳鮮血的雙手，沉默許久，問天曜：「好多天不見你了，你今天怎麼想著找過來的？」

「見妳沒在房中，探了探妳的氣息，發現妳到三重山了。」

天曜一開始便在她身上種了追蹤的咒術，雁回一開始是沒能力解，後來陰差陽錯地都忘了解，一直便讓它留在身上。到現在也沒什麼必要去解這個法術了，留著便也留著了。

雁回點了點頭，想了想，又抬頭問天曜：「你怎麼知道我不在房間的？」

天曜仰頭望著遠方，像沒有聽到一樣。

只有他自己心裡知道，怎麼會發現不了呢？雁回睡覺不喜歡關窗，他每天夜裡回去，都會透過窗戶望一眼床帳之中她的睡顏。

多日未見，不過只是雁回多日未見天曜罷了。

落到青丘國界之內時，天已近黎明，燭離逕直將蒲芳拉到了三王爺府上。

一則三王爺長嵐常年病弱，府中藥材一應俱全；二則蒲芳平日教養的醫藥童子也都盡數在此。

一行人未及王府，前面便已有火把照亮了路，是長嵐帶著府中童子在路上等著了。他眼睛看不見，但其他感官卻比普通人敏銳許多，鼻尖一動便在尚且有段距離的地方聞到了血腥味。

「去給你們師父看傷。」他吩咐候在身邊的醫藥童子。「速速帶回府內。」

醫藥童子立馬擁了上來，接過燭離扛著的蒲芳，疾步抬了回去。

人群隨著蒲芳而去，雁回一直走在人群的最後面，也不湊上前，神情好似也不再著急。

天曜與她一同跟在後面，這個時候沒有任何人注意雁回，只有他在看她：「妳不要命隻身敢去救她，現在救了回來，妳卻不著急了？」

雁回連頭也沒轉，只答了六個字：「盡人事，聽天命。」

聽起來有些寡淡無情，但仔細一品，在這樣的時刻最蒼涼無奈的，也莫過於這六個字了。

她拚上性命，救的卻是一個「可能」。天曜默了一瞬道：「雁回，妳有仁心。」

雁回這才瞥了天曜一眼：「有仁心的是聖人，我不是，我只是有人性罷了。」愛美色，貪財欲，會妒忌，會怨恨，也會熱血，會同情，會捨命相救。對雁回來說，她覺得自己活得一點也不高尚，她只是像個俗人一樣活，拋不開七情六欲，捨不下塵世浮華，她只願做個快樂的俗人。

天曜默默地看著雁回，不再言語。

蒲芳的傷治了整整三天三夜，她帶出來的那些徒弟，沒一個醫術比得過她，最終她的大弟子在蒲芳病榻前哭道：「只有師父能救自己……」

但醫者如何能醫己？

終是在第四天清晨，陽光剛落入她房間的時候，蒲芳醒了，她看了看窗外的陽光，那方正映著三重山山脈的影子。蒲芳看了許久，到底是將眼睛閉上了。

片刻後，便沒了氣息。

三王爺長嵐坐在蒲芳床榻邊上，沉默了很久，最後還是讓人將蒲芳葬了，葬在青草崗上。

蒲芳入葬的那日，天曜與雁回也去了。青丘國入葬太簡單，棺槨入土，填土埋上，立上碑便算完了。送行的人一個個走掉，最終只剩下了天曜、雁回和三王爺長嵐。

「這裡沒有樹木遮蔽陽光，只要不下雨，什麼時候都能晒到太陽，風也自由，她會喜歡的。」長嵐嘴角勾了一抹苦笑。「二十年前，我便也是如此，看著他們一個個離開，我以為回了青丘國，便不用再面對這樣的別離，不曾想時隔二十年，蒲芳……竟也要我看著下葬。」

天曜沉默不言。

長嵐微微一聲嘆息，似嘲似罵：「把野丫頭一樣的她撿回來，養了這麼大，眼睛沒給我治好就走了……」長嵐聲音一頓，竟已再無法開口。他一轉身，不繼續在墳邊停留，一言不發地離開了。

天曜陪著雁回靜靜站了一會兒，青草崗上的風確如長嵐說的那樣，東南西北都在吹，自由極了。只是將雁回的頭髮拉扯得有些凌亂。

「天曜。」雁回倏地問：「當年，素影害你，你到底是怎樣的心情？」沒等天曜回答，雁回便擺了手。「不不，我不該問的。你就當沒聽到吧。」

天曜也沒有回答。

又靜立了一會兒，雁回道：「你先回去吧，我再站一會兒。」

雖然有點不想走，但既然雁回下了這般明顯的逐客令，天曜便也沒再多言——

左右，他在這裡，也說不出什麼安慰的話就是了。

四周再無他人，雁回望著碑後墳上的魂魄，開了口：「妳不去投胎，是打算在這裡站成孤魂野鬼嗎？」

蒲芳的影子在風中有些搖晃，她望向雁回，有點吃驚：「妳還能看到我？」

「我不想再看到妳。」雁回道：「妳變成這樣就證明妳心中尚有往事放不下，但那些事於妳而言已是不該再去追的過去了。」

蒲芳垂了眼眸：「我走不了。」她頓了頓。「妳不罵我嗎？那天妳明明都那樣攔我了，長嵐也那樣說過我了，但我還是不聽。妳不笑我嗎？妳應該說，妳看，我早跟妳說過，活該妳自己不聽……」

「說這些話能讓妳活過來，我就坐在妳墳頭日夜不停地念叨。」雁回上前兩步，拂去被風颳到蒲芳碑上的野花。「我笑妳沒用，妳笑自己也沒用，妳能做的，就是理理頭髮，拍拍衣服，昂首挺胸去下一個妳該去的地方。」

然後，剩下的事，自然該交給活著的人來解決。

蒲芳聽了雁回的話只是搖了搖頭，並不再多言。

雁回心裡知道，蒲芳既然已經變成這留於世間的鬼，那她心中牽絆自然不是自己開解一兩句就能放下的。於是雁回只是靜靜地陪了她一會兒，便也擺手離開了。

不日，青丘國大醫師身亡的消息傳了出去，整個妖族一片譁然。

蒲芳身為醫者，在妖族當中地位極高，她救過不少妖的命，那些妖皆將她當作救命恩人，她死於三重山仙人之手的消息一出，邊界本就劍拔弩張的氣氛更是緊張了。

挾帶著多年被三重山邊緣修道者壓制的憤怒，不少妖怪自行集結成了一隊，躍過邊界前的深淵，踏入三重山中，與修道者們起了大大小小不少摩擦。

雁回這兩天也沒閒著，天曜去與妖族的人共商奇襲斬天陣之事時，雁回便也跟了去，抱著手臂在一旁旁聽，看著他們訓練，不發一言，晚上回來的時候便也開始調息打坐。

天曜看在眼裡，也不說破，只是偶爾提點她一兩句，而天曜的提點對於雁回來說勝過其他師父教上好幾年。

剛過了沒兩天，這日天曜給其他妖怪布置了任務，每個妖怪都忙自己的事去了，他便在林子裡教雁回心法。雁回不願修心法，神色有些不耐煩：「天天都修心法，我內息不弱，你只要教我招式就夠了，足夠厲害的，足夠強大的，就行了。」

天曜淡淡瞥了她一眼：「妳內息夠？」他語帶幾分嘲諷：「內息夠還會在運功的時候被人打斷？妳若內息充足，便可直接將她的法術彈回去。」

提到這事，雁回微惱，不是沒有輸給別人過，但輸給淩霏，她便十分不爽。

「那只是我一時大意！後來調息了一陣不就好了嘛！」

「那段時間足夠要妳命。」

天曜話剛說完，倏地林間漸漸瀰漫開了一股殺氣。雁回皺了眉頭，天曜便開口：「邊界那方傳來的。」

兩人對視了一眼，無須多話，自尋了過去。

趕到那方的時候雁回有點驚訝，妖族這方嚴陣以待，為首的是面色寒涼的長嵐，而對面卻只有一人……

兮風。

許是剛才便已動過手了，兮風單膝跪地，脣角流著鮮血，想是傷了內臟。

「我只求見蒲芳一面。」兮風聲色沙啞：「之後，隨你們處置……」

「你沒資格見她。」長嵐的神色是雁回從未見過的冷。「若當真要見，你便去陪她吧。」說著長嵐周身殺氣又是一長，方才他們在林間感受到的便是這股氣息……

九尾狐的憤怒。

兮風跪在地上，沒有躲避，想來也是沒有力氣了。

然而卻在這時，倏地一道泛著陰氣的透明黑影擋在了兮風面前。雁回雙目一凝，立即動了身形，霎時攔在兮風身前，運足內息擋下了長嵐這一擊。

這一擊力道之大，四周登時騰起翻飛煙塵，待塵埃落定，雁回依舊靜立在兮風身前，毫髮未傷。

妖族之人皆是驚駭，他們都以為雁回只是個普通的修仙弟子，不過是運氣好救了燭離一命，這才來了青丘。誰都想不到，她竟有能擋下長嵐一擊的實力。

對於這樣的結果，雁回心下也是有點詫異，她本以為，自己再怎麼也得受點傷的……

她看了天曜一眼，他教她的心法，即便在不日日打坐的情況下，也在她身體裡面慢慢增長啊。之前在天香坊他教她的時候便說，呼吸行走皆是修行，當時她還不信，原來只是欠缺時間的累積，等時間久了，便會有這效果啊……

而這結果顯然是在天曜意料之中的，別人都在驚詫，只有他一人連眉毛也不動一下。

長嵐雖然看不見，但感覺卻十分敏銳，他微微側了頭，耳朵聽著那邊的聲音。雁回立即解釋：「我不是幫他。」她看了看身邊的黑影，蒲芳的面容在裡面若隱若現。

「三王爺，我與蒲芳相處時日不久，但她卻將心事說了不少與我聽，且容我用女子心思揣度一下。若是蒲芳在場，我想，她是願意讓此人去見她的。畢竟最後，蒲芳也是望著三重山的方向的。」

雁回身後的兮風渾身一震，眸中恍惚間有隱痛滑過，痛得他久久皺著眉頭，無法放鬆。

長嵐默了許久，終究是一拂衣袖，轉身離去：「我怎會不知她那脾性。」言辭中，既是無奈也是心疼。他到底還是心疼蒲芳，打算忍了怒火，放人去見她了。

雁回轉身，將兮風拉了一把，然後便退開了幾步：「跟我來吧。」

她引著兮風，一路走上青草崗，蒲芳的魂魄已經飄到了她自己的墓碑之後。她看著他，而兮風卻只看著她的碑。

「她最後可有提及我？」

「沒有。」雁回看著形容沉默的蒲芳，道：「一句話都沒說。」雁回轉身離開。「你好好看看她吧。」

兮風靜默了一會兒，便在她墳前跪了下去：「我自幼與師父修道，謹記修道之人教誨，斬妖除魔，不行有違道義之事……我從未覺得自己做錯，然而聞妳死訊那時，我卻恍覺，此生行了三大錯事。」

「一悔不該求仙論道；二悔既入仙門，卻在初遇妳之後未曾下狠手殺妳。」他說著，嘴角微微一動。「三悔明明動了心，卻未曾在那日捨下命與道義，回護於妳。」

蒲芳在碑後喉頭一哽，啞然無聲。

「我原想不負大義，不負真心，如今，竟是全都辜負了……」

他伸手撫上蒲芳的墓碑：「我既已什麼都找不回，那現在，便不如來陪妳最後一程。」

雁回走到青草崗坡下，倏地感覺周身大風一起。她回頭一望，只見崗上陽光迷眼，卻在日光之中，兩個黑影隔碑而立，對視許久，待得風平，兩個身影卻是擁在了一起，然後漸漸消失在光影之中。

雁回看得愣了一瞬，再跑上山坡之時，兮風跪在蒲芳墳前，額頭輕輕靠在她的墓碑之上，已經絕了氣息。

第十四章 噬骨鞭刑

雁回推門進屋，門撞出了「哐」的一聲，屋中天曜正在喝茶，聞此動靜微微一驚，他轉眼看她，隨即皺了眉頭。

「妳這一身泥，是幹麼去了？」

「給人挖墳去了。」雁回走進屋，臉色嚴肅地坐到天曜對面。「你們什麼時候奇襲斬天陣？」

天曜放下茶杯，正色回答：「十天後，滿月之夜，龍筋會受我影響，令三重山下岩漿翻騰，彼時能引開仙門守山弟子的關注。我們子時入陣，一個時辰的時間取回龍筋，丑時破陣而出。」

「你知道龍筋在哪兒了？」

「上次去三重山帶妳與蒲芳回來之時，便順道探了一番龍筋的具體方位，約莫便在那處以東一里地的方向，只是藏得有些深，或許在地底之中。」

雁回眉頭微微一皺：「三重山地底皆是流動的炙熱岩漿，你是說你的龍筋或許被封印在了岩漿裡面？」

天曜不徐不疾地喝了口茶：「這不才是正常的嗎？」提到這事他的神態已比先前自然了許多。「岩漿乃極熱極火之物，將我龍筋在那處封印，豈不是方便？」

「你這龍筋要取，我幫你。」雁回這三字說得堅定，毫不猶豫。

「好。」天曜早有雁回會與他一同去的準備，所以也並不覺得詫異，讓他覺得好奇的是。「為何突然便做了這個決定？」

他還以為以雁回的性子，怎麼也得磨蹭到出發那日，才一言不發地跟在他後面，隨他一起行動。

雁回默了一瞬，語氣有些涼意：「兮風道長在蒲芳墳前自絕經脈了。」

天曜亦是沉默。「自盡了？」他好似也有點不敢相信。「那個仙人？」

雁回點頭：「對，那個修道者。」

於是天曜便沉默了下來。

「我願意隨你入斬天陣，甚至破斬天陣，心頭血也給你取，龍筋也幫你尋回，只是……」天曜難得看見雁回眸中閃過殺氣。「凌霏你也要幫我把她抓來。」

天曜眉梢一挑：「為何忽然要抓她？」

「她做錯事了。沒有她在裡面摻和，蒲芳不會命盡於此，那個道士也不該為心中所謂道義束縛。」雁回道：「我要讓她磕頭認錯。」

天曜望著她：「妳要她認什麼錯？」

「我要讓她知道，妖怪是值得被真心以待的，任何人都值得被真心以待，除了心思惡毒之人，比如她。」雁回直勾勾地看著天曜，望著他漆黑眼瞳中的自己，在天曜的眼裡，她的身影好像一直那麼清晰。

她頓了頓，又開口：「還有她姊姊。」

天曜眸光微動。

「她們都是做了錯事的人。有朝一日，我也要讓素影，給你道歉。」

他幾乎是有點逃避一樣地垂下眼瞼，看著杯中茶水，不讓雁回接觸到他的目光。杯中水有些震盪，一如他此時好似被攪動了的心池一樣。

她竟是想要將他護在身後啊……

明明是那麼不切實際又天真的想法，但聽到她這句話，天曜卻在杯中茶裡，看到自己脣角不可抑制地隱隱勾了一下。

她想守護他。

像個英雄。

在一片長久的沉默之後，天曜卻只晃了晃水杯，搖散了杯中自己的影子。他道：「這十天，心法修煉須得加緊。」

十天時間眨眼即逝，滿月之夜亥時三刻，青丘一行人已經潛伏在了邊界森林當中。

雁回看了看天上明晃晃的圓月，再一轉頭，看見了身邊額上滲有虛汗、脣色發紫的天曜。雁回見過天曜在滿月之夜疼痛得渾身發顫的模樣，所以現在便格外能體會他忍耐得有多麼辛苦。

「要不，我割點血先給你喝？可能緩解一點？」她道。

天曜瞥了她一瞬，只見月光之下雁回雙眸出奇地清亮，而她粉色的脣瓣看起來也帶著些許誘惑，在這具身體裡面，藏著可以讓他輕鬆許多的血液和力量……

天曜轉過頭，閉眼調理了片刻：「入三重山前不能有血腥味透出，以免被人發現。」

「那我牽著你？」

雁回伸出了手，天曜微微一怔，半晌未動。雁回等得不耐煩了，一把將他的手抓住：「以前不給你碰你非要又抱又咬的，現在主動給你牽小手了，還非得磨嘰。今天是看在辦正事的分上才給你牽的，待會兒你不是還要運氣引出龍筋的力量嗎？」雁回與天曜十指相扣，聲音正經了些許：

「如果有我在能讓你好受一點，那你就用我就好了。我們早就是一根繩上的蚱蜢了。」

是啊，他們早就結了那麼深的……緣分了。

「雁回。」天曜聲音有些沉：「我說過，我想過如果二十年前遇見的是妳，現在會怎樣？」

雁回一怔，轉頭看他，心裡直嘀咕：這是要怎樣？在這種情況下和她表白嗎？她沉默著沒吭聲。

天曜也轉了目光：「妳聰慧至此，不會不明白我的意思。」他頓了頓，隱忍著身體的疼痛。「若妳明白，便不該如此。畢竟我不會再像二十年前那樣……」

雁回聽得這話，一愣，像二十年前那樣？哪樣？

不會再像二十年前那樣對一個人動真心了，是嗎？

雁回盯著他，皺了眉頭。敢情一開始他那樣強行地、不顧她意願地、死皮賴臉地跟著她，對她做任何事情都是合情合理的。現在她稍微對他好一點，他自己把持不住動了心，就變成她的不是了？

雁回覺得自己被這個神邏輯冤枉了，是以在這樣的情況下也有點惱了：「我明白你的意思啊。」她依舊拽著天曜的手不鬆。「可我對你好是我的事，你要動心那是你的事，咱們各管各的事，你的心情你自己克服一下，別賴在我身上。」

還不會像二十年前那樣喜歡一個人。雁回心頭冷哼一聲，誰希罕你的好感和喜歡了。

說得好像，她會喜歡他一樣……

雁回別過頭不再說話，天曜便也沒再開這個話題的頭。

子時，月入中天。

天曜身體裡撕裂的疼痛似乎達到了頂峰，他握住雁回的手越發用力。

與此同時，三重山邊界下的岩漿也開始躁動翻騰。

雁回通過天曜握緊的手能感覺到他體內氣息的洶湧流動。她微微一側頭，只見在蒼涼月色之下，天曜的雙瞳之中泛著肅殺的紅光，帶著三分嗜血的殺意，讓人不由得感到膽寒顫慄。

片刻之後，三重山下翻騰的岩漿愈加洶湧。

待得天曜眸中血光大作之際，那方岩漿倏地燒出了一條火龍的形狀，龍身躍出裂縫之上，在空中呼嘯出了威武的形態。

即便隔了一段距離，但雁回仍舊感到那方傳來的熱力。

守山的修道者們在漆黑的山上亂成一團，從火把移動的跡象來看，他們正在從岩漿火龍奔騰的地方撤離。

「入陣。」

天曜一聲令下，四周風聲急動，連雁回都沒有看清楚四周妖族的人是怎麼行動的，只覺一個個黑影帶風，從她身邊穿梭而過，逕直撲過了前方邊界，入了三重山中。

天曜一起身，卻覺自己的手還拉著另外一人。他眸光幽深地看了雁回一眼，難得說了一句：「入陣有危險，保護好自己。」

雁回還帶了一點方才的情緒，她直接甩了他一個白眼：「左右也是要讓你在我心頭上捅刀子的，別的還怕什麼？」

天曜一時間竟然覺得自己說不出第二句話了。

天曜與雁回兩人五行皆為火，對於現在已經拿回了大部分身體的天曜來說，岩漿的熱度已經不足以傷害他了。雁回更是不必說，在這幾日與天曜修習心法的過程當中，內息又提高了些許，對付岩漿熱力自是不在話下。

在先前布置好的計畫當中，妖族之人各自去干擾斬天陣設在各地的陣法節點，而他與雁回則深入斬天陣中。

入了三重山，兩人路過上次蒲芳被困之地，此時這裡林間已經沒有一個仙人了，大家皆被翻湧而起的岩漿熱力逼退，暫時是沒有人會擾亂他們的計畫了。

雁回不過在這地方停留了片刻，便又重新邁步上前，直到在山林當中尋到一個微微冒著熱氣與紅光的地洞入口。

「是這裡嗎？」雁回問天曜。

「嗯。」天曜眼眸中映著地洞之中的火光，讓他一雙因為動用妖力而變得閃耀紅光的眼睛更加嗜血。

沒有再多猶豫，兩人一同躍下地洞之中。

地洞垂直向下，越往下掉，熱力更甚，而雁回也感覺自己周身法力在漸漸流失。

是斬天陣的力量在發揮作用——斬闖陣者之力，以自然之力誅之。

雁回心覺不妙，在將要落地之際，一個騰翔術落下，堪堪在兩人著地之前給了個柔軟的支撐，讓他們不至於直接摔在地上，變成一攤肉泥。

落到地上，雁回此時不得不慶幸，還好這段時間天曜讓她抓緊了內息心法的修煉；要不然，這一路落下來，恐怕到半路上，她的內息便撐不住使不出法術了。

地洞之內，是一個巨大的穹頂，宛如在銅鑼山小山村後面，雁回與天曜去破的那個水之陣法一樣。

只是相比於那遍地冰雪的地方，此處落足生煙，每一寸土地皆如鐵板一樣燒心。

即便五行屬火，但在這樣的地方，雁回也被熱浪熏得快要睜不開眼睛。

「你的龍筋呢？」

天曜望著面前奔騰的岩漿：「在裡面。」

雁回看著沸騰的「嘟嘟」冒泡的岩漿傻了眼：「裡面？」

天曜肯定地點頭：「裡面。」

「……」

能玩？

「這能下去？」

像是要印證雁回的質疑，翻騰的岩漿猛地噴出了一束極高的火焰，逕直燒上穹頂，穹頂之上的泥石登時化為熔岩，隨著那火焰消失，也落了些許岩漿下來。

雖然早有準備，但雁回仍為看到的這一幕感到心驚：「太熱了。」雁回皺眉。「我護身法術在此處撐著已是費力，若要進了岩漿之中，只怕是不攻自破。」

「龍筋我自行去取。」天曜眸中血色升騰。「首先要取了陣眼長天劍，破此斬天陣。」

天曜目光盯著穹頂之下正中的地方。

雁回順著天曜的目光看去……這岩漿之中雖然時不時竄出火柱，但只有那方有一根火柱是始終未曾消失的。

先前她被熱氣熏花了眼，這下仔細往那方一看才恍悟，那方立著的，哪裡是火柱？那分明是被燒得通體鮮紅宛若鎦金的長天劍！

那便是名動天下的第一劍……

雁回尚有幾分愣神，忽然之間，一股熱浪竟橫向切來，逕直砍向她的頸項。

天曜眼睛一瞇，反應極快地推了她一把。雁回晃了身形，只聽「篤」的一聲，熱氣逕直撞向雁回身後的牆壁，在牆上斬出了一個閃耀著火光的裂縫。

雁回回頭一看，登覺害怕。若不是天曜那一推，她的腦袋恐怕都得掉在了地上，更甚者……直接給炸沒了。

此處當真凶險！

當即，雁回回神凝氣，不敢再隨意走神。

「它發現有人來了。」

「誰？」雁回反應了一會兒。「你說長天劍？」

沒給天曜回答的時間，又是一股熱浪迎面斬來，天曜一把拉過雁回，匍匐在地。熱浪再次重重地撞擊在背後石壁之上，石壁裂出一丈長的縫隙，碎石熔化，化作紅色岩漿落了下來。

這一擊，竟比方才更猛烈炙熱！

而這方雁回也沒時間去關注身後的石壁被撞成了什麼樣。被天曜拉倒在地的雁回手指根本沒來得及捻起護身訣，只聽「嗤啦」一聲，她的掌心烙在滾燙的地上，雁回一時竟聞到了烤自己的肉香……

「這什麼鬼地方！」她連忙爬起來，護身訣嚴嚴實實地將自己渾身裹了一遍又一遍。

反觀天曜，已經找回龍骨與龍角的他，經過這段時間的調整與修煉，好似對此處的灼熱已並不在乎，甚至對於這樣的灼熱，他還有幾分喜歡。

畢竟他的身體……冷得太久了。

忽然之間，不知是發生了什麼事，洞內熔岩倏地顏色微微一暗，洶湧噴出的火柱霎時平息。

天曜眸光一凝：「他們已控制住了周邊陣法。速戰速決。」他一聲令下，自己率先身形一掠，踏過雖然沒了火柱噴湧但依舊炙熱的熔岩，逕直衝向了那中間的長天劍。

雁回見狀，眉目一肅，連忙跟上。待得她落到天曜身邊之際，這才看見長天劍所在的地方竟然是一塊在周圍熔岩包裹之下，依舊完好的土地。這劍便插在土地之上，不知已獨守此處多少年。

天曜徒手握上了通體燒得泛白的長天劍劍柄。

長天劍霎時劇烈震顫，像是極其排斥。

天曜不為所動，雁回能看到他的掌心霎時升起了一股煙，皮開肉綻，但他好似根本沒感覺似的，周身氣息翻飛，攪動了整個穹頂之中死寂的空氣，一陣陣旋風平地而起，與他一併拖曳著死死插在地中的長天劍，與這陣法的力量做著抗爭。

然而以天曜如今的力量要拔出長天劍似乎十分吃力。

「血。」天曜一聲簡短低喝。

雁回絲毫沒有猶豫，手下一翻，一把匕首出現在她掌中。眉頭也沒皺一下，雁回便將匕首送進了自己心口處，鮮血立即順著匕首的凹槽處流下，滴滴答答地落在長天劍劍柄之上。

霎時間，劍柄光芒大作，四周風力也更加強勁，將雁回的衣服拉扯得獵獵作響。

鮮血沒入長天劍之中，不一會兒，血跡消失，長天劍劍身的光芒亦是一暗。天曜催動周身氣息，使風力不減反增，那插入地底已不知多少年的長天劍就這樣被天曜一點一點拔了出來。

雁回收了匕首，將它一扔，飛快地給自己止了血，然後半點沒耽擱就去觀察劍尖：「離開地了！」

她話音未落，長天劍徹底被天曜拔了起來，劍刃離地，這柄神劍登時沒了耀目的光芒，變得如同凡鐵一樣，被天曜周身未歇的氣息一捲，「噌」的一聲扎入了一面山壁之中。

陣眼已破，四周岩漿顏色更暗淡了幾分，這洞內灼熱的溫度也霎時降低了許多。

雁回看了眼岩漿的顏色，有些開心：「沒有法術壓制，也不再那般炙熱，這樣的話我也能捻個訣護著身和你下去好好找龍筋了。」

風波平定，天曜卻沒急著直接跳入岩漿之中，他看了眼雁回還在微微滲出鮮血的心頭，眸光微垂：「我去即可……」

他這句話還未說完，倏地一股殺氣溢滿洞穴之內。天曜與雁回皆是一怔，兩人剛放鬆了心情此時並未反應過來，雁回便見眼角一道刺目白光劃過，以迅雷不及掩耳之勢一擊殺到天曜胸膛之中。

比起劍的速度，雁回的目光有些遲鈍地轉了過來，然後她便看見，天曜被那把沒了光芒的長天劍一劍扎穿了胸膛，鮮血都沒來得及滲出多少，天曜便被那劍有力的來勢逕直從這一方著腳的土地上推入了岩漿之中。

「咕咚」一聲，天曜整個身體沒入岩漿之中。

雁回雙目驚駭地睜大，她喚著「天曜」這兩個字的時候，聲音都破得有些嘶啞了。她下意識地伸手要去撈他，可在指尖快要觸到岩漿的時候，方才剛剛平息下來的熔岩霎時又噴出了一記火焰，將雁回逼退回去。

緊接著，那長天劍好像有意識一般，從岩漿之中自行飛出。劍身依舊閃耀，不見半點血跡，然而天曜卻沒了聲息。

死了嗎？身體被徹底熔化了嗎？

一想到天曜會有這樣的結果，雁回登時便感到無比心慌。

正惶然之際，長天劍上隱約凝出了一個人影的模樣。身影若隱若現，但聲音卻那麼清晰：「犯吾斬天陣者，殺無赦。」

劍靈！

雁回驚愕不已，千算萬算，誰能算到這劍居然有劍靈！

它並非死物一把！它是活的！它懂思考，懂偽裝，懂出其不意克敵制勝！所以它方才佯裝被打了出去，所以它找到時機便給了天曜致命一擊！

然而長天劍劍靈卻不僅僅滿足於殺掉天曜，它隨即便將矛頭指向雁回，二話不說，劍勢如虹，逕直向雁回而來。

雁回雖然方才破了心頭流了不少心頭血，然而血已經止住。這些日子以來她在天曜的督促之下勤修心法，此時內息充盈，只是天曜的失蹤讓她心頭牽掛，是以她草草以手中匕首接了長天劍兩記殺招。

形勢頹敗。

雁回心裡清楚，與人對戰最忌心有不安，若這樣下去，她被長天劍捅個透心涼也是遲早的事。

她強迫自己穩住心神，打算與長天劍劍靈好好一戰。因為她知道，只有勝，她才可能有機會將天曜從岩漿裡面撈出來。

哪怕只是具骨頭，她也要知道，這個和她走了這麼長一段路，歷經過這麼多生與死的妖龍，到底是不是死在了這裡。

雁回眸光凝神，面露殺氣，目光如鷹隼一般直勾勾地盯著長天劍劍靈。天曜先前教她令五感變得聰慧的心法她用上了，以前在辰星山學的劍法招數她也擺了出來。

妖術與仙術同時使用，雖然是第一次，但雁回並沒有覺得有任何不適。長天劍哪怕只有一絲一毫的挪動，雁回也能看得清楚。

忽然間，長天劍一擊殺向雁回，便似剛才刺穿天曜時那樣，速度極快，來勢洶洶。雁回手中匕首那麼短，對付長劍本是不利，但匕首在她手中卻像是能玩出花來一樣，她以匕首側身擋住劍刃。

劍刃與匕首之間摩擦出火花，雁回一個太極陰陽手，順勢將力道一倒，來勢洶湧的長天劍登時變成了她匕首上的玩偶，三兩下一轉被她握在了手中。

劍柄上立即閃出火花，給雁回劇烈的灼痛感。

方才天曜……竟是忍耐著這種灼痛將長天劍拔出來的嗎……

雁回一咬牙，愣是沒有鬆手，渾身的護身訣似乎都捻在手上了一樣，她握著長天劍，直到劍靈放棄了在她手中掙扎。

雁回握住它之後，別的都沒說，先在地上狠狠敲了兩下以示洩憤：「還有什麼花樣？來啊！」

長天劍上忽隱忽現的劍靈被雁回這往地上敲的招數打得有點愣神，待緩過神來，似覺得極為恥辱：「妳這宵小之輩！」

它剛罵了一聲，雁回又將它狠狠敲了兩下，只是這次敲完，劍靈還沒說話，穹頂右方倏地傳來「咚」的一聲，是一道機關石門被打開了，緊接著一連串仙門守山弟子用棉布掩著口鼻魚貫進了這裡。

走在中間的，便是讓雁回一見就寒了目光的凌霏。

「呵，雁回。」那邊也是一聲冷笑。「竟然又是妳。」

當真是仇人見面，分外眼紅。

雁回握著長天劍沒有說話。

倒是旁邊的仙門弟子有的眼尖，看到了雁回手中的劍：「她！她破了斬天陣！她要盜取長天劍！」

雁回目光寒冷，盯著那喊話的弟子：「舌頭長的人死得快，妳師父沒教過妳嗎？」她面容森森，看得那本未經歷多少世事的仙門弟子微微往後一退。

凌霏一把將退了一步的弟子從自己面前推開：「妳這叛徒，先前私通妖族，而後又闖三重山欲救妖孽，如今，竟是來幫妖族的人盜取長天劍了嗎？」

雁回皺了眉頭：「話我只解釋一次，長天劍，我從來沒有動盜取的念頭，是誰的，它依舊是誰的。」

「背叛者的滿口假話。」凌霏說得有幾分咬牙切齒。「真是聽著便也讓人覺得噁心！今日，我便要讓妳為此前做過的惡事付出代價！」

言罷，凌霏根本不給任何人反應的時間，手抓拂塵一把掃向雁回。

雁回握著長天劍一舞：「該為惡事付出代價的是妳，還有妳那姊姊。」她已不是一個月前在小客棧裡，被凌霏出其不意的軟劍毀掉臉的人了。

雁回此時正巧五感十分靈敏，幾乎不用看凌霏，一手抬劍，硬生生地接下了凌霏的拂塵。隨即拂塵消失，凌霏立即抽了腰間軟劍，逕直與雁回近身鬥在一起。

兩人爭鬥，誰也沒有吝惜力氣，將四周礡石打得紛紛掉落在岩漿之中。

然而待得塵埃落定，眾仙家弟子定睛一看，在那中間只夠立足的平臺之上，凌霏竟被雁回踩在了腳下。

炙熱的泥土讓凌霏發出了驚呼。

雁回眸色寒冷：「燙嗎？痛嗎？妳為難人的時候，便也該想想現在的感覺。」

凌霏恨得咬牙切齒：「妳這無恥之輩！妳有何資格說此話！」

凌霏受困，眾仙家弟子皆想上前去攔，然而所有人都被雁回腳踩凌霏的姿勢驚得說不出話來了，怯怯地不敢上前。

雁回嘴角一勾，也是冷笑：「還妳一句話，妳以為我還會敗在妳手下嗎？」

語音剛剛落下，忽然之間腳下冰雪法陣倏地大起，寒氣登時溢滿整個灼熱的洞穴之內。

雁回看著腳下熟悉的陣法圖案，心頭血霎時湧上大腦，又像在半途當中凍成了冰一樣，讓她整個腦袋立即處在了一片死寂當中。

這法陣……

是凌霄來了。

冰雪法陣閃爍著令人心涼的藍光，一如雁回離開辰星山的那日。寒氣自法陣之中溢出，令洞內這灼熱岩漿都暗淡了幾分。

雁回尚在失神之際，忽見一記藍光自法陣之中猛地射出，逕直擊打在她的腹部之上，將她推得往後退了三步，在即將踏入岩漿中時，雁回才堪堪停住了腳步。

不過一眨眼的時間，方才被她制伏於地的凌霏便不見了蹤跡。

取而代之的是雁回再熟悉不過的氣息，在鼻尖流轉。雁回瞇眼一望，白袍仙人攬著凌霏落在仙門弟子站著的地方。

他面容清冷，氣勢如舊，一別已有數月，人間已換了一個季節，然而她的師父卻似一點也沒變過。就像那過去的十年，時間在他的容顏上，刻不出一絲半點的痕跡。

「師兄……」凌霏望了一眼凌霄，眼眶霎時竟有幾分紅了起來。「你來了。」

好似受了極大的委屈。

雁回聞言，一聲短促的冷笑不可自抑地哼了出來。

她這聲極其輕蔑的冷哼自是逃不過在場修仙人的耳朵，凌霏轉頭看了她一眼，眉眼倒豎，好似恨得咬牙切齒：「這雁回，幾個月前便勾結妖族，私放狐妖不說，下了山，更是裡裡外外幫妖族行罪惡之事，而今更是來盜取長天劍，簡直膽大包天。」她盯著雁回，目光陰狠。「如此餘孽，師兄萬不可念在往日師徒情分上，再對她心軟了。」

雁回又忍不住笑了——說得好像凌霄往日念過師徒情分一樣。

她這個前任師父，剛正不阿，公正無私，是整個辰星山乃至修仙界都知道的事。

雁回將手中長天劍一擲，劍尖入地三分，劍身嗡鳴，可見她擲長天劍的力量不小：「長天劍我不要。以前在辰星山，私放狐妖的是我，但我沒勾結妖族。現在妳說我幫妖族做事也沒錯，但我沒想盜長天劍。」她直勾勾地望著凌霄。

師徒兩人，四目相接，神色皆是凝肅。

「言盡於此，信不信由你。」

說著這句話的時候，雁回的手在背後悄悄地結印，天曜還在岩漿之中，她沒時間在這裡耗，她得去找他：「凌霄道長……」

雁回喊了凌霄，本打算藉此轉移眾人注意力，哪想她這四個字字音都還沒落下，凌霄倏地便不見了身影。

雁回心道不妙，下意識地便想要躲，可她後退一步，卻堪堪撞進了一個人的胸膛之中。雁回往後一望，凌霄在她身後眸色清冷地盯著她。

雁回一驚，再一次抽出先前已收回袖中的匕首，手快地向後刺去。

可她的動作卻根本不及凌霄的快，或者說，凌霄早就已經猜到了她下一個動作。

在她握住袖中匕首的時候，凌霄便手一探，制住了她的手肘，不過拿捏著力道輕輕一轉，像逗小孩一樣，雁回便被他從後面擒住了胳膊。凌霄另一隻手一擊雁回手肘，雁回登時便覺得一股麻勁兒從手肘之處傳來，一路傳到她的指尖，讓她再無力氣握住匕首。

於是雁回手一鬆，匕首落在地上，輕輕一滑，落進了岩漿之中，登時被熔化了。

也是，論外家功夫，她怎麼玩得過凌霄呢？他是她師父，十年來但凡有所精進無不是凌霄提點起來的，她要出什麼招，要做什麼打算，他可能比她自己更加清楚吧。

而內功心法……更是不必說。

忽然間，雁回腦中一道精光閃過——並不是這樣的，她還學了別的內功心法，凌霄所不知道的！

當即她沉住了氣，手臂一振，一股力道順著手肘反推回去，擊在凌霄手上。凌霄只當雁回是要掙扎，按照應付仙家內功心法的招式去對待，哪承想那力量竟然穿透了他的抵擋，逕直撞進他手臂筋骨之中，妖氣盤繞了他整個小手臂。

凌霄當即鬆手，雁回立刻連連退開，隔著三丈的距離，踏空浮在岩漿之上。

她看著凌霄。看凌霄向來冷漠的神色被微微打破，雁回竟有一種詭異的報復快感——

你看，沒有你教，我依舊可以進步很大。

她知道自己這樣的心態，就像一個不懂事的小孩在和大人炫耀自己學到的新本事，想讓大人驚訝，想讓大人將注意力盡量多地落在她的身上。

儘管知道自己這樣的心態有多幼稚，但雁回在凌霄面前或許已經很難改這稚氣。

凌霄看了雁回許久，也沉默了許久，然後垂了眼眸，只看著自己的手，將妖氣一點一點逼了出去。待他再一抬頭時，盯向雁回的目光裡更多了幾分肅殺：「妳修了妖法。」不是疑問，是肯定。

「是又怎樣？」

凌霄面色一沉：「簡直荒唐！」他斥她，一字一頓，語氣是雁回在以前都極少聽到的震怒。

「有何荒唐？」雁回不解。「我被逐出辰星山，既然不再是辰星山人，我做什麼事自然與你們辰星山無關。」

凌霄脣角一緊，看著倔強地挺直背脊毫不認錯的雁回，他一默，然後道：「我便不該讓妳出辰星山。」他語氣大寒。「竟放肆至此。」話音一落，凌霄雙手合十，慢慢拉開，一柄似由堅冰雕琢而成的寒芒長劍出現在他手中。

那是他用來對付妖魔的劍，雁回知道。現在他要用這劍，來對付她了……

然而，雁回並沒有覺得自己哪裡放肆，更不知道自己錯在哪裡，以致凌霄要將她斬於這柄劍下。

「我是被逐出辰星山之人，我與辰星山，也與你凌霄道長再無關係。而今我的身體我想讓它修什麼，是由我來做主。你，還有凌霏，有什麼資格對我的事情指手畫腳、品頭論足？」雁回立在空中，不卑不亢道：「我更不該接受來自你們的懲罰與制裁。」

凌霏在後方厲聲道：「妖即是惡，修妖法即是入邪道，除妳乃天下大義，何須資格？」

雁回望著凌霄沒有說話。

妖即是惡，你也這樣想嗎？

那個告訴她，即便殺，也要心懷慈悲的人，也是這樣想的嗎？

他大概是這樣想的吧。所以他同意了販賣狐妖，默許了以狐妖之血煉香以滿足那些「貴族人」的欲求？所以他成了素影的幫手，召開辰星山的大會，殺了或許與他們意見相左的棲雲真人？所以他也和素影一樣，在籌備著與妖族開戰，想一吞青丘，將西南版圖也納入中原的懷裡？

雁回這些問題沒法問出口，自然也沒法等到回答，但她卻等來了凌霄攜著寒意與殺氣的迎頭一劍。

她凝了眸光，並不打算就此認命，她運起天曜教她的所有心法。大概是因為從未如此大規模地調動過身體裡這樣的力量，所以雁回也從來沒有感受到她心臟裡的那塊護心鱗這般炙熱地燃燒過，駐紮在她的心裡，給她支持與力量。

與凌霄一戰，雁回想也不用想就知道自己會輸，但她沒辦法說服自己不去戰鬥，因為不去爭鬥，就好像她也認同了那樣的價值觀一樣。

所以即便是輸，她也要變成他們眼裡嘴硬的死鴨子，永遠不去承認與她自己的「正義」所違背的事。

即便全世界都站在了她的對立面。

與凌霄打了不過三招，雁回的護身訣已破，凌霄一劍直取她的心脈。然而臨到頭卻劍勢一轉，反過劍柄，狠狠地擊打在她的頸項邊上。

然後雁回便感覺到自己的世界一片黑暗，她往前一傾，倒進了小時候帶她回辰星山的那個懷抱裡面。

清涼的溫度如舊，只是雁回再也感覺不到其中暗藏著的溫暖了。

「回辰星山。」

凌霄接住被自己打暈的雁回，淡淡下令。

凌霏見雁回只是昏迷，當即皺了眉頭：「師兄，雁回行了如此多大逆不道之事，事到如今，為何還不殺她？」

凌霄抱著雁回走過凌霏身邊，沉吟了片刻：「十年師徒，留她一命，此次回山我自有處罰她的方法。」

凌霏心急道：「先前將雁回逐出辰星山時本該還有一頓鞭打，那次師兄饒過了她，如今竟還要護短嗎？」

凌霄腳步微微一頓，側眸掃了凌霏一眼，凌霏接觸到他的目光，微微一怔。

四周仙門弟子都在，凌霄不過默了一瞬，復而開口：「回辰星山後，我親自執鞭，行刑九日，日日鞭打她八十一鞭，直至她周身法力盡失，筋骨仙脈盡斷，此生再無法修仙，以示懲戒。我獨留她一命，這在凌霏道長眼中，卻也是護短？」

打散法力，抽斷筋骨仙脈，致使她此生再無法修仙……

若真是那樣，只怕是修什麼都不能了，下半輩子走路恐怕都成問題吧。對於沒修過仙的人來說，這恐怕不算什麼，但對於入過仙門，曾馭劍在空中自由翱翔的人來說，這無疑是再狠戾不過的懲罰了。

若是這樣懲罰她，倒還不如讓她死了呢……

周遭仙門弟子皆是沉默，凌霏也閉口不再言語。

凌霄便抱著雁回，一步走在前面，出了地底炎洞。

沒有人跟上來，所以也沒人知道，他在出炎洞之時，目光微垂，落在雁回的臉上，沉默了許久，然後對著她心口處先前因取心頭血而留下的血跡，沉默無言。

雁回再醒來的時候，呼吸到的已經不再是西南之地那般渾濁的空氣。此處靈氣氤氳，是她從小呼吸到大的熟悉氣息。

辰星山……

雁回一下便分辨出了自己所在的地方，只是她如今身處之地四周黑暗寂靜，只有一束光從天頂上照下來，落在地上，透出斑駁的影子。

雁回瞇眼去看，有些被陽光晃花眼睛。也不知道自己現在到底是在辰星山的哪個地方。

她想站起來走兩步，卻發現自己四肢分別被四根沉重的鎖鍊套住，一動腦袋，脖子上也有被堅硬鐵塊束縛的感覺。她抬手一摸，脖子上果然也鎖了鐵鍊。抬頭看了看，鎖住她的五根鐵鍊皆被死死固定在洞口周邊，旁邊還有封印法文。

雁回試著往身體裡探了探，果然，身體裡內息虛無，約莫是被封住了。要提起氣息飛出去只怕是不能了，好在鐵鍊的鍊條長，不影響她在這地牢裡來回走動。

雁回盤腿坐下，不明白事到如今，凌霄帶她回辰星山到底又是怎麼個意圖。還有被留在三重山岩漿裡面的天曜，會不會真的被熬成龍湯……

「師父！」雁回這裡還在想著，頭頂洞口外傳來了子辰的聲音，說得又急又快。「師父！此鞭刑委實過重，雁回既已不再是辰星山弟子，師父為何不放她一馬？」

「談何過重？」

聽到凌霏這不徐不疾的聲音，雁回挑了挑眉，這聽起來，外面好似還來了不少人啊。是凌霄要拿鞭子抽她，所以還請了很多人來觀禮嗎？

「而今這雁回已經修了妖法，精進奇快，還一心幫妖族做事，若放縱下去，怕是為害天下。她既然曾是辰星山的人，師兄為蒼生除害，有何不妥？」

聽起來好像很有道理。

雁回聽到子辰沒了聲音，本來她這個大師兄就是個不善言辭的人，哪會和人針鋒相對地爭執呢？

這樣的時候能幫她說話，已是很不容易了。

外面不過沉默了一瞬，凌霄便開了口：「正午了，施鞭刑。」

隨著他話音一落，雁回只覺四肢的鐵鍊倏地一緊，拉著她便往洞口而去，一直將她送了出去，然後鐵鍊一節接一節在空中變硬，直到變成了支撐著將她吊在空中的力量。

往下一看，雁回不由得挑了眉頭，竟是辰星山的師叔師伯們盡數在場，連帶著各峰的大弟子都在後面排隊站好了。

最前面的是凌霄和子辰、子月，以及雁回再熟悉不過的一群師兄師姊。

還真是在觀禮啊……

不過當雁回看見凌霄手中的鞭子時，她霎時明白了，大家都這樣站著，到底是為什麼。

滅魂鞭，斷其筋骨，滅其仙根，使其魂魄大傷，這輩子，都沒有修道的可能，或許會直接讓她成為一個廢人。

這對於修仙者來說，無疑是最為嚴苛的懲罰了。辰星山開宗立派以來，雖然立了滅魂鞭這個規矩，卻從未有人被施以這個處罰。當徒弟的再怎麼錯，很多師父也狠不下心。

畢竟是自己一點一點看著長大的孩子，一點一點教出來的徒弟。

而凌霄，卻能下得了手。

她修妖法，在他心中竟是犯了這麼不可饒恕的錯嗎？

凌霄捻訣，手中滅魂鞭凌空飄起，長鞭在空中一轉，舞出鮮紅的一道光影，而後「啪」地抽打在她身上。雁回一時只覺被抽打的地方麻成了一片，待到第二鞭快落下之際，那傷處才傳來寸寸如針扎的痛感。

第二鞭落下，抽打在同一個地方，本就如針扎般疼痛的地方，這一鞭像是將那些針都抽打得穿透了她的骨頭一樣。

雁回不可控制地唇色一白，她咬住了唇，眼睛驀地充血。

第三鞭，依舊是同樣的地方！

雁回咬破了唇，鮮血在嘴角落下，但她卻感覺不到疼痛，因為身體能感覺到的疼痛，都在被鞭子抽打的那個地方了。

九日，八十一鞭，每一日抽打的地方不同，但日日八十一鞭都會落在同一個地方。

不過打了七、八鞭，下方有些弟子便看不過去了，沉默地低下了頭。子辰唇角顫抖：「師父！念在多年師徒的分上，便放過雁回吧！」

凌霄不為所動，旁邊凌霏眼神一斜，瞥了他一眼，嘴角微動似又要開口。子辰逕直一撩衣袍跪了下去：「雁回自幼孤苦，心性難免散漫，縱使有行差踏錯，可也從未行害人之事，好歹也與師父十年相伴，而今便饒了她這一次吧！」

雁回已被鞭子抽得有些神志模糊了，但子辰跪在地上苦苦哀求的聲音卻傳進了她的耳朵裡。

「師父……」子辰身旁，也有其他弟子站了兩步出來。「雁回雖有過錯，但此刑委實過於殘忍……」

有人開口，身後的弟子便也都輕聲附議。

凌霄只抬頭看著依舊在受鞭刑的雁回，他像是根本沒聽到身邊的懇求一樣，絲毫不為所動。

雁回死死咬住唇，即便已經將唇咬得稀爛，也沒失聲喊出一句痛來。倔得像塊石頭。

第一日這八十一鞭雁回不知道是怎麼挺過去的，她並沒有昏迷，也沒有閉眼，就這樣睜著眼，咬著牙，硬生生受完了這八十一鞭。

待到最後一鞭落下，雁回聽到自己身體某處筋骨發出斷裂的聲音。她不清楚到底是哪兒傷了，因為整個身體好似都已經痛得不像她的了。

行完刑，鍊條慢慢落下，將雁回重新放回了地牢之中。外面的人慢慢散去。

雁回躺在地上，望著外面的天，不久便看見子辰滿是擔憂的臉出現在洞口，他望著下面的雁回，一言不發。

雁回卻拚了最後一點力氣，咧嘴笑了笑：「大師兄。」她的聲音沙啞至極：「謝謝你。」

然後天上便像下雨了一樣，有水珠落在雁回的臉上。子辰一抹臉，道了聲對不起，咬牙走開。

她這個大師兄啊，就是喜歡把責任往自己身上攬，他有什麼好對不起她的呢？又不是他打的她，他能做的，也都幫她做了……

傍晚時分，雁回躺在地上，忽然聞到了一陣飯菜香，是久違的張大胖子做的大鍋飯的味道。

雁回鼻尖動了兩下，抬頭望上洞口，只見一個人影拉著竹籃將東西一點一點送了下來，落到雁回的腦袋邊上。

雁回瞇著眼睛看清了那個人影，微微一愣：「子月？」

子月身影一僵，沒想到雁回竟然還醒著，她好似並不想讓雁回發現是自己，於是咳了兩聲：「那個，是大師兄讓我來送飯，妳快點吃，吃完我要走了。」

雁回微微撐起身子，往籃子裡一看，有飯，有雞腿，還是兩隻大雞腿。

子月是知道她喜歡吃雞腿的，以前吵架時，子月還經常剋扣雁回的雞腿以示懲戒。雁回現在是被罰之人，被罰之人的菜裡怎麼會有雞腿，不知道子月又是怎麼從張大胖子那裡偷來的……

雁回笑了笑，拿出一隻雞腿吃了，又扒了兩口飯菜。

其實她是沒什麼食欲的，但卻還得強迫自己吃飯，因為不吃飯，怎麼能挺得過明天那八十一鞭呢？她還不想死，就算筋骨盡斷，就算再無法修仙，她也不想死。

她還有天曜……要去救呢。

待得竹籃裡面的菜空了些許，雁回才看見在雞腿旁邊藏著一小瓶藥，辰星山治跌打損傷的外傷藥。

雖然這藥對她這被鞭子抽的傷並沒什麼用處，但雁回還是收下了。

「我吃好了。」她說著，子月便將籃子收了回去，看見裡面的藥沒了，子月點了點頭，走的時候還嘀咕了兩句：「作死修什麼妖法。這次我們幫妳求情，如果師父肯放了妳，妳出去再也不要和妖怪混了，如果妳還那樣，就真是死有餘辜了。」

雁回聞言卻是笑了出來。

一笑，以前和她鬧成那樣的師姊竟然在這時候也會幫她求情；二笑，要讓凌霄放了她，恐怕比飛升還難；三笑，子月這番說辭……

其實辰星山的弟子們都不壞，修仙修道者個個都想除魔斬妖，護蒼生太平，一如兮風，一如子辰，甚至子月，他們都有溫柔的一面，他們都有很好的心性，只是……

教錯了。

妖也並不全是惡呀。

雁回想著這些亂七八糟的事情，迷迷糊糊地睡了過去。

半夜的時候傷口又疼得鑽心，半夢半醒之間，她好似看見了天曜。天曜坐在她的身邊，沉默地看著她。

「二十年前，你也是這樣痛嗎？」她問他，卻並沒有得到回答。

但雁回現在也不需要回答，她以前看見天曜在月圓之夜疼成那副樣子，她覺得似乎自己已經與他感同身受了。然而現在雁回才知道，其實並沒有。天曜的疼痛只有他自己知道，而她現在的痛，也只有她自己知道。

被所愛之人以最殘忍的方式傷害，有多痛，只有自己才能體會得到。

她抓住他的手，輕輕握著：「好笑，這種時候，我卻有點……心疼你呢。」

被她握住手的人，只是沉默。

第二日正午很快就來了，雁回尚在朦朧之中，便被吊了起來。

與昨日一樣，八十一鞭，鞭鞭打在同一個地方，而與昨日不同的是，今日別的師叔師伯皆沒有來。只有凌霏在一旁看了一陣，沒有看完，便也走了。

凌霄今日沒有允許他門下的任何弟子跟來。

直至八十一鞭打完，雁回也沒有看見子辰與子月。

鐵鍊慢慢落下，帶著她回地牢之中。降落下去之前，雁回看了凌霄一眼，但見負手而立的他嘴角有幾分緊繃，雁回不由得輕聲開了口：「師父。」

凌霄微微一怔，眸光凝在了雁回身上。

雁回笑了：「你也會心疼我嗎？」

雁回被鐵鍊拉著入了地牢。凌霄唇角微微一動，最終卻只是垂下了眼眸，他一拂袖，山風撩起他的衣袍，他獨自邁步，好似無比淡然地離開了。

深夜，雁回又夢見天曜了，他坐在她身旁一言不發地陪著她，許是晚上，又在夢中，雁回到底是有點服了軟：「好痛啊！」

她說。換來了天曜微微一蹙眉。

他默了很久，然後問：「後悔入辰星山嗎？」

即便是在如此混沌的狀態當中，雁回想也沒想地堅定搖頭：「不悔。」

這一輩子，即便自身再遭受多幾百倍的疼痛，雁回也從來沒有後悔過，在她還小的年紀，遇到那個白衣翩翩的仙人，牽著他的手，跟著他的腳步來到了辰星山。

那是她的恩人、親人，也是她從小到大，說不清言不明的夢。

即便現在這個施與她一切的人已經將這一切都抽打破碎，但以前有過的感激和感動也是實實在在存在的，是凌霄成就了現在的雁回，她從不後悔遇見他，從不後悔入辰星山。

天曜脣角微微抿緊，沒再說話，直到雁回沉沉睡去。

第三天，第四天，第五天，每天鞭刑都在繼續，雁回的氣息一天比一天虛弱。第五天晚上子月來給雁回送飯，但雁回已經連抬頭的力氣都沒了，飯菜放在面前，她睜著眼睛能看見，卻半點也動不了手去拿。

「還有四天……妳這樣會被打死的。」

是呀，滅魂鞭斷人仙根，可從來沒人知道在斷仙根之前，這個人會不會被活活打死。

「大師兄已經在師父門前跪了三天了……臉都白了。可師父還是無動於衷，我們……也沒辦法了。」

雁回聞言，嘴角顫抖著彎了彎，凌霄……是真的狠下心腸了，他決定的事，誰也改變不了。

雁回閉上了眼，沒有說話。子月看她吃不了東西，便將籃子收了回去：「以前我總覺得大師兄偏袒妳，所以加倍討厭妳，可我從來都沒想過要妳死。這次我會幫著大師兄的，我去和他一起求求師父。」

子月是喜歡子辰的，雁回一直知道，聽著子月的腳步聲行遠，雁回再也想不了其他，腦子混沌成一片，不久便陷入一片虛無當中。

已禁受了五天鞭刑，雁回的身體極冷，也正因為這樣，她從沒像現在這樣發現她心口那塊護心鱗的滾燙。像是她身體的最後一道防線，在給予她唯一的溫暖。

雁回感覺自己沉浸在一片混雜又冰冷的黑暗當中，心頭卻擠壓出更多的溫暖，慢慢融進她的四肢。

「雁回。」

她聽見天曜在喚她。不同於前幾日奇怪的沉默陪伴，今天聽見的聲音，更像是雁回所認識的那個天曜。

「雁回，不要放棄。」他的聲音在腦海裡盤旋。「再堅持一下。」

他的聲音像一隻手，托住了不停往下墜的雁回。心口的護心鱗越發炙熱，熱得讓雁回不由自主地想，若是天曜不曾受過那般傷，他的懷抱，應該也會這麼溫暖吧……

雁回忽然很慶幸自己現在能識得一個名叫天曜的人，他能讓她在這種時候也並不只是心懷悲戚，他能讓她，還有別的事情可以去思考。

第六日正午，雁回依舊被鐵鍊拉了出來，她連眼睛也沒有睜一下，沉默地等待著疼痛降臨。然而今天尚未等到鞭子落下，雁回便聽到一聲由遠及近的急喚：「師叔！凌霄師叔！」

來人又急又慌，雁回不由得微微睜開了眼往那邊看去。今天來看雁回挨鞭子的人一個都沒了，只有那馭劍而來的辰星山弟子慌慌張張地躍下劍來，還沒站穩便對凌霄道：「凌霄師叔，青丘眾妖進攻三重山，昨日夜裡，已邁過三重山，今日繼續向前挺進，邊界仙門奮力抵抗，傷亡慘重！邊界仙門預料其走向，全是向廣寒門而去！」

凌霄聞言，眉頭狠狠一蹙。

妖族先前與廣寒門宣戰，動手是遲早的事，只是誰都沒料到，竟會這樣快。更沒想到，妖族竟當真會傾全族之力，進攻廣寒門。

「素影門主傳來急訊，著今晚於廣寒門共商迎敵大計。」

廣寒門離辰星山不近，若今晚要到廣寒門，那現在出發馭劍而去時間或恰好合適，雁回這一頓鞭子抽下來，或許得一個多時辰，到時候再去，怕是就遲了。

凌霄略一沉吟，做出了決斷：「著張宿峰師叔凌雷今日、明日給雁回行刑，令心宿峰凌霏監督執行，若我後日未歸，則凌雷將剩餘四日刑罰行至結束。」

弟子領命而去。凌霄抬頭望了雁回一眼。

最終依舊是什麼也沒說，籠袖踏風而去。

不過片刻，凌雷與凌霏便來了。凌雷是除了凌霄辰星山內息最為渾厚的師叔之一，由他執行鞭刑，確實合適。然則凌雷心性寬厚，極少對弟子下得了狠手，所以凌霄還派了凌霏來監督執行。

凌霏與雁回有仇，凌霄不會不知道，辰星山誰都可以放過雁回，但凌霏不會。

凌霄竟是在這片刻時間裡，將這些都算計了個清清楚楚……

凌雷握著鞭子看著奄奄一息的雁回，果然心有不忍，一時沒有捻訣。然而依舊戴著幕離遮住臉的凌霏一直在旁邊冷眼看著，見凌雷猶豫著不動手，她便冷聲道了一句：「凌雷師兄，再不行刑，時間便要過了。」

凌雷到底是只有嘆口氣，捻訣催動鞭子向上而起。

雁回已經不用咬牙忍痛，不讓自己發出哼聲了。因為現在，即便張著嘴，她也再無力氣哼出一聲來。

第六日鞭刑行完，雁回重新落入地牢之中，只覺自己周身筋骨盡斷，身體如一攤爛肉一樣，連手指都無法動彈一下。

她閉著眼，又陷入了昏沉之中。

所有的疼痛都已消失，只有心口的護心鱗依舊堅持不懈地溫暖著她的身體。還有腦中天曜的聲音，一直在喚著她的名字：「雁回，雁回。」

她感覺到，此刻的自己，還活著。

真好……

深夜，皓月當空，月光正巧照進了雁回的地牢之中，月光在黑夜之中實在太耀眼，雁回眼瞼動了動，睜開來，晃眼之間，雁回似乎看見一道黑影在自己身邊晃了一下。

她一眨眼，神志清醒了一些：「天曜？」

她喊出口的聲音沙啞至極，像是喉嚨已經被撕碎了一樣。

身邊的黑影微微一頓，做出了澄清：「是我。」

聽到這個聲音，雁回有些愣神：「大師兄……」

子辰在雁回身旁，手裡拿著一個物事，在雁回腳上的鐵鍊上畫符咒。

雁回艱難地動了動腦袋，往他手裡定睛一看，這才發現子辰拿著的竟然是日日抽打她的那根滅魂鞭。雁回訝然：「怎麼……」

「師父不在，凌霄師叔看這鞭子看得沒那麼緊，我將它偷了過來。」不等雁回問完，子辰便答：「妳身上的鐵鍊要此鞭畫咒方能解開，我讓子月去開山門了，等我將妳身上的鐵鍊都解開了，便帶妳出去。」

他專心畫著咒，都沒有看雁回兩眼。

但雁回知道子辰是一個怎樣遵紀守德、聽從師父命令的好徒弟。他向來正直，從不行半點違逆師命之事。他是凌霄的大弟子，所以便一直以身作則，從來沒有哪一天有所懈怠。

而這一次，他竟然偷了師叔的鞭子，打算私放雁回。

「大師兄……」雁回眼眶微潤。

她向來不怕艱難險惡，不怕冷言惡語，她只怕別人對她好，她虧欠著一直還不起。

凌霄鐵了心要斷雁回的仙根，即便身有要事，也不忘交代他人來繼續做完這件事，而子辰就這樣放了她，待得凌霄回來，他將面臨什麼樣的責罰，雁回無法想像。

腳上的鍊條被子辰解開了，然而雁回依舊控制不了自己的雙腿，六次滅魂鞭，已足夠傷其筋斷其骨了。

子辰專心地給雁回解手上的鐵鍊，此時他腦袋離雁回更近一些了，便輕聲說著：「這次離開辰星山後，便去妖族的地方吧。中原不留妳，妳便去那地方好好活下來。」

聽到這句話，雁回默默側了頭，眼角淚水沒入地上。

子辰想讓她活下來，所以願意拋棄扎根於他觀念中的仙妖之別，不帶有半點歧視地讓她去妖族，只為讓她活下來。

左手的咒畫到一半，忽然之間，地牢洞口外有人影一閃，子辰與雁回皆是一驚。

子辰抬頭，見凌霏站在洞口之外，一身白衣映著清冷月光，她一聲冷笑：「師兄不在，我怕有人動了私念，便來巡視一圈，沒承想，還真有這樣膽大包天的人。」

子辰一默。

「子辰，你身為凌霄師兄第一個入門弟子，而今便是這樣忤逆你師父的命令？」她道：「你現在將雁回腳上的鐵鍊銬回去，出來，我便當今夜未曾看到過這一幕。」

子辰一垂頭，繼續給雁回手上的鐵鍊畫符。

雁回心頭震顫：「大師兄。」

「她在三重山傷了元氣，如今不一定是我對手。」子辰悄聲道：「待解開枷鎖，我強行帶妳出去。」

凌霏未聽到子辰的言語，但也看出了子辰不打算聽她的命令，凌霏神色大寒，她冷冷一笑：「好，那便別怪我心狠。」她說罷，身影一動，閃去了一邊。

自從傷了臉之後，凌霏周身戾氣越發地重，不知她會做出什麼事來，雁回心頭直覺不妙，她推子辰：「你快出去。」

適時子辰已解開了雁回的左手，只剩下脖子和右手的鐵鍊未解開，他哪肯出去。

雁回推他不動，她要勸，忽覺四周地面血光一閃，整個地牢之中殺氣四溢。凌霏啟動了這地牢裡的殺陣！雁回驚愕，她竟是要下殺手！

她本來在三重山也是想殺了雁回的……

「她要殺我，大師兄，趁陣尚未結完，你出去。」

子辰不為所動，將雁回右手鐵鍊上的符咒畫完，她手上鐵鍊應聲脫落，僅僅剩脖子上的鐵鍊未取。

而不過這片刻耽擱的時間，地牢之中血光大作，法陣在地下旋轉，光芒強烈直衝洞口之外。

雁回只覺寸寸血肉好似都要被這陣法吸乾了似的，極難受。她沒想到這地牢的法陣竟有如此厲害，但一轉念，這是關押辰星山犯了大錯的人的地牢，其中的殺陣是清廣真人布下的，自然不簡單。

凌霏在洞外亦是非常驚愕了，她見血光沖天，逕直染紅了頂上天空。她本意只是想殺了雁回，普通陣法在啟動到完整之時都是有一個過程的，她本想子辰會在那段時間裡出來。

但誰料這法陣竟然……

地牢之中，雁回與子辰並不知道外面情況。子辰亦是雙目充血。他將雁回抱了起來，手裡依舊握著滅魂鞭，在她脖子上艱難地刻畫著符文，他周身結出結界，將兩人護在其中。

但他的結界在殺陣法力的衝擊之下已經左右晃蕩，眼看著便要維持不了多久了。

子辰的心口沒有龍的護心鱗，他只是個普通凡人修的仙，他的法力修為只是高於同輩之人，並不足以與這樣的陣法之力相抗衡！

雁回心焦似火：「你出去！」她啞著嗓子喊：「你出去！」

她話音一落，子辰的結界應聲而破，登時殺氣迎面席捲而來，子辰霎時七竅出血。

雁回卻安然無恙，她心頭護心鱗大熱，她一時還以為是護心鱗在發揮作用，卻發現自己周身有細小的風在圍繞著她旋轉，將撲向她的殺氣盡數化解了。

這樣溫柔的風，是子辰的力量……

雁回脖子上的符咒還有兩筆未畫完，但子辰身體已經撐不住了，腦袋搭在雁回的肩頭之上。

雁回拚盡全力撐住身體，她感覺到子辰的血順著她的肩膀流過她的鎖骨，然後一點一點浸溼她的衣裳：「大師兄……」雁回驚駭非常，聲音是從未有過的顫抖。「不要啟動法陣了！」

雁回在驚惶之中用盡全力衝洞口外面啞聲嘶喊：「不要啟動法陣了！放大師

兄出去，放他出去！」

凌霏在洞外看著殺陣陣眼在微微閃爍著紅光，她此時若是以法力強行打斷陣眼運轉，或可停止此法陣，只是……恐怕要搭上她半輩子的修為……

她猶豫不決，而此刻地牢內的子辰的手再也握不住滅魂鞭，無力地垂搭下去。

雁回脖子上的符咒，只剩下半筆未畫完。

「雁回……」子辰聲音低弱。「師兄沒用……」

雁回搖頭，哽咽難言。

因為有子辰的風一直在她周身旋轉，所以雁回尚未感覺到殺陣的巨大壓力，但是她的身體卻止不住地戰慄，像是靈魂都在發抖一樣。

「……我救不了妳。」

「不要救了，不要救了！是我錯了。」她喊著，已是滿臉的淚。「我錯了，我錯了，凌霏！我願以命償罪！妳放過大師兄！求妳放過大師兄！」

聽著雁回像困獸一樣嘶喊，凌霏微微一咬牙，她看看自己的手，又看了看法陣陣眼。而便在此刻，空中傳來凌雷一聲粗獷的喊：「此處為何會這樣？」

其他人會發現她的。

會發現是她啟動了殺陣，殺了子辰……

凌霏心底一慌，施了一個遁地術，霎時消失在此處。

凌雷落在地上時，周遭已一個人也沒有了，他往洞裡一望，眼睛霎時被裡面漫出來的紅光刺痛，好似要瞎了一樣難受。

其他峰的仙人陸續趕來，人人只聽得雁回宛如困獸一般的痛苦嘶喊。

子辰的身體已在雁回的懷抱裡慢慢冰冷，雁回的聲音已經啞得就算她已是拚盡全力嘶喊，也依舊只有她自己能聽得見。

嗓子啞了，眼睛好像也快瞎了，除了周遭的紅，她什麼都看不見。

她那麼絕望，沒人幫得了她，她更幫不了自己。就只能這樣，眼睜睜地看著子辰在她懷裡一點一點沒了氣息，然後被殺陣一點一點吸乾血肉，化成粉末。

雁回的雙手空了。

子辰……屍骨無存。

而她還感受著子辰在她周身留下的最後的法術，到最後一刻，子辰也在保護她。

然而這包裹著她的風也慢慢緩了下來，雁回知道，以現在的身體狀況，待風消失，在下一瞬間她就會像子辰一樣，灰飛煙滅。

沒人救子辰，也沒人會來救她……

那就這樣算了，不去掙扎了……雁回眸色霎時灰暗成了一片。

「雁回。」心頭護心鱗慢慢開始熱了起來，緊接著越來越燙，好似一塊燒紅的鐵烙在她心口一樣，讓她感覺自己還是個活人。

一聲龍嘯自洞外天邊遠遠的地方傳來。
聽起來那麼小，那麼遠，但卻微微喚醒了雁回眼眸裡的一點光。
下一瞬間，龍嘯之聲響徹天地之間，在殺陣之中，於地牢之底，雁回也感受到了那驚天動地的力量，好似能使山河震顫。
「妖龍！」
「是火龍！」
外面有仙人的驚呼，但這些聲音都成了雁回耳邊的雜音，慢慢被屏棄開去。她只聽見在第三聲龍嘯之後，一股巨大的力量驀地壓向地牢之中。
洞外鮮紅的陣眼「喀」一地裂出一條縫隙，地牢之中紅光應聲而暗。
龍身由天際驀地俯身而下，攜著風，帶著火，壓制了陣法之力，滌蕩了所有殺氣。
陣眼破碎，紅光消失。地牢黑暗如初，空中月色依舊。
從洞口滲透下來的蒼涼月光裡，天曜一身黑袍長身獨立，立在雁回面前。
四目相接，雁回一身狼狽，而天曜卻是豐神俊朗，宛如天上的神，又似地獄的魔。和他們初次見面時一樣的視角，然而不管什麼，都變了太多。
他不再瘦小，不再不安，好似重新尋回了震天撼地的力量。他現在變成了這樣的人，而這樣的人，在看見委靡在地的雁回之時，卻有幾許心疼的神色藏不住地流溢而出。

他俯身彎腰，雙手穿過雁回的手臂之下，將她抱了起來：「我帶妳走。」

一直都是她救他。

而這次，換天曜來救她了。

天曜抱著雁回，卻覺她渾身冰冷，周身半點力道也無，全靠他支撐著方能站立。

天曜忍不住將雁回抱得緊了，將自己已經變得溫暖許多的身體貼著雁回，像之前雁回給他溫暖一樣，用這種微不足道的體溫，給她些許慰藉。

雁回是多麼要強的一個人，天曜是知道的，可如今卻虛弱成了這般模樣。

「我們走吧。」

雁回像是被這四個字點醒了一樣，回過神來，嘶啞得不成樣的嗓子擠出極輕的三個字：「大師兄……」

若不是嘴唇就在天曜耳邊，這聲好似奶貓輕喚的聲音，天曜怕是也不能聽見。

天曜心頭驀地一緊，像是被雁回這幾乎不能聽聞的聲音扯痛了一樣。

「不要把……大師兄留在這裡。」

天曜目光在地牢中一尋，卻未見雁回所說的大師兄的影子，想到剛才來時這地牢中的殺氣，還有雁回周身依舊圍繞著的若有似無的風，天曜大致猜出發生了什麼。

他默了一瞬，抱著雁回走了一步：「他不在了。」

雁回的手立即握住了他的手臂：「他在。」

而此時地牢之中的一眾辰星山仙人卻是嚴陣以待。地牢殺陣是誰打開的，此時對他們來說已經不重要了，有妖龍隻身闖入辰星山救囚犯，才是他們面對的最緊急的事態。

有人對地牢之中的天曜喊話：「何方妖孽敢私闖我辰星山？」

天曜抬頭望上一望：「雁回，我們要走了。」

雁回閉上眼，子辰還在不在她比誰都清楚，這裡形勢如何她心底也有個譜，是該走了，不能再把天曜的性命搭在這裡。

是時候，將大師兄一個人留在這裡了……

好似有利斧在劈砍她的心臟，她死死咬住牙，牙關緊得額上都有青筋暴出，隱忍許久，她再一睜眼，眼底深藏肅殺之氣，對天曜啞聲道：「走。」

天曜沒有半點猶豫，周身烈焰升騰而起。

雁回脖子上還銬著最後一根鍊條，天曜並未去管落在地上的滅魂鞭，只握住一節鐵鍊，手上烈焰灼熱一燒，鐵鍊逕直被熔斷了。

沒有絲毫耽擱，他周身挾帶著逼人妖氣，如來時一般直沖天際。

出了地牢，看著下方辰星山的仙人們，雁回抓住天曜衣袍的手微微一緊。

天曜眼眸一垂，抱著雁回在空中一旋身，身形立在半空之中，周身撐開一個圓形的妖氣結界，將兩人包裹其中。他一隻手攬住雁回的腰，將妖力送入雁回身體之中。

溫熱的力量湧上喉頭，治療著她乾澀的喉嚨，讓她可以正常發出聲音：「凌霏！」她喊這兩個字近乎咬牙切齒，明明聲音不大，卻好似能傳遍辰星山的二十八峰。

在心宿峰上，凌霏於山崖之間聽得雁回喚她名字，只覺寒氣滲骨。她往那方一望，只隱隱能看見些許閃著火光的人影在空中飄浮。她知道那邊的雁回定是沒有看見她，也知道雁回這時是沒有能力對她做出什麼事情的，但便是心底那點讓她不安的心虛，在聽得這個聲音之後，也有幾分顫抖。

因為身體極度虛弱，所以雁回眸光有些渙散，但她眼中似有一把黑色火焰在熊熊燃燒：

「今日妳欠的這筆血債，總有一日，我要妳血償！凡凌霏門下弟子，我見則殺之；凡凌霏所有之物，我見則毀之。」她說得那般痛恨，幾乎一字一頓：「從今往後，我雁回，與辰星山，誓不兩立。」

嘶啞的聲音中暗藏的森冷殺氣令在場仙人盡數靜默。

雁回話音一落，天曜手心一轉，一柄長劍立在他的身邊。

有仙人定睛一看，登時驚呼：「是長天劍！」

「這妖龍盜取了三重山的長天劍！」

天曜眉梢一挑，神色倨傲：「我本對你們這所謂神劍不感興趣，然則你們既已誤會，那我便成全你們的誤會。」言罷，他手心烈焰一閃而過，挾帶著比三重山裡的岩漿更高的溫度，握住長天劍劍柄。

只見神劍顫抖，低鳴似哭。

待得劍身被燒得通體赤紅，天曜一把將長天劍擲下，劍身在空中登時炸裂成了幾塊廢鐵。有辰星山的仙人躲避不及，還被長天劍的碎屑割破了衣裳皮膚。

仙人們驚駭不已，有人則對天曜此挑釁之舉憤怒難言，大喝一聲便要來戰。天曜全然不理，身形一晃，化為火龍，行如長風，登時便向天際之間飛去，速度奇快，令辰星山的仙人想追也追趕不得。

雁回趴在天曜的龍背之上，他周身的火焰方才明明能將長天劍熔化，但是此刻裹在雁回周身，卻連她的頭髮也燒不著，只溫暖得好似棉被一樣將她裹在其中，把她冰冷的身體一點一點慢慢焐熱。這樣的感覺，就好像是天曜從來不曾說出口的溫柔。

她閉上眼，不管天曜要帶她去哪兒，只疲憊地睡了過去，沒力氣再去多想任何東西了。

雁回再醒過來的時候已不知是第幾日的正午，窗外陽光正亮，投進屋子裡來，照得正坐在雁回床邊的這個人身影有些模糊。

雁回瞇了瞇眼。

「忍下痛。」那人說著。「馬上就取下來了。」

雁回尚未反應過來，倏地脖子一燙，「喀答」一聲，束縛了她脖子這麼多天的鐵鍊終於被取了下來。

雁回沒什麼反應，給她取下鐵鍊的天曜卻皺了眉頭：「有疤痕留在脖子上了。」他伸手摸了摸，靠天曜手指按壓的力度，雁回大致感覺出來自己脖子上的傷疤約莫是兩條凹進去的細線，大抵是鐵鍊戴得太久，磨破了她脖子上的皮肉。天曜道：「鐵上有鏽，顏色也深，我問問青丘還有何人可除此傷疤。」

「留著吧。」雁回聲音喑啞。「這道疤讓它留著。」

像一條繫在脖子上的恥辱帶，讓她記著，她還要找人討一筆血債呢。

這樣重要的證據，就留著吧，這也是她欠子辰的。

雁回所思所想天曜怎會不知道？他只沉默地聽了，未置可否。

他懂雁回，所以他知道，對雁回來說，最難背負的不是她自己的傷，而是欠別人的人情。更何況，這一次雁回欠下的，是她再也還不了的人情……

天曜素來不知如何安慰人，而且現在的雁回大概是無論怎麼安慰，都安慰不過來吧。他沉默地陪了雁回許久，最終只說出了一句：「好好休息。」

「天曜。」

在他轉身離開之際，雁回卻喚住了他。

天曜回頭，只見雁回雙眸虛無地盯著空中的一個地方，隔了好久才轉過眼來看他：「謝謝你來救我。」

天曜嘴角動了動，還沒來得及接話，雁回便問：「我現在筋骨盡斷了嗎？」

「尚未。」

「能接好嗎？」

「有點困難，但並非完全無可能。」

雁回盯著他，眸光像是擦亮的銀槍，閃爍著寒光：「接好筋骨，我要入妖道。」

這是天曜第一次看見雁回露出這樣的目光，在離開辰星山後，每件事雁回都是抱著一種可做可不做的態度來面對的，所以外人看來，難免散漫，難免痞氣。但這一次，天曜在雁回的眼睛裡看到了志在必得的決心，還有……仇恨。

這樣的眼神他那麼熟悉。

那是他在銅鑼山時，每次午夜夢迴之後，他在鏡子裡看見的自己的眼神。

那是想殺了某個人以洩心頭之憤的仇恨，是沉澱在骨子裡的仇恨，不用歇斯底里，不會宣之於口，只是一直銘記於心。

天曜看了雁回許久，點了頭：「好。」

沒有半句問話，也沒有一點推託。

她要重接筋骨，他幫。她要修煉妖術，他教。

雁回轉回了頭，閉上眼睛，又一次道：「謝謝。」

天曜沒有應答，正要退出房間，燭離帶著幾個醫藥童子從院外急匆匆地趕來，邁步便進了雁回的房間：「雁回？」

醫藥童子圍到了雁回床邊，手腳俐落地開始給雁回治傷。

雁回沒回答燭離，燭離便心急地望著天曜：「今天前線換下來的士兵傷者更多，我好不容易才叫了幾個醫藥童子過來，這是來遲了還是怎麼了，雁回為何還沒醒？」

聽聞這話，雁回啞著嗓音開了口：「妖族攻下廣寒門了嗎？」

聽她問出這句話，燭離嚇了一跳，他轉頭看雁回：「妳醒了？有哪裡不適？」

「妖族攻下廣寒門了？」雁回只專注於自己的問題。

燭離只好答：「哪有這般簡單，廣寒門離三重山雖近，但中間也隔著大大小小好幾十個修仙門派，這次邁過三重山不過是妖族的先驅部隊，探測如今仙門到底有多少實力。昨日夜裡，先遣部隊便已慢慢後撤了。」

雁回閉上眼睛。

廣寒門危機已去，各仙門主管掌門都會陸陸續續地離開廣寒門。

凌霄……

也該回辰星山了。

她這個冷面的師父，會生氣嗎？會難過嗎？他的大弟子，她的大師兄，死了啊！

凌霄是回了辰星山，他在給雁回施以鞭刑的山頭之上站了許久。這裡地中還留有長天劍的碎片，碎片入地太深，有的因為太熱已經和石頭融為一體，沒有人能撿得起來。

凌霄便在這一片狼藉的山頭之上，聽人複述完當夜的事。子月跪在地牢旁邊靜靜地抹著眼淚，凌霄負手而立，只在最後問了一句：

「妖龍殺了子辰，你們親眼見了？」

稟報的弟子一愣，隨即道：「凌霏師叔……是這樣說的。」

凌霄默了一瞬：「那雁回，是如何說的？」

「這……她被妖龍救走。她的話……或許……」

凌霄沒將話聽完，衣袍一拂，身形霎時消失在山巔之上，光華流轉，不過片刻便落在了心宿峰山頭之上。周遭弟子根本都還沒來得及看見凌霄的身影，他便逕直落在心宿峰大殿門口，未以手叩門，他周身氣息暴長，登時以極大之力撞開了兩扇大門。

凌霏正盤腿在殿中打坐，忽見凌霄前來，登時驚得渾身一抖，內息險些紊亂。

「師兄……」

凌霄額上青筋浮動，好似已怒到極致，但最終，他盯著凌霏許久，直到凌霏不得不微微垂了目光，他方才道：「私啟殺陣，毒害弟子性命，心腸險惡歹毒至斯……」語至最後，凌霄似有幾分切齒之意。

迎著凌霏不敢置信的目光，凌霄道：「辰星山請不起妳這尊大佛，改日，妳便自行回妳廣寒門，求素影真人庇護吧。」

言下之意，竟是要將她趕出辰星山！

凌霏驚愕難言，上前欲問凌霄，但凌霄身形已消失在了心宿峰上，好似不想聽見她任何聲音。

護心

第十五章 洗髓化妖

醫藥童子給雁回看了傷，趁著童子未走，雁回問：「我要洗髓入妖道，如今這身體，可能承受？」

她這話一出口，守在旁邊的燭離登時一驚：「這時候洗髓入妖道？妳……」為首的醫藥童子看起來年紀雖小，聲音也稚嫩，但他說起話來卻頭頭是道，有理有據：「姑娘的筋骨斷了大半，照理說這樣的狀況我們是不建議姑娘修道的，不管是修仙或者入妖道，對妳自身而言都是極大的負擔。」

雁回態度堅定：「還能入嗎？」

醫藥童子見狀，只得點了點頭：「若姑娘堅持現在入妖道也不是不可，對洗髓而言，現在反而是最好的時候。筋骨斷裂，姑娘的仙根也斷了大半，如今最是容易將仙根去掉，待去了仙根，姑娘修煉妖族心法，便可直接存妖族內丹於體內了，到時候再接好筋骨，姑娘便算是入了我妖道，成了妖了。」

「好。」雁回沒有半分猶豫。「妖族何處可洗髓？」

「在青丘再往西南叢林間走，有水從黑山而出是為黑河，其水可以洗髓。」

童子答完，見雁回沒了問題便退了出去。

燭離在醫藥童子走後不贊同地行至雁回身邊：「從青丘再往西南走，人煙更少，瘴氣更重，妳這身體，當真能支撐得住？」他道：「妳便不能緩緩，等身體好些了再考慮洗髓？」

雁回搖頭，倔得好似聽不進任何言語。

燭離往天曜那方望了一眼，意圖讓天曜來勸勸，可天曜只是沉默地在一旁站著，那姿態便說明了他不會對雁回的決定有任何反對。

燭離無奈，只得一嘆，道：「往西南走，妖怪甚多，我這裡有九尾狐一族的象徵之物，妳將它戴在身上，別的妖怪便不會來騷擾妳。只是現今正值青丘用人之際，我無法派誰去送妳……」

雁回搖頭：「不用了，多謝。」

天曜此時開了口：「待妳能起床動身之時，我陪妳去。」

「也不用。」雁回閉著眼睛幾乎是想也沒想就拒絕了。「我一個人去。」她道：「既然沒有別的妖怪干擾，這一路便讓我自己走吧。」

她想要一個人待一段時間，不讓任何人打擾。

燭離愁得直皺眉。

出了房門，燭離便一股腦地問天曜：「在辰星山，到底發生了什麼事？雁回怎會如此？你不會當真讓她一個人去黑河吧？」

「吵死了。」天曜頭也不回地往院外走。「把去黑河的路線告訴我。」

燭離氣得咬牙：「一個兩個話都不說清楚，就知道讓我給辦事，我是來伺候你們的嗎！」但轉念想雁回方才那灰白的臉色，也就默了下來。

她本是那樣灑脫放肆的一個女子，如今卻委靡至此，真是……讓人心疼。

五日後，雁回能自行活動了。她向醫藥童子要了去黑河的圖，誰也沒告訴便自行出發了。

在路上林間，雁回信手折了一根樹枝，她看著手中的樹枝許久，隨即向空中一扔，像以前那樣馭劍而起。然而樹枝是踩上去了，可不過飛了兩、三丈，她便落了下去，腳下一個踉蹌，便摔在地上。

跌得狼狽，雁回爬起來拍了拍身上的土，然後撿起地上的樹枝看了看，卻是「呵」的一聲笑了出來，三分自嘲、三分無奈還有四分蒼涼，襯得她眉宇之間好似滄桑了幾分。

原來時間啊，就是這樣爬上人的眼角，刻上人的臉頰。

馭劍而飛對她來說，本來只是像吃飯那樣簡單。而現在，她吃飯的手，卻被剁了。

雁回捏著樹枝，一路用它擋開荊棘與野草，徒步往她要去的地方走去。

走了一天未到黑河，雁回便在路上揀了塊平坦的地兒休息。也是巧，這塊地兒似乎前夜有妖怪在這裡短暫休憩過，有柴零星搭著，旁邊還放了幾個沒吃完的野果子。

雁回也沒嫌棄，撿起來洗洗擦擦便放進了嘴裡。點了火，將衣服一裹，雁回就地一倒就睡了過去。

就目前的身體狀況來說，雁回今天這一路已是走得極累，但她還是睡得不深沉，夢裡有很多嘈雜的聲音，讓她的腦子喧囂成一片，而一道人影在喧囂之中慢慢地向她走來。雁回識得，那是子辰的身影，但是他走了很久，卻始終走不到她的身邊。

於是雁回便邁出腳步，奮力地往他那邊跑：「大師兄！你還在是不是？我只是作了個惡夢對不對？」

整個晚上，她都在往那個人影那方奔跑，但是永遠都跑不到。她看著他就在那裡，卻怎麼都觸碰不到。

陽光照在眼睛上，劃破了黑暗，人影消失。雁回醒來，看了搖晃的樹葉好一會兒，才反應過來，原來是她的一場夢。

幻想著什麼事情都還沒有發生的美夢。

她瞇眼適應了刺目的陽光許久，這才滅了身邊的火堆，拍拍衣服，繼續上路。

安靜平淡得好像並不感到失落與心痛。

一段對馭劍來說並不遠的距離，雁回走了三天。這三天她還算是幸運，一路都能容易地吃到落下來的果子，找到適合裝水的竹筒，拾到容易燃燒的乾柴。除了每天晚上睡不踏實以外，雁回感覺自己好像很適合在野外生存，因為她的運氣總是格外好。

第三日傍晚，雁回算了算時間，今夜雖然可以趕到黑河邊上，卻沒力氣洗髓了，不如在這有樹洞的地方好好休息一晚上，明天養足了精神，也好應對洗髓之痛。

她本想清理一下樹洞，卻發現並沒有什麼好清理的，樹洞也很乾淨，裡面還有些許不知是動物還是妖怪留下的乾草，歪歪倒倒地散放著，雁回不過鋪了下，便能睡了。

這天夜裡，雁回的夢依舊嘈雜，或許是連續積累了幾天的疲憊，這夜她夢裡的聲音尤其大，以至於從來聽不清自己夢中言語的雁回將這些聲音都聽清楚了。

然後她便驚出了一身冷汗。

聲音，是她的聲音。

是她那日在辰星山地牢之間的嘶喊，一聲接一聲，一遍接一遍，淒厲又可怖。雁回看著子辰若隱若現的身影，她才發現，子辰並沒有向她走來，而是背對著離她而去，在子辰走去的那個方向有紅光沖天，好似漫天血色。

心頭知道那方有什麼，雁回在自己聲聲淒厲的嘶喊中邁腿向子辰跑去。她想去拽住他，她想喚他別去，別靠近那裡，就讓該待在紅光裡的人，自己待在那裡好了，不要救她，不用管她，不要搭上自己的性命。

該死的……

明明是她呀。

「雁回。」

一聲喝斥連帶著猛地一晃，將雁回從夢境中喚醒。周遭有蟲鳴與夜風颳過樹葉的沙沙聲，一切都那麼安靜，雁回幾乎能聽到自己如鼓擂動的心跳。她眸色渙散，毫無焦距地四處亂掃了一會兒，這才將目光定在了身邊人的臉上。

那人還握著她的肩膀，雙手捏得那麼緊，就和他現在的眉頭一樣，鎖得死死的。

「天曜……」

雁回失神地喚了一聲。語氣當中並無肯定，全是懷疑，像是依舊分不清夢境與現實一樣。

這是天曜將雁回從辰星山帶回來之後，他第一次看見她這般慌張無措的神色，滿頭虛汗，身體顫抖。那些被她壓抑在心底的情緒，在此刻都來不及掩飾，毫無遁形地暴露出來。

天曜心頭一緊：「我在。」

得到回答，雁回似乎心穩了許多。她藉著天曜的力量坐了起來。見她挺直了背脊，似乎不再需要他雙手的支撐，天曜心中雖有不願，但到底還是將她的肩頭鬆開了。

雁回捂著臉稍稍冷靜了一下：「你怎麼在這兒？」再一開口，聲音好似與平時又沒有什麼不同。她頓了頓，好似忽然想通了一樣。

「難怪，我這一路走得這般順利……」

天曜以為雁回會斥責他，畢竟雁回說一不二的脾氣他是瞭解的，稍微替自己解釋了一下：「雖有燭離給了九尾狐一族的標誌，但是妖族中不聽九尾狐一族命令的妖怪還是不少的，妳如今的狀況，實在不適合一人徒步跋涉……」

「我知道。」雁回沒有一句怪罪，她點了點頭。「謝謝你肯這樣陪著我。」給她空間還有尊重，不只這些，還要不露痕跡，天曜定是花了不少心思。雁回不傻，她能想像得到。默了一瞬，她又道：「謝謝。」

天曜嘴角一動，微微轉了目光：「不用言謝。」天曜好似有些不適應，於是他一邊說著一邊往樹洞外面走，待得站到了樹洞外面，背過雁回，他才道：「我也有許多感謝，未曾與妳說過。」

雁回微怔。

天曜微微側過頭，看見了雁回呆滯的神色，月色將他側臉的線條勾勒得近乎完美，他嘴角輕輕動了動：「妳大概不知道，於我而言，妳都做了一些什麼樣的事。」

救他，護他，像他的盾，又似他的劍。

而至今，雁回也一無所覺。

天曜在樹洞外，背著雁回坐下，脊背挺直，目不斜視：「妳明日要洗髓，好好睡吧。」

翌日清晨，雁回與天曜終於到了黑山。

但見一條蜿蜒小溪自山間流出，溪水清澈見底，並不像它的名字聽起來那般渾濁。

雁回蹲下試著用手觸碰溪水，剛將指尖放進去，便覺得指尖一痛，像被割破了口一樣，身體之中的仙力隨著溪水流動而去。

「是這裡。」雁回抽回手，站起身來，轉頭望天曜。「我現在身體之中仙力不多，醫藥童子說或許在河中沐浴三個時辰便可洗髓完畢。你在這裡等我嗎？」

天曜點頭。

然後雁回便盯著他。與雁回對視了許久，天曜眉梢微微一挑：「怎麼了？」

「我要脫光了進去。」

天曜聞言，眸光微動，背過身走到一旁樹後，他抱著手臂，靜靜等待。而今天曜只餘龍心未找回，他的聽力比之前靈敏了不知多少，只需聽得雁回窸窸窣窣脫衣服的聲音，便能辨別出來她現在是在脫什麼衣服了。

他這方越是安靜，天曜便覺得心頭越是有些念頭在蠢蠢欲動，他放遠目光望著長空，但待聽到雁回「嘩啦啦」的入水聲時，天曜幾乎是控制不住地將聽力放到了那個方向。

身體入水，雁回不知是被微涼的水還是被水中力量刺激得發出輕輕一哼。這聲低吟讓天曜不由自主地側了側目光。但在轉過頭之前，到底是恍過神來了，他猛地轉正腦袋，想不通如今的自己怎麼會變得……像偷窺人家姑娘洗澡的小賊一樣猥瑣……
正在天曜內心戲分非常精采之際，那方忽地傳來雁回一聲低呼，緊接著「咕咚」一聲，天曜一愣，再仔細一聽，那方竟再無動靜。
天曜這才猛地回頭，之前在黑河河岸之上擺著雁回褪下的衣裳，但那河中哪還有雁回的身影？
天曜急急往前趕了幾步，行至小河邊，不過這麼片刻的時間，天曜便再感覺不到雁回的氣息所在了。
天曜眉頭狠狠一皺，俯身以手探入水中，也是感覺指尖一痛，緊接著自身內息不隨自己控制地被水流吸食而走，順著漂遠了。
天曜試著探了一會兒，並未急著將手抽回來，便是停留的這片刻，又一股力量拽住了天曜的指尖，將他往下拉了拉。
這黑河河水當中不只有洗髓之力，而且有別的力量潛藏其中。天曜目光緊緊盯著河水，只見河水清澈見底，似乎沒有一點雜質，他伸入水中的手也並沒有碰見其他的東西。
但這股將他往下拉的力量，天曜卻越來越明顯地感受到了。
雁回便是被這股力量拉下去的嗎？
若想尋回雁回，隨著這股力道下去，或許是最快捷同時也是最危險的辦法。

天曜凝了目光，幾乎想也未想，一瞬間便隨著水底拉拽他的力量，「咕咚」一聲下了水去。

天曜身影落下去之後，黑河河水依舊清澈流淌，河底並無人影，就像是剛才這裡什麼都沒發生過一樣。

入了黑河的天曜順著拉拽他的力量而去，立即便陷入了一片黑暗當中，清澈的河水不見，只餘黑暗在周身徘徊。

慢慢地，黑暗當中升騰起了許多細小的塵埃，越來越多，鋪天蓋地，然後瞬間凝聚成了他身邊的樹、腳下的土地，還有眼前的人。

看著近在眼前的這張臉，天曜是有點失神的。

素影靜靜地看著他，聲音帶著她天生的清冷：「怎麼了？」

天曜左右一看，周遭場景那麼熟悉，這裡竟是他二十年前所待的那個山谷。他居於山谷半壁之上，時不時會到谷中妖怪的聚居處與他們研討一番修行方法。可是遇見素影之後，他便鮮少再回山谷之中了。

天曜盯著四周的景色看了許久，而後才回過頭來，望著素影。

素影慢慢走向他：「為何這樣看著我？明日雖然我便要回廣寒門，但我不會離開你的。」

對，二十年前，素影離開他回廣寒門布陣之前便是這樣與他說的，素影走上前來，輕輕抱住天曜：「十日之後，你一定要記得來廣寒門迎娶我啊。」

那是天曜第一次將所愛之人擁在懷中，當年他只覺自己心中愛意滿滿都快溢了出來，幸福得不像是個修行了千年的妖龍，只像是一個快要娶到媳婦的傻小子。

那般當年……

「娶妳，然後由妳將我分屍剝鱗，給妳心愛之人，製成一副長生不死的鎧甲嗎？」

懷中素影並沒有受到驚嚇，她只抬頭望著天曜，恍似不解：「你在說什麼？我心愛之人，不就是你嗎？」

天曜冷冷一笑：「區區幻術，便想魅惑我心，意圖讓我耽於往昔？」他手中烈焰灼燒，擒住素影的臉，竟生生將素影的頭直接整個燒掉。立刻，素影的身形便在天曜手中化為灰燼，他一撫手，烈焰逕直將灰燼也灼燒乾淨。「只可惜，妳選錯了人。」

四周再次恢復了黑暗，不見絲毫動靜，這一次連塵埃都沒有再出現。

天曜在黑暗當中踏行了兩步，便覺天上月亮明晃晃地亮，他微微一側頭，身後一棵樹擋住了他，而在他身前，雁回的身影背著月光，執劍護在他身前，微微側過頭的臉頰還是那般地帥氣。

天曜心頭一窒，目光便這樣凝在了雁回的背影之上。

「我護著你。」

雁回說著，天曜目光不由自主地柔了下來。她身前的黑暗好似藏著無盡的陰謀與算計，但她沒有半分退縮，勇敢地面對了一切。

天曜上前，走到雁回身後，雁回微微側頭看他：「留在我身邊，不要亂走。」

「不行。」天曜道：「我要去救妳。」

雁回一愣，轉過頭看天曜：「救我什麼？」

天曜抬起了手，或許因為知道是幻覺，所以便忘了將心頭情緒隱藏，他拍了拍她的頭：「把妳從悲傷當中救出來。」

在雁回尚未回答他之際，天曜微微垂了目光，未再開口說一句話，手中烈焰再次燒起，逕直將面前雁回的身形打破。

看著雁回的臉在自己面前破碎，即便清楚地知道這只是幻覺，天曜還是覺得心頭一緊，似有痛感。

在雁回身影徹底消失之後，天曜肅了目光，周身殺氣膨脹開來，炙熱的氣息自他腳下散出。他每踏出一步，黑暗的環境當中便是一陣劇烈震顫。

每一步落下便是一圈烈焰將黑暗滌蕩。

「出來。」他聲音極冷，好似藏著千刀，能直接扎中黑暗之中暗藏的那些害人心思。「躲著，便休怪我不客氣。」

話音一落，他腳下一步踏出，比先前更厲害幾倍的烈焰「呼啦」一下將四周黑暗盡數灼燒。

下一瞬間，四周大亮，只是幻陣的氣息依舊存在。

天曜看了看頭頂上藍色的天，還有幾隻春燕自大上飛過。這個幻境之中仙氣繚繞，空中時不時有人馭劍飛過。極目望去，二十七座山峰各自獨立，算上他腳下這一座，共二十八座山峰。

辰星山，天曜只為救雁回來過一次，但他已經將這個地方記了下來。

「雁回！別跑！」一個青年吼著從天曜身邊跑過，跑上前去，一把抓住了一個站在那裡一身灰衣，與周遭格格不入的女子。「妳怎麼又與子月發生了爭執！她是師姊，妳應該尊重她的！」

灰衣女子轉過身，果然是雁回。她望著面前的青年人，愣愣地看了許久：「大師兄。」

好似沒有發現自己與身邊環境不一樣似的，雁回呆呆地看著子辰道：「我夢見……你為了救我，被害死了……」

青年子辰輕斥：「說什麼胡話！這次別想從我這裡混過去，妳糊弄我，下次讓師父知道了，看他治不治妳！」

雁回搖了搖頭：「師父是不在乎我的。」

子辰眉頭一皺：「昨日妳說劍練得不順手，今日師父便給妳配了把新的，妳卻如何說師父不在乎妳？妳倒是越練越恍惚了！每天都開始胡思亂想。」

雁回一直盯著子辰，最後卻是點了點頭：「對，是我胡思亂想的，都作了好一些亂七八糟的夢。」她說著，微微笑了出來。「我待會兒便去給子月師姊認錯，回頭你再和我比劍，師父給了我新的劍，我還沒用順手。」

子辰點頭，雁回便跟在他身後與他一起走，嘴角竟掛著笑。

天曜見狀，眉頭緊蹙。他猶豫著跟著雁回走了許久的距離，看她跟著子辰走了一段路，最後到底是忍無可忍，上前拉住了雁回。

雁回回頭，嘴角的笑意尚未來得及收斂。她看著天曜，一副好似根本不認識他的模樣。

直到天曜肅容盯了她許久，雁回才恍似想起了什麼，臉上的笑慢慢落了下去。

「放手。」雁回道：「我要跟大師兄走。」

「妳知道這是幻覺。」

「放手。」

天曜沒有理會，依舊緊緊將她抓住：「妳不能再跟著他走了，妳會越來越沉迷於幻覺之中，時間越久，越是走不出去。」

雁回搖頭，聲音微微有幾分顫抖：「放手……」

「我不會放開妳的。」天曜的目光擒住雁回，那般堅定。「遇見妳的那個時候，便註定了，在此後的任何一刻，我都不會放開妳。」

「讓我待在這裡吧。」雁回聲音微微帶了哭腔，這是她離開辰星山之後，第一次哭了出來。「這裡很好，幻覺也好，讓我待在這裡。讓一切都還是原來的樣子。」她試圖掙脫天曜。

「雁回。」天曜依舊不放手，即便捏痛了雁回，也絲毫不放鬆。「這是假的。」

「假的又如何？」雁回終於大聲喊了出來。「假的又如何！」

她掙扎得極為厲害，天曜眸光一沉，一用力，將雁回鎖進了自己懷抱中，任由她在他懷裡又踢又打，好似覺得不解恨，又用牙咬天曜的脖子。

雁回沒有吝惜力氣，咬得天曜頸間一片血肉模糊，但天曜也沉默著沒喊一聲痛。

這些痛算什麼？哪抵得上他們心裡曾經被穿透得千瘡百孔的傷？

但都會好的。

天曜抱住雁回，拍著她的後腦杓，輕聲安撫，極盡溫柔：「雁回，都會好的。」

漸漸地，雁回的動作緩了下來，她不再踢打天曜，牙也慢慢鬆開了天曜的脖子，鮮血染紅了雁回的嘴脣，讓她脣瓣顯得格外鮮豔。

雁回的呼吸粗重得讓天曜頸項處的皮膚都有幾分觸感，而且與剛才被雁回撕咬的疼痛相比，這樣若有似無的觸感好像更讓天曜難受，他微微推開了雁回一點。

「清醒了？」

雁回半晌沒有回應，天曜都以為她睡著了。雁回苦笑一聲：「為什麼偏不讓我沉迷在這幻境之中呢？至少這裡沒有那麼多的人心險惡。儘管我知道那是假的……」

天曜默了一瞬，開了口：「妳不是還要給妳師兄報仇嗎？」

雁回眸光微微一涼。

是啊，這是如今最能讓她堅持入妖道、修妖法的原因了。

她要凌霏為她的所作所為付出代價。

「報什麼仇呀？真是一點都不美好。」便在此時，空中倏地傳來一道清脆的童聲：「何必成天想一些打打殺殺的東西？幻境裡面都是美好的東西，多好呀！待在這裡什麼都傷害不了你們，永遠充滿陽光，永遠讓你們保持愉悅，為什麼非要想著出去呢？」

天曜神情驀地肅了下來，眸光一冷，揮手便是一記火光凝成的鞭，向傳來聲音的那方抽去。

「啊！」火焰長鞭猛地擊中一團黑霧，只聽得一聲小孩的驚聲尖叫。下一瞬間，幻境立時破開，四周辰星山的景色如被燒著的畫一樣，呼啦啦地化成灰燼，隨即被風帶走。

幻境之外，是一個四周泛著幽藍色光芒的石柱宮殿，宮殿空曠，往上一望卻是一片黑暗，看不到頂。

而在天曜火焰長鞭擊中的地方，有一個穿得破破爛爛的小女孩捂著手臂倒在階梯上，一臉要哭不哭的模樣盯著天曜與雁回：「你們壞！我給你們造了那麼多幻境，你們都不滿意，還要打我！大壞蛋！」

天曜眼眸一瞇，忽聽身旁的雁回道：「是幻妖。」

天曜一轉眼，但見雁回眼角邊雖然還有淚痕未乾，但她的目光已將悲戚和絕望驅逐出去；儘管心頭依舊有難過的情緒存在，但在危險和敵人面前，她還是神志清明的。

這大概就是雁回堅強的地方。

「燒了她頭髮。」雁回對天曜道。

天曜也不問為什麼，一記火球就扔了過去，那本來還捂著手臂躺在地上裝可憐的小女孩立即一彈而起，反身就往宮殿王座後面跑。

她跑得極快，幾乎是身影一晃就躲到王座後面去了，即便是天曜的火球也只打在了那石頭王座之上。

小女孩從座椅背後抓著她自己的頭髮，小心翼翼地探了個頭出來，然後惡狠狠地盯著雁回：「老女人，居然敢踩我痛腳。」

雁回也不理她，只對天曜道：「幻妖的靈力全部都在頭髮上，燒掉她頭髮，她就無法為非作歹了。」

「什麼為非作歹！」小幻妖非常生氣。「我明明讓妳進入了那麼甜美的幻境裡面，你們看到的東西都是曾經你們生命裡十分美好的時刻，妳居然說我是為非作歹！我明明是讓你們重回過去，重溫美好舊時光的好不好！」

「廢話還多。」雁回道：「舌頭也拔了。」

小幻妖一咬牙，在王座背後不知道摁了什麼機關，雁回腳下石磚忽然一空，眼看著雁回便要掉進黑乎乎的通道裡面，天曜手臂一攬，將雁回抓住往旁邊一推。雁回被推到一邊，沒有落下去，天曜動作不停，隨手甩了一記火球出去。

小幻妖再次把腦袋縮在王座之下，只是這次她沒想到，火球砸在王座之上，卻沒有消失，而是登時爆炸開來，燃出一大片火焰，將整個王座包圍住。

連帶著將躲在後面的她也給燒了。

火燒上頭髮，小幻妖連聲尖叫，跟燒了屁股的雞一樣從王座後面跑了出來，一路拍著自己的頭髮。衝過來的方向正巧是雁回所在的方向。

雁回眼見一身帶火的小幻妖衝了過來，往旁邊一避，哪想小幻妖卻是直勾勾地向她撲來：「老女人！我今天就和妳同歸於盡！」

雁回身上本就沒多少內息，先前還在黑河水裡過了一遍，身上的修為更是少得可憐。即便她五行屬火，可在這樣的情況下被天曜的火一燒，她也是討不到好處的。

是以天曜見狀，手中響指一打，小幻妖身上的火應聲而滅。

而此時小幻妖也已經撲到了雁回身上。

幻妖個頭雖然小，但力氣卻不小，一下就將雁回撲到了地上：「老女人！看我不抓花妳的臉！」

兩人打了一個滾，雁回聽得這話，終於怒了：「叫一遍我忍妳，叫三遍真是天王老子也忍不了妳，今天我非扒了妳的頭髮，教妳好好做一次妖不可！」

雁回一把抓住小幻妖的頭髮，小幻妖也不甘示弱地抓住了雁回的頭髮。兩人就地滾在了一起，徒手對打，沒有動用半點法術，招式毫無章法，真的好似兩個小孩在地上翻來翻去地瘋打。

天曜見狀已經呆了，他看了好一會兒，竟是抱起手臂來，靜觀結果。

最後，雁回大概也覺得和一個小屁孩這樣打下去太有損自己形象了，她一把推在小幻妖胸膛上，想藉此推開她，但哪想小幻妖被她這一推，登時勃然大怒：「老女人居然還敢摸我酥胸！」

雁回真是一口老血堵在了喉頭之間：「妳胸在哪兒！平得跟背一樣，老娘正反面都還沒分清！」

小幻妖聞言更是怒火沖天，伸手便要去掐雁回的脖子。

但見她的動作對雁回有了威脅，天曜眼睛一眯，正要動手，雁回卻仗著手長的優勢，一下掐住了小幻妖的脖子，卻不想小指一下穿過了幻妖脖子上掛著的一枚戒指。

「啊！」

小幻妖一聲驚叫。

雁回也沒管那麼多，直到小幻妖手上的力道鬆開了，雁回捏住她的脖子，直接將她甩了出去。力道很大，竟將小幻妖脖子上的項鍊給崩斷了，那戒指就戴在了雁回的小指上。

雁回剛打了一場史上最沒水準的架，心頭竄火，爬起來就擼袖子。

那邊被丟出去的小幻妖半空中一個翻身，穩穩地落下地來，惡狠狠地盯著雁回，幾乎是咬牙切齒道：「混帳東西！竟敢動我的戒指！」她說了這話，話音還沒落，她的神情便開始變得十分奇怪，周身也如抽筋般地發抖。

雁回看了看自己小指上的戒指：「還妳就是。」她說著，伸手要去摘戒指，小幻妖倏地神色大變：「給我住手！」她大喊，聲音幾乎要掀了屋頂：「給我好好戴著！」

雁回被唬得一抖：「叫什麼！」

小幻妖咬了咬牙：「戒指……不能褪。」

「憑什麼？」雁回看了看這樸素至極的戒指。「我不希罕妳的東西，還給妳。」

「不要還我！」她連忙制止，隨即猶豫再三，終究咬牙道：「那是我認主的戒指，我幻妖一族，此生只認一主，若被主人遺棄，唯有死路一條……」

雁回一愣，轉頭與天曜對視一眼，然後反應了一會兒：「那我現在是妳主子了？」

小幻妖咬牙不回答。
雁回道：「跪下叫我美人主子。」
小幻妖咬著下嘴唇不吭聲。
雁回伸手要褪戒指。
小幻妖立即跪下，幾乎五體投地：「剛才冒犯了，美人主子，小的錯了。」
雁回見狀，嘴角一彎，笑了出來。她轉頭看天曜，本是想讓天曜看看這小幻妖服軟的模樣，但沒想到一轉頭卻看見了天曜看著她微笑的神情。
就好像一直在看著她，盯著她，由著她玩，隨便她鬧，一臉的……寵溺。
雁回在心裡打了個突，感覺自己大概是生了什麼毛病，天曜這樣的妖怪，受過傷，經過事，哪還會用這樣的眼光來看她呢？
他們最好，不過是盟友關係罷了。
雁回拋開這個問題不再研究，只走上前兩步問依舊跪在地上的小幻妖道：「這是什麼地方？妳為何在這兒，又為何要害我們，有什麼圖謀？」
小幻妖似乎覺得丟死人了，腦袋也不抬，就趴在地上，聲音悶悶地道：「幻妖能有什麼圖謀啊？我幻妖一族都是以情緒為食，偶爾給人製造幻覺讓人沉迷其中，然後吃掉人們因看見幻境中的場景而產生的情緒，那便是我們果腹之物。」
「這裡是我們幻妖王宮，以前在上面，五十年前仙妖大戰，三重山邊緣撕出了一條大縫，致使大地移動，向西南推擠，直至黑河邊緣。我幻妖一族常年在黑河之底生活，大地讓黑河變得狹窄，擠壓了我幻妖一族的生活地點，各種問題接踵而至，最後全族搬遷，我不願意走，便留了下來，一直到現在。」

「五十年前？」雁回皺眉。「妖怪即便長得慢也不至於像妳這樣，五十年依舊保持小孩身體……」

「這有什麼？」小幻妖打斷她的話。「我們幻妖進食多就長得快，進食少就長得慢，我這幾十年待在黑河裡，什麼都沒吃到，當然長得慢。」

雁回挑了眉：「所以好不容易逮著我，就開始準備把我當食物了？」

「是的，不過我絕對沒有欺軟怕硬的做法，那邊那個那麼厲害的，我一樣打算吃他的情緒來著。只是咱們幻妖吃東西有個人的偏好，有的幻妖給人製造恐懼，有的則使人悲傷，每個幻妖各自口味偏好不同，所以給人製造的幻境也各不相同。而我喜歡吃歡快愉悅的情緒，只可惜，他的情緒歡樂太少，所以都沒辦法困住他。」

天曜也被施了幻術？

雁回一時有點好奇：「妳讓他看見什麼了？」

「不是我讓他看見的，我喜歡吃歡樂的情緒，所以在幻境裡面，你們看見的都是你們曾經生活裡面最美好的時候，妳看妳的師兄，他看見——」

「這個幻境還不破，妳是打算讓我親自打破嗎？」沒等小幻妖將話說完，天倏地打斷了她。而這句話也成功地將雁回的注意力轉移了過去。

「如今此處竟然還是幻境？」雁回一怔，瞇眼看向小幻妖。「妳還打算算計我們？」

小幻妖聞言，有些惱怒也有些委屈：「妳都戴上我的戒指了，我還能對妳做什麼不成！」她頓了頓，眼眸微微往下一垂，神色有幾分暗淡。「這只是我施加給自己的幻境……」

天曜毫不留情：「破開。」對於陌生人，他始終保持著警惕心，內心依舊多疑。

小幻妖咬了咬牙，瞪著天曜，恨道：「好啊！解開就解開，是你自己讓我解開的！」

言罷，她一揮衣袖，周遭閃爍著幽藍色石柱的宮殿立即開始震盪，光芒慢慢隱去，地板上乾淨光滑的石板開始龜裂，碎石遍地可見，石柱殘缺，只有頭頂的黑色依舊是迷濛的黑色，一眼望上去難免令人產生一點眩暈感。

此處雖然是黑河之底，卻沒有水，待幻境全部退去，雁回倏地還覺得周身有點涼。

雁回眼睛還望著頭頂上的黑色，忽聽小幻妖一聲略帶譏諷的嗤笑，緊接著一件大袍子便劈頭蓋臉地落在了雁回身上。

雁回把袍子從臉上抓下來，但聽天曜背著她，聲音有幾分緊張沙啞，說了句：「穿好。」

雁回垂頭一看，這才發現……媽呀……

她正光溜溜地站著呢！

雁回臉頰一紅，急急忙忙把天曜的袍子往身上一套，裹住了身子。

小幻妖在旁邊笑了出來：「你轉什麼頭啊，彆扭個什麼勁兒啊，不是你讓我把幻境撤掉的嗎？」

天曜拳頭一緊，眸光一斜，一記火球直接向小幻妖砸了去，小幻妖連忙躲開，火球在地上砸了個坑。小幻妖連連驚叫：「我是照著你的話做的，你惱羞成怒，打你自己呀，怪我幹甚！」

天曜低斥：「給我閉嘴。」

雁回裹好衣裳，斜眼看天曜，但見他耳根還泛著幾分紅暈，想來的確是惱羞成怒了。

這樣的天曜，雁回倒還是……第一次見到。

小幻妖竄到雁回身邊，躲著天曜，拽了拽雁回的手臂：「妳是我主人了，也得護好我的。我死了，戒指會把妳的小指給截斷的。」

聽得這話，雁回一驚，哪還去管天曜羞不羞，她轉頭瞪小幻妖：「這什麼規矩？」

「我平時給妳做事，妳當然也要承擔保護我的責任啊！我們幻妖一族除了布置幻境食人情緒，其實沒有太多妖力，和其他妖怪相比，我們很難自保的，所以才會想要依附於強大的妖怪。妳要是保護不好我，被戒指截斷小指，就是妳的代價。」

雁回：「……妳有何用？」

小幻妖想了想：「可以施加幻境，讓妳作個好夢。」

雁回動手要將戒指褪掉：「那妳現在就去死吧，我要保護我的小指。」

小幻妖被嚇得不行，連忙將她的手按住：「我可以每天晚上讓妳看見妳大師兄的！」

雁回褪戒指的手頓住。

「妳思念誰我就能讓妳見誰，妳今夜想作什麼夢我就讓妳作什麼夢。」小幻妖正經地看著雁回。「我叫幻小煙，請叫我造夢者。」

雁回默了許久，垂眸看她：「妳還有別的本事嗎？」

「等我強大起來了，我可以入人心給人製造幻覺，竄改人的記憶，捏造虛假的幻覺……這些我都可以做到的。只是我這幾十年都沒什麼食物可以吃，所以力量微薄，現在還做不到而已。」

雁回奇怪，掃了眼四周破敗的宮殿：「五十年前黑河底便是如此光景。妳沒有食物，也不會死？」

幻小煙好似有些窘迫地撓了撓頭：「會呀，這幾十年都餓著呢，所以我只好給自己捏了個幻境，讓幻妖王宮還是以前的樣子，這幾十年我靠著食用自己的情緒為生。」

雁回聞言一默。

那幻小煙也默了默，不過片刻，又生氣地瞪著天曜，指著他的鼻子罵道：「我就待在自己的幻境裡才會稍微開心一點，你這種刻薄多疑的人連我最後一點樂趣都要剝奪！壞人！」

天曜像是沒聽見一樣看別的地方，沉默了一會兒，才開了口：「既然如此，為何不離開此地，去黑河之外生活？」

「五十年前那場地動讓我爹娘都被埋在了這裡，我在這裡給他們守靈。」幻小煙指了指雁回手上的戒指。「不過現在妳既然做了我的主人，如果妳非要離開，我是沒辦法繼續留在這裡的。」

雁回看了看自己的手：「抱歉，我確實必須離開此處。」

幻小煙噘了噘嘴：「我知道呀，你們心裡面的事我都看見了。」

此言一出，三人一時沉默了下來，破敗宮殿裡只聽見頭頂黑黝黝的空間裡傳來水流流動的聲音。

最終還是大曜打破了沉默，他問雁回：「妳身上的修為洗乾淨了？」

「還有些許殘餘吧。」雁回道：「不過也就是到黑河水裡再走一遭的事。」

天曜點頭：「如此，出了此處，入一次黑河再上岸，便該差不了多少了。」

雁回應了，望向頭頂上好似無盡的黑暗中：「外面，不知已有多少陰謀詭計在等著你我了。」

隔著三重山，百里之外，凌霜站在素影身前，戴著幕離的她讓人看不清面容，但她一身氣息卻極陰沉。素影坐於主位之上，與周遭巍峨大殿不符的是，她手中拿著一條青色披風，正在上面細緻地繡著花。

相較於凌霜沉鬱的氣息，素影卻好似淡然許多：「殺了凌霄的大弟子，此事確實是妳做得過分了。」素影頭也沒抬道：「如今咱們與妖族勢同水火，正是用人之際，子辰這樣誠心修道、胸懷正義之人，太難得了。」

凌霜拳心一緊，微微咬牙：「我也不曾想那陣法……竟如此厲害，我也……沒來得及反應。」

素影這才抬頭睨了凌霜一眼：「清廣真人布的陣，妳道是好對付的？」

凌霜默了一瞬，恨道：「只可惜仍是未殺得了那雁回。」她咬牙。「誰料到，竟有那般厲害的妖龍會來救她。」

語音一落，素影手微微一抖，針尖扎破她的指腹，紅色的血液落在了青色披風之上，沒讓凌霜瞧出端倪，素影默不作聲地將血一抹。稀奇的是，那本落在披風上的血卻未浸入布料之中，而是直接被素影抹掉了，披風上一點痕跡都看不出來。

「哦？」素影接著繡花。「妖龍有多厲害？」

「硬生生破掉了那沖天殺陣，熔掉了長天劍。」凌霏默了一瞬道：「好在未在辰星山多做停留。」

素影放下了披風，眸光微帶寒意，琢磨了一番，道：「既然妳回來了，便在門中多修行些時日吧。廣寒門乃三大仙門中離青丘最近之地，先前妖族躍過三重山，試探來攻，雖未入得了我門，但現在不得不加強提防。廣寒山下的山門結界需要人守，妳便先幫我守著山門，他日修仙界若有動作，至少我少幾分後顧之憂。」

凌霏點頭。

「妳先去收拾收拾，回頭便去山門結界陣眼處守著吧，結界不破，那方也是最安全的地方。」

凌霏依言退了下去，素影獨自在堂上坐了許久，倏地敲了兩下椅邊扶手，一陣煙霧落地，霧中人單膝跪地，恭敬喚道：「門主。」

「去查。」素影眸色冰冷，眼底好似有寒冰凝聚。「那辰星山雁回，到底是個什麼來歷，與妖龍天曜又有什麼牽扯？」

「是。」

霧中人霎時消失，大殿之中，空無一人，素影一直挺直的背脊這才微微放鬆了下來，有幾分彎曲。她望著手中的披風，沉默不言。

凌霏收拾好東西打算去廣寒山門的時候，無意間路過庭院湖邊，廣寒門四季冰封，院中湖水常年結冰，岸邊也蓋著薄薄白雪，一個書生打扮的人立在岸邊亭中，適時素影正給他披上方才在繡的那件青色披風。

書生連頭都沒轉一下。

素影也沒有多言，只淺淺道了句：「廣寒門不比其他地方，你傷尚未癒，注意身體。」

書生全當未曾聽到一般，只定定地看著面前的湖，素影與他站了一會兒便走了。

自己姊姊迷戀這書生的事，凌霏不是不知道。她嘆了口氣，也打算離開之際，卻見那書生半點不在乎地一把抓了肩上披風，「唰」的一聲扔在了冰湖之上，轉身便離開了亭子。

凌霏一怔，上前望了望那書生的背影，然後翻身下冰湖，將那披風撿了起來，陽光一照，她好似看見青色披風之上有鱗片的紋路閃過，但仔細一看，卻又什麼都沒有。

帶著幻小煙上了岸，雁回便又自行入了黑河當中，將自己殘餘的修為清洗乾淨。

黑河水靜靜地流淌，雁回睜著眼睛，看著自己的修為順水而去。十年修行，所有的勤奮努力在此刻都化作煙雲，雁回眸光卻是半分閃動也未曾有。

洗髓其實是很痛的，而且會給身體帶來不少負擔，但她愣是一聲也沒吭。以前她總是驚嘆天曜為何那般善於隱忍，不管是情緒也好，疼痛也罷，他總能將所有事情藏在心中，沉默不發。而現在，雁回卻覺得，原來忍耐竟是件如此自然而然的事情。

因為無可奈何，所以只好隱忍。

她知道，她現在在心上放一把刀，日日切割心尖之肉，是為了拿去飼養猛虎，待有朝一日，終究能養大心頭老虎，驅其食人。

她身上的修為並無多少，在黑河當中未待多久，一身修為便清洗乾淨了。從此她便再不是仙門中人，她將修妖術、入妖道，走一條她從未走過的路。

法術盡去，雁回渾身無力，一時間竟然連爬上岸邊也做不到。

岸上幻小煙一直緊緊關注著河中動靜，看著時間差不多雁回也沒有上來，她正要開口，旁邊一道身影已經一頭扎入了黑河之中，不過片刻，便破水而出。

天曜懷中抱著的雁回已經暈死過去。

天曜將雁回抱了許久，他只是靜靜地看著雁回並未說話，旁邊的幻小煙有點著急。

幻妖一族常年依附強大的妖怪為生，所以他們對強大的妖怪有一種天生的敏銳感覺。打從見到天曜的第一面起，幻小煙就知道天曜不好對付，之前在幻境裡便算了，現在實實在在與他待在一塊兒，幻小煙總難免發怵。

可天曜實在將雁回看得太久了，幻小煙一時沒忍住，便小聲問了句：「她還好嗎？」

「不好。」天曜說著，將雁回額上溼答答的頭髮捋了捋。「不過我會讓她好起來的。」

幻小煙聞言一愣，摸了摸鼻子。看天曜終於將雁回抱起來往回走了，她便沉默乖巧地跟在了後面，不再多言。

雁回再醒過來的時候，已經是第二天了，她躺在燭離給她安置的小院子裡。

幻小煙守在她身邊，雁回一睜眼，她便湊了過來：「妳醒啦，還要睡嗎？妳先告訴我妳想夢見什麼，我給妳施幻術呀。」

雁回扭過頭，聲音帶著初醒的沙啞：「不用急著獻殷勤。暫時不殺妳。」

幻小煙撇了撇嘴：「我是餓了呀，妳不給我情緒吃，我肚子餓著的。」像是想到了什麼，幻小煙眼睛一亮。「妳不是討厭那個什麼凌霏嗎？我讓妳作夢，在夢裡虐殺她一萬遍呀。妳應該會很爽吧！」

雁回眉頭一蹙：「別讓我夢見她。」

幻小煙還待言語，旁邊的天曜便插了進來，將話題帶開：「妳仙力已被盡數洗去，但是被打斷的筋骨依舊未癒，若要修煉妖法，還需重接筋骨。」

雁回點頭：「我知道。」

「先前醫藥童子與我指了青丘界內一處冰泉，可接斷筋碎骨，待明日妳精神好點，我領妳過去。」

雁回努力撐起身子，幻小煙在旁邊連忙喊著：「哎哎不行啊！」她一邊攔一邊阻止道：「妳得休息！」

雁回躲開了她，自己下了床：「現在便去。」

天曜卻只是沉默地一步踏上前來，在雁回下床快摔倒之際，伸出了手，穩穩地抓住她的手臂，給雁回站立的力量。

雁回抬頭看了天曜一眼，不等她問，天曜便面不改色道：「我知道攔不住妳。」他拉著雁回的胳膊，將她的手臂擱在自己肩膀上。

「上來，我背妳去。」

左右攔不住，不如直接來幫她……

雁回爬上天曜的背，雙手圈住他的脖子，腦袋放在他肩膀上，輕輕嘆了一聲：「天曜。」

「嗯？」

「你本該是多麼溫柔的人。」

天曜微微一怔，沒有說話。

幻小煙屁顛屁顛地跟在兩人身後：「哎呀，妳就直說他對妳真好，真讓妳心動就行了嘛，還什麼本該多麼溫柔……」

雁回斜著眼瞥了幻小煙一眼，幻小煙腳步頓住，雁回嫌棄她：「別跟著，自己玩去。」

幻小煙只好自己摸了摸鼻子。「哦」了一聲，然後蹦躂著去了另一邊：「還嫌棄我，我自己找吃的去了。」

她一走，雁回便嘆了聲氣：「跟突然生了個熊孩子一樣不省心。」

「有個人在妳身邊插科打諢，也滿好的。」

天曜這淡淡的一聲落入雁回耳朵裡，雁回一怔，然後點了點頭：「你這樣一說，倒也是。」

冷泉在青丘國主居住的山峰背面，天曜走了條小道，路程倒是不遠。將雁回放進冷泉之中，天曜便退到周遭樹叢中靜靜守著。

冷泉水冰而不刺骨，泉水之力一點一點浸透皮膚，治療她斷裂的筋骨，她坐著無聊便望著天與天曜搭了幾句話：「青丘沒讓你為他們做什麼事嗎？」

「我龍心尚未尋回，也做不了太多別的事。」

提到這事，雁回才想起來，天曜身體還沒完全找回呢：「那龍心如今有線索了嗎？」

「有。」

雁回好奇，側耳去聽。

「在廣寒門。」

雁回一愣：「當真？怎麼探到的？」

「我身體其餘部分已經尋回，可探知龍心所在，無須其他線索。」

雁回默了一瞬，眉頭微皺：「在廣寒門……也就是說，素影親自看著你的龍心？」這下要取，少不了和素影直接衝突，以天曜現在之力，怕是困難，而她修妖法也不知何日才有所成，也助不了天曜多少，所以收回龍心，還得等……

「廣寒門現今山門前有巨大的護山結界。龍心便在陣眼之中。素影以我心成此結界，護她廣寒生靈。」天曜說這話的時候，語氣已無之前提及素影之時那般咬牙切齒的痛恨，像是在平淡地述說一件事情，不帶感情，但志在必得。「破了結界，找到陣眼，龍心便可收回。」

收了龍心，天曜便變得完整了……不，還有……

「龍鱗呢？」雁回側過了頭，看著坐在樹後的天曜背影。「龍鱗你不拿回去嗎？」

天曜默了一瞬：「素影拿走的，我要她一點不少地還回來。」

「那護心鱗呢？」

天曜沒有作聲，隔了一會兒才道：「那塊鱗甲要與不要，於我而言，並無差別。」

雁回伸手捂住心口，感受著自己心臟依舊強健地跳動著，她似自語道：「你送了我一條命。」

天曜聞言，在樹後微微側過頭，看著雁回的背影，並未言語。

正是沉默之際，忽然遠處傳來「啪答啪答」的腳步聲，天曜放遠目光一看，見得來人，並未警戒起來。

片刻，幻小煙跑了過來，氣喘吁吁道：「雁主子，他們捉了一個說是要來暗殺妳的女人！」

她說這話，讓雁回一愣。天曜微微瞇了眼，雁回從冷泉當中踏了出來：「什麼女人？」

「一個辰星山來的修道者，好像叫子月，說是妳師姊。私闖邊界的時候就被發現了，沒有別的人跟來，好像是她獨自闖過來的。」

雁回怔然，好半天也未能回過神來。

在燭離府上大堂，雁回見到了來暗殺她的子月。她一身狼狽，頭髮凌亂地散著，她被妖族的人逼迫著跪在地上，雁回從她身後走到身前。子月抬頭看了她一眼，又見她身邊跟著天曜，登時眼圈一紅，牙一咬，作勢便要向雁回撲去，卻被身邊的護衛生生押住。

「雁回！」她不甘，尖聲大叫：「妳這掃把星！」雁回聽著她這句罵，臉上神色未有半點反應。

「都是因為妳！大師兄才會死！大師兄是為救妳而死的！妳憑什麼還活著！」

雁回不反駁。

「妳這樣的人！妳知不知道救妳這樣的人，讓大師兄蒙受了多大的恥辱？妳又讓辰星山受了多大的恥辱？」

雁回終是眸光一動，蹲下身來，直勾勾地盯著子月的眼睛：「恥辱？很好，從我斷了筋骨離開辰星山的那天開始，我便不僅要成為辰星山的恥辱，我還要變成刻在他們臉上的羞愧。」

她的話聽得憤怒的子月也是一番怔然。

雁回道：「子辰是怎麼死的，凌霏比誰都清楚。」她牙齒緊咬，每一字裡，好似都努力隱忍著情緒。「我有錯，錯在而今未殺得了凌霏。」

子月愣住。

雁回站起身來，衣袖拂過子月的臉，她轉頭望燭離：「放了她，讓她回辰星山。」她側過頭，眸光森寒，盯著子月。「讓她把這些話，一五一十地告訴辰星山的每一個人。」

包括她那師父。

是夜，夜色如水。

妖族侍衛們押走子月之後，雁回便一直坐在房間裡發呆。直到天色晚去，雁回才刷牙洗臉後上床。

她本以為自己是睡不著的，但閉上眼睛後，卻昏昏沉沉地沉入了一片黑暗當中。

她作了夢，夢見子辰就在黑暗當中的不遠處靜靜地看著她，不說話也不動，像她才入門的時候，和子辰玩過的木頭人遊戲一樣。

「大師兄。」她道：「我此後不認師門，但永遠認你是我的大師兄。」雁回也站在原地不動，只遙遙地望著他。「我會為你報仇的。」

子辰看著她，眸中似藏有憂慮。

時間沒過多久，雁回便從這夢中清醒了過來。

她看著床榻上的雕花，再難入睡，身體裡的傷也開始火灼火燎般地痛起來。雁回索性不再睡了，坐起身，披上外衣，便尋著白日裡天曜帶她走過的路，往冷泉那方而去。

冰冷的泉水能治療她的傷，也能讓她在躁動當中靜下心來。

夜裡冷泉四周無人，雁回索性脫了全部衣衫下了水去。冰涼的泉水霎時安撫了她身上的疼痛。

然而站著太累，她在邊上尋找著可以讓她坐一坐的地方，沒找多久，她便摸到一條細長光滑的條狀物，好似落入泉中的樹枝，她坐了上去，向著月色長舒一口氣。

雁回就這樣背靠著岸，慢慢閉上了眼睛，這一次，她睡眠輕淺，卻沒再作夢。

翌日天剛破曉，第一縷陽光穿過林間樹葉落在雁回臉上時，雁回皺了皺眉頭，隨即清醒過來，一夜無夢，這是她好久以來睡過的最安穩的一覺。

看來這冷泉，不僅有治癒身體的功效，還能安撫心神呀。

「主人主人，雁主人！」遠處傳來幻小煙的呼喚。「燭離小哥在院子裡到處找妳，妳在不在呀？」

雁回神志一清：「我在，站那兒別動，我馬上過去。」

她翻身上岸，抓了衣服先披上，然後一邊用手擰頭髮，一邊往幻小煙聲音傳來的那個地方而去。雁回沒有回頭，所以沒看見在她離開之後，冷泉泉水微微起了一點波瀾。

見了幻小煙，雁回問：「妳怎麼知道我在這兒？」

「妳是我主人啊，身上有我的戒指呢，妳的方位我大概都能感覺得到。」幻小煙在雁回身邊蹦蹦跳跳地走著，一副很開心的樣子。「昨天晚上我偷偷給好多妖怪布置了幻境，他們在夢裡都玩得好開心，我吃得好飽。」

「讓人家醒過來了嗎？」

幻小煙撇嘴：「醒了呀，我和他們約好的，晚上再給他們布置幻境，讓他們作個好夢。他們都好喜歡我的幻境。」幻小煙扭頭瞅她。「主人妳當真不要？」

「我睡個好覺就行了，不想作夢。」兩人一邊聊一邊走到了燭離府前，她倏地想到什麼，轉頭問幻小煙：「妳昨日可是也給我施了幻術？」

兄？」

幻小煙一愣：「沒有啊，主人妳夢到什麼了？那個凌霏？凌霄？還是妳大師

雁回張了張嘴，正待說話，便見天曜緩步走來，只是他今日走路的姿勢有點奇怪，雁回挑了眉頭：「你腿怎麼了？」

幻小煙也在旁邊睜大眼睛問：「這是被誰打瘸了呀？」

天曜瞥了幻小煙一眼。

幻小煙接收到天曜的眼神，默默退到雁回身後：「主人，他眼中有殺氣……」

「無妨。」天曜不理幻小煙，只望著別處道：「昨日打坐太久，腿腳有些許僵硬。」言罷，他便自行入了燭離府中。

幻小煙見天曜走遠了兩步，湊在雁回耳邊打小報告，道：「主子，他這不過是找了個託詞搪塞妳呢。」

雁回豈會不知道這個道理？以前在銅鑼山的時候，見天曜整天整夜打坐，從未聽他喊過腿腳酸麻，這一聽便是個騙人的話嘛。

不過天曜不想說的事情，即便是撬開他的嘴，他大概也不會吐出一個字來。於是雁回便也隨他去了：「先去見燭離吧。」

大堂之中，燭離正拿了本書在細細看著，聽見腳步聲，他一抬頭，見天曜、雁回一併來了，便將書遞給了雁回：「這些天我一直託人尋找人如何修妖道的入門祕笈。然而這情況委實太少，找了這麼久，這才在王宮藏書閣角落裡尋出一本

來。妳先拿去看看，待筋骨接好，便可直接修習了。」

雁回接過書，看到封面上「妖賦」二字，她剛道了聲：「多謝。」天曜便將雁回手中的書拿了過去，他翻得很快，但眼神卻越看越亮，不一會兒便翻到了最後一頁，然後皺了眉頭：「殘卷？」

燭離也是一愣：「有殘缺嗎？」他接過最後一頁翻了翻。「不應該啊，寫到九重了，理當是寫完了。」

天曜道：「普通功法九重為至高，此卷功法造詣高深，每一重功法之間環環相扣，循序漸進，若照此推論而下，可延伸至十一重。著此卷者必有大成，修為必定極深，不會寫到此處戛然而止。」

他這話一出，在場的人都聽得呆了。

燭離有點愣神：「不過翻一翻，你便能看出這麼多名堂了？」

天曜輕淺地帶過：「曾經對功法著寫有所研究。」他拿了書放到雁回手中。「此書雖是殘卷，然而前九重功法已是精妙非常，對妳而言，大有益處，待得筋骨接好，我與妳一同研究，妳自好好修行，即便從現在開始也將有所大成。」

雁回點頭，隨即靜靜地望著天曜，看了許久，直到天曜問她：「怎麼了？」

雁回才別過頭，轉了目光：「沒什麼。」

她只是覺得，天曜也像是一本讀不完的書……

謐。

是夜，空中無月，漫天繁星璀璨非常，星光灑在林間，讓夜比往日更加靜

雁回褪了衣裳，尋著昨天入冷泉的位置，但奇怪的是她卻沒在那個位置找到那根樹枝了。雁回也沒多想，沿著泉水岸邊一點一點尋摸，意圖找到供她坐臥的樹枝。

她所求無他，不過是一夜好眠而已。

繞了半圈，腳底到底是踩到了一個東西，這東西位置有點矮，她若要坐下去，只怕是沒法呼吸了。夜裡雁回是看不見水裡的東西的，她琢磨了一番，索性憋了一口氣，一頭沉了下去，想看看能不能將那東西抱起來，安插在邊上。

可當她手伸下去，摸到那東西，用力一握的時候，卻忽然發現，下面的東西竟然動了！

弧度雖小，但它的的確確是動了！像是顫抖了一下！

這東西是活的！

雁回驚駭，立馬浮上水面，大口換了氣，翻身便爬上了岸，動作飛快地爬到自己衣服旁邊，立即將自己裹了起來。

「何方妖孽！」雁回大喝：「出來！」

水下沒有動靜，雁回隨手抓了一塊大石頭扔進水底，石頭砸出了「咚」的一聲，伴隨著雁回的喝斥：「出來！」夜的沉靜終究被徹底打破。

沒一會兒，泉水中終於冒了兩個泡出來，緊接著光華一閃，熟悉的男子身影自水中顯現。

看見天曜，雁回臉皮一緊，想著剛才自己赤身裸體在水中泡著，還拿腳去踩了他身體的不知哪個部位。饒是雁回臉皮再厚，此時也不得不燒紅了臉，她有幾分惱羞成怒：「你為什麼會在水裡？」

天曜披散著頭髮，一身寬袖大袍子都溼溼地貼在身上，他自水中踏出，腳步帶著水聲，在安靜的夜裡顯得有些詭異而誘惑。「我讓妳每日下午來沐浴。」天曜反問：「妳為什麼晚上來？」

聽了他這話，雁回只覺一股火氣衝上腦袋：「你還怨我？我來了你就不知道出來和我說一聲嗎？」說完這個，她恍似想起了什麼。「等等。」她盯著天曜，驚駭地睜大眼睛。「聽你這語氣，我昨日晚上來的時候……難不成你也在？」

天曜扭頭，看看天，看看地，看看冷泉中被波瀾揉碎的滿天繁星。

雁回瞪著天曜許久，見他這一副默認的態度，隨即怒了：「你昨天為什麼不出來！」難怪她今天找不到坐的了，原來是那坐的……跑了。

天曜眸光一轉，終是掃了雁回一眼：「我昨日欲出泉，妳便已經開始褪衣衫了。」天曜道：「妳當真想經歷那般尷尬的一刻？」

哦！原來還是在為她的心情考慮！

雁回氣得咬牙切齒：「好！你昨天不出來就算了！今天為什麼還在這兒？你

是等著看還是怎麼著啊？真的不是故意的嗎？」

天曜看著怒氣沖沖的雁回，看了許久，然後上下打量了她一番，隨即隨意道：「左右也不是什麼大事。妳很早之前，不就見過我沐浴嗎？」

是了，在銅鑼山的時候，天曜在院子裡洗澡，雁回是見過的。

對他們兩人而言，這好像並不是什麼了不起的大事呢。但是，為什麼他這句話，就是讓雁回感覺到一種她許久沒有過的情緒，那情緒簡直是一把令人又羞又惱的火，從腳掌心一路竄到了天靈蓋，快將她腦袋都燒穿了。

她身上只穿了件外衣，將腰帶往腰上粗獷一繫，隨即便邁向天曜：「你過來。」她開始擼袖子。「我和你談談。」

天曜不動，等著雁回走到他面前，然後雁回一抬頭，「唰」地扒了他衣服，上衣落下，全靠天曜腰間的腰帶繫得緊，將下半身的衣物保住了。

雁回「啪」地拍了他的胸膛一巴掌，摸了一把天曜胸前凸起的肌肉。她滿意地點了點頭。

「你也別穿衣服了，就光著和我聊吧，反正也不是什麼大事。」

雁回抬頭，等著天曜的反應，等了一會兒，卻聽「呵」的一聲，竟是天曜笑了出來。

雁回一怔，天曜便當真這樣光著上半身，在漫天繁星之下，對她笑了出來，道：「這才是我認識的雁回。」

趁著雁回愣神之際，天曜與她錯身而過，淡淡道：「昨天我化為原形蜷在水底，妳坐在我的尾巴上，我埋著頭，什麼也沒看到。」

所以他把尾巴一動不動地翹了一晚上，撐著她，讓她睡覺嗎……

難怪第二天，腿疼……

見雁回不接，天曜抓過雁回的手，將衣服交到她手上，然後自己轉身去了樹林之中，躲在樹背後，拉上剛被雁回扒下的上衣：「妳沐浴吧，我先回了。」

天曜走遠了一段距離，而後才回過頭，他捂著被雁回摸過的胸膛，胸膛之上熱熱麻麻的一片。胸腔之中，即便空空蕩蕩了那麼多年，但此刻他卻好像有心臟在猛烈跳動的幻覺。

他紅了耳根，深吸一口氣，然後仰望夜空，緩慢地舒了出來。

他對雁回……

他垂頭，感受著胸膛上那根本不受他控制的溫熱感覺。以前不是沒有認知，只是，現在他卻是那麼清清楚楚地意識到。

他對雁回……動情了啊。

護心

謙信

護心 中卷

作　　者／九鷺非香
執 行 長／陳君平
榮譽發行人／黃鎮隆
協　　理／洪琇菁
總 編 輯／呂尚燁
執行編輯／陳昭燕
美術監製／沙雲佩
美術編輯／方品舒
國際版權／黃令歡、梁名儀
企劃宣傳／陳品萱
內文校對／施亞蒨
內文排版／謝青秀

國家圖書館出版品預行編目資料

護心 / 九鷺非香作 . -- 1 版 . -- 臺北市 : 城邦文化事業股份有限公司尖端出版 : 英屬蓋曼群島商家庭傳媒股份有限公司城邦分公司尖端出版發行 , 2023.04
冊； 公分
ISBN 978-626-356-421-3（中卷：平裝）

857.7　　112002303

出版／城邦文化事業股份有限公司　尖端出版
台北市 104 中山區民生東路二段 141 號 10 樓
電話：（02）2500-7600　傳真：（02）2500-2683
讀者服務信箱：7novels@mail2.spp.com.tw
發行／英屬蓋曼群島商家庭傳媒股份有限公司城邦分公司　尖端出版
台北市 104 中山區民生東路二段 141 號 10 樓
電話：（02）2500-7600　傳真：（02）2500-1979
劃撥專線：（03）312-4212
戶名：英屬蓋曼群島商家庭傳媒（股）公司城邦分公司
劃撥帳號：50003021
※ 劃撥金額未滿 500 元，請加付掛號郵資 50 元
法律顧問／王子文律師　元禾法律事務所　台北市羅斯福路三段 37 號 15 樓

台灣地區總經銷／中彰投以北（含宜花東）　楨彥有限公司
電話：（02）8919-3369　　傳真：（02）8914-5524
雲嘉以南　威信圖書有限公司
（嘉義公司）電話：（05）233-3852　　傳真：（05）233-3863
（高雄公司）電話：（07）373-0079　　傳真：（07）373-0087
馬新地區總經銷／城邦（馬新）出版集團 Cite（M）Sdn Bhd
電話：603-9057-8822　　傳真：603-9057-6622
E-mail：cite@cite.com.my
香港地區總經銷／城邦（香港）出版集團 Cite（H.K.）Publishing Group Limited
電話：852-2508-6231　　傳真：852-2578-9337
E-mail：hkcite@biznetvigator.com

版　次／2023 年 4 月 1 版 1 刷